DEPOIS DO FIM

KATY UPPERMAN

DEPOIS DO FIM

Tradução
LÍGIA AZEVEDO

SEGUINTE

Copyright © 2025 by Katy Upperman
Publicado mediante acordo com Baror International, Inc. Armonk, Nova York, Estados Unidos.

O selo Seguinte pertence à Editora Schwarcz S.A.

Grafia atualizada segundo o Acordo Ortográfico da Língua Portuguesa de 1990, que entrou em vigor no Brasil em 2009.

TÍTULO ORIGINAL Everything I Promissed You
CAPA E ILUSTRAÇÃO DE CAPA Fernanda Mello
PREPARAÇÃO Larissa Roesler Luersen
REVISÃO Nestor Turano Jr. e Ingrid Romão

Dados Internacionais de Catalogação na Publicação (CIP)
(Câmara Brasileira do Livro, SP, Brasil)

Upperman, Katy
 Depois do fim / Katy Upperman ; tradução Lígia Azevedo. — 1ª ed. — São Paulo : Seguinte, 2025.

 Título original : Everything I Promissed You.
 ISBN 978-85-5534-392-6

 1. Ficção norte-americana I. Título.

25-251484   CDD-813

Índice para catálogo sistemático:
1. Ficção : Literatura norte-americana   813

Cibele Maria Dias – Bibliotecária – CRB-8/9427

Todos os direitos desta edição reservados à
EDITORA SCHWARCZ S.A.
Rua Bandeira Paulista, 702, cj. 32
04532-002 — São Paulo — SP
Telefone: (11) 3707-3500
www.seguinte.com.br
contato@seguinte.com.br

Para minha mãe e meu pai,
as inspirações para os melhores pais dos meus livros

Prólogo

DESTINO

Aos dezessete anos, minha mãe aceitou um desafio e pagou vinte dólares para ter seu futuro revelado por uma vidente de parque de diversões.

Deixando as amigas sob um cordão de luzinhas no caminho de terra, ela entrou numa tenda cheia de velas acesas. Tapeçarias com bordados de constelações decoravam as paredes. A mesa no centro estava coberta por um tecido escuro. Em cima, havia cristais, mapas celestes, búzios e ossos. Um incenso de canela queimava numa bandeja de madeira. Enquanto minha mãe se acomodava, a vidente — tal qual um clichê ambulante com lenços e bijuteria prateada — mexia naqueles itens, separando arbitrariamente os búzios, cristais e ossos. Então a mulher deu uma olhada nos mapas celestes, se voltando para as palmas da minha mãe.

Uma vez perguntei se ela não tinha se sentido desconfortável.

— Pelo contrário. Fui na tenda totalmente cética, mas quando me sentei... Eu nem conhecia aquela mulher, e ela era bem esquisita, mas fiquei em paz.

A vidente falava baixo, com um sotaque mais carregado que o da minha mãe, nascida no Mississippi, e transmitiu o que havia lido nos búzios, nas estrelas, nos cristais e na palma de suas mãos:

— Educação é essencial para você. Continue aprendendo.

Mamãe, uma leitora voraz com a memória quase fotográfica, fez que sim com a cabeça.

— Você busca amizades significativas. Elas são sua força vital. Também valoriza a família. Sua mãe é sua âncora. Vocês continuarão próximas, ainda que nem sempre fisicamente.

Então suas pupilas se dilataram e ela entrou em transe.

Minha mãe se inclinou para a frente, ao mesmo tempo confusa e intrigada.

Aí a mulher desferiu o golpe:

— Seu pai morrerá antes que você saia de casa.

Mudar no ano seguinte estava nos planos; a Universidade do Mississippi a aguardava. Abalada, ela se ajeitou na cadeira. Queria fazer perguntas, argumentar. Afinal, seu pai era forte como um carvalho.

Por que ela estava nesse lugar e não no parque de diversões lá fora? Devia ficar com as amigas. Poderia simplesmente ir embora. *Deveria* fazer isso.

Mas a expressão melancólica da vidente a paralisou.

Minha mãe tentou conter as lágrimas e se manter firme.

— Você vai conhecer sua alma gêmea depois da morte do seu pai — continuou a vidente. — Assim vai encontrar forças para seguir em frente. O amor romântico virá na sequência. A primeira impressão não será das melhores, mas você deve se abrir à possibilidade. Esteja aberta a ele.

A mulher estendeu as mãos sobre a mesa bagunçada e pousou os dedos no pulso da minha mãe. Ela sentiu palpitação e formigamento. Faíscas e arrepios acenderam sua pele.

— Seu coração se guia pelo cuidado. Você nasceu para amar.

Nessa parte da história, os olhos da minha mãe costumam ficar turvos.

A vidente então falou de mim:

— Você terá uma filha, uma menina de cabelo claro e olhos iguais aos do pai, azuis como as profundezas do oceano. Ela será sua maior alegria, e trilhará um caminho parecido com o seu. A mulher de quem falei, o espelho da sua alma, dará à luz a pessoa destinada à sua filha.

Ao fim da previsão, minha mãe saiu da tenda.

O parque continuava movimentado. Sinos soavam, luzes piscavam. O cheiro de cachorro-quente se misturava ao de doce. Ela encontrou as amigas, que imploraram para saber o que a vidente havia dito.

Porém, não revelou nada.

Guardou tudo no peito...

... impactada com os desdobramentos.

Minha mãe é uma educadora que tem um grupinho de amigas bem próximas. Fala quase todo dia com minha avó. Meu avô morreu de câncer de próstata duas semanas depois que ela se formou no ensino médio. Minha mãe conheceu Bernadette, a Bernie, no primeiro dia de aula na faculdade. As duas dividiam o quarto no alojamento, e até hoje têm certeza de que uma não é nada sem a outra. Numa festa um mês depois, um jovem de olhos azuis pôs uma bala de melancia na bebida da minha mãe. Os dois dançaram duas músicas antes que ele declarasse ter encontrado o amor de sua vida e, em seguida, vomitasse uma mistureba de ponche nos tênis dela.

Mamãe o perdoou.

Eles namoraram durante toda a faculdade, e foi ela que alfinetou a insígnia em sua farda na entrega da patente do Exército. Algumas semanas depois, sob uma magnólia perfumada, os dois se casaram. Na festa, para desgosto da minha avó, serviram uma combinação de bebidas em copos de plástico, para lembrar o dia em que haviam se conhecido. Os dois se mudaram, ele foi mandado ao exterior, e então se mudaram de volta. Bernie se casou com um companheiro de Exército do meu pai, Connor Byrne. Em pouco tempo, o filho deles nasceu, com quase *cinco* quilos. Connor desmaiou em plena sala de parto, e quem cortou o cordão umbilical foi minha mãe.

Beckett Byrne.
Cabelo: ruivo.
Olhos: verde-militar.
Coração: prometido para mim.

Um ano e meio depois, eu vim ao mundo, tão miudinha quanto Beck nascera forte, com cabelo loiro e fino, além de olhos azuis como o mar.

Minha mãe não chorou quando me pegou no colo pela primeira vez — não por falta de comoção ou felicidade.

— Porque, Lia, meu amor — ela me diz, com a mão na minha bochecha, terminando de contar a história pela enésima vez —, eu já te conhecia desde os meus dezessete anos.

Filhos do Exército

DEZESSETE ANOS, VIRGÍNIA

Quando eu estava no nono ano, meu pai passou um ano no Afeganistão. Em uma das muitas noites sem sono, abri o diário que sempre me acompanhava e fiz os cálculos: eu tinha treze anos, e meu pai havia passado seis deles longe de casa. Quase metade da minha vida em missões em diferentes países.

Sempre que ele é enviado ao exterior, eu me acabo de chorar. Minha mãe também. Mas não demora muito para que a gente crie uma nova rotina. Seguimos em frente. Sobrevivemos.

E torcemos para meu pai sobreviver também.

Em seis meses, oito meses, um ano, ele retorna. Minha mãe e eu o recebemos com cartazes exibindo minha caligrafia em vermelho e azul: *Bem-vindo de volta, papai!* Ele me abraça, cheirando a terra estrangeira, e murmura:

— Que saudade, Millie.

As pessoas enxugam as lágrimas e agradecem pelo serviço. Meu pai sorri, sempre humilde. É a terceira geração de militares da família. Então não se trata apenas de servir ao Exército: o patriotismo corre em suas veias.

Na sua chegada, segundo a tradição, sempre passamos no Burger King para comprar Whoppers Duplos e refrigerante. Aí vamos onde quer que fique a casa em que moramos de aluguel no momento, em qualquer que seja a cidade próxima à base militar em que estamos vivendo. Papai arrasta as malas empoeiradas até a garagem. Depois de um banho quente e algumas cervejas, ele pega no sono na poltrona reclinável, por conta do fuso horário e da necessidade incontrolável de dormir sem interrupção.

Sempre fui próxima dos meus pais. Imagino que isso acabe acontecendo com a maioria dos filhos de militares do Exército. Vivemos em trânsito, seguindo as ordens que meu pai recebe, portanto somos as únicas constantes nas nossas vidas. Faço amigos ao longo do caminho, porém eles representam uma forma de me divertir, espairecer, matar o tempo. Não são amigos *para a vida*.

Com exceção de Beck.

Beck também era um filho de militar do Exército. Sabia como era se mudar a cada tantos anos, juntar suas coisas e se despedir dos colegas. Conhecia a sensação de ser o recém--chegado. Seu pai era enviado ao exterior com tanta frequência quanto o meu. Beck também estava acostumado a fazer contagem regressiva. E dependia de Bernie da mesma maneira que eu dependia da minha mãe.

Beck entendia.

Durante toda a minha infância, passamos as férias com os Byrne. Eu ligava para Bernie para falar da série de TV que assistíamos ao mesmo tempo. Sempre que Connor subia de patente, eu ia à cerimônia — e vice-versa, no caso de papai e Beck. Nos meus três, quatro e cinco anos (e nos cinco, seis e sete de Beck), nossos pais estiveram na mesma base militar de Fort Bragg. Morávamos pertinho. Aos oito, nove e dez anos (dez, onze e doze para Beck), aconteceu de novo, em Fort Lewis. Morávamos na mesma rua. Quando eu estava com catorze anos (Beck havia acabado de completar dezesseis), meu pai conseguiu uma vaga no Pentágono. Connor foi enviado para Fort Belvoir, na mesma região da Virgínia.

Juntos outra vez.

Bernie e minha mãe ficaram alucinadas.

Beck e eu nos apaixonamos.

Transferência permanente

DEZESSETE ANOS, A CAMINHO DO TENNESSEE

Uma transferência no último ano da escola é o pior pesadelo de muitos filhos de militares do Exército.

Mas não era o meu caso.

Sair da Virgínia.

Deixar Connor, Bernie e as gêmeas.

Sair da Rosebell High.

Mal posso esperar pela data de partida, em julho.

Escapar, fugir, me recolher.

Essas são as palavras que passam pela minha cabeça enquanto enfio a minha vida todinha em caixas. Enquanto iniciamos a viagem para o Tennessee. Enquanto observo as gotas de chuva escorrendo pela janela do carro. Enquanto encho as páginas do meu caderninho com listas sem sentido, reflexões prolixas e rabiscos. Enquanto faço carinho em Major, nosso filhote da raça pointer de quase trinta quilos, estirado no banco de trás comigo. Enquanto como as porcarias que meus pais compraram no posto de gasolina, porque a minha alimentação "não está boa" e "estamos preocupados, Lia".

Faz cento e noventa e nove dias.

Quatro mil setecentas e oitenta horas sem Beck no mundo.

Como meus pais disseram: pareço outra pessoa.

Que idiotice do caralho pensar que eu continuaria a mesma.

No caminho, meus pais preenchem o silêncio com conversas falsamente alegres. Pedem milk-shake de manteiga de amendoim em drive-thrus. Transformam o que deveria ser um trajeto de dez horas numa viagem de três dias, porque "férias podem fazer Lia se sentir melhor".

Assim que passamos por Knoxville, minha mãe se vira, com tristeza nos olhos.

— Ah, meu amor. Seu pai e eu também sentimos saudade dele.

Odeio quando ela compara sua tristeza à minha.

— É verdade, Millie — meu pai acrescenta, sem tirar os olhos da estrada infinita. As pessoas costumam me chamar de Lia, apelido de Amelia, mas ele prefere Millie. — Sua mãe e eu amávamos Beckett como um filho. Nem dá pra acreditar no que aconteceu.

O que aconteceu.

Ninguém nunca fala de fato: Beck morreu.

Meu pai continua:

— Queria que tivesse algo que a gente pudesse fazer pra te ajudar. E facilitar um pouco as coisas.

— Pra Bernie, Connor e as gêmeas também — minha mãe completa.

A morte não tem remédio, pois é permanente, perpétua. Foram as palavras que o pastor usou no funeral. Ele estava falando do amor da comunidade por Beck, mas enquanto eu olhava para o caixão do meu namorado — cercada por flores, ao lado dos meus pais quase chorando, Bernie e Connor chorando de fato na primeira fileira, cada um com uma das gêmeas no colo, duas crianças pequenas desesperadas para ter o irmão de volta —, era difícil pensar em amor.

A *perda* é permanente, perpétua.

À medida que meus pais e os de Beck choravam rios de lágrimas, eu já tinha gastado as minhas. No verão anterior, derramei um córrego ao ajudar Beck a fazer a mala para a faculdade. Virou um riacho quando ele foi para Charlottesville, onde fica a Commonwealth of Virginia University, a universidade dos sonhos dele, e a minha também, porque os treinos de atletismo já iam começar. O rio correu por todo o outono. E em novembro ganhou uma velocidade perigosa.

Aquela palavra de novo: permanente.

Uma transferência permanente — o jeito militar de dizer "façam as malas e peguem a estrada".

Estamos indo para Fort Campbell, pois meu pai vai servir como comandante da Terceira Brigada de Combate.

Um recomeço. É o que ele diz ao abrir a porta da casa recém-alugada em River Hollow, Tennessee.

Uma página em branco. É o que minha mãe diz ao empilhar os pratos no armário recém-forrado.

Não quero nem um nem outro, digo a Beck, me recolhendo ao meu quarto atual, onde as caixas lembram montanhas de uma cordilheira.

Meu pai já entrou aqui. Pendurou meu quadro de cortiça sobre a escrivaninha, uma colagem da minha vida de antes: ingressos, adesivos, fotos de amigos da Virgínia e de Colorado Springs, nosso antigo lar. Fotos de Beck. Vê-lo em cores, sorrindo, *vivo* é como insistir em tirar a casca de uma ferida.

Fecho a porta do quarto com cuidado, sem alarde.

Vivo o luto assim agora: com cuidado, sem alarde.

Também estou fechada.

A olhos vistos, de maneira permanente e perpétua.

Feitos um para o outro

CINCO ANOS ANTES, CAROLINA DO NORTE

Uma das minhas primeiras lembranças é em um parque famoso em Spring Lake, na Carolina do Norte. Eu ia entrar no jardim de infância, o que significa que Beck estava prestes a fazer sete anos. Meu pai e Connor, na época capitães do Exército, serviam no Iraque, e minha mãe e Bernie tentavam ocupar nossos dias. No parque havia piscina, brinquedos de escalar e área verde para nos entreter. Chegamos cedo, antes de esquentar demais, e encontramos um lugar de onde minha mãe e Bernie poderiam ficar de olho em nós enquanto tomavam sol.

Beck e eu estávamos brincando na água, travando batalhas entre os soldadinhos dele e minhas Barbies sereias de cabelo arco-íris. Então apareceram dois meninos da classe de Beck.

Fui abandonada sem mais nem menos.

Com as bonecas na mão, saí da piscina e me sentei na toalha ao lado de Bernie e da minha mãe, que reaplicou protetor solar em mim. Bernie me ofereceu uvas, que comi até praticamente explodir de indignação. Acabei dizendo que Beck era malvado, que eu o odiava e *nunca mais* ia brincar com ele.

— Às vezes ele é bem tonto mesmo — disse Bernie. — Faça o que for melhor pra você.

— Mas acho que Beck vai ficar triste se vocês nunca mais brincarem juntos — minha mãe argumentou.

— Ele não tá triste agora. — Olhei feio para a outra ponta da piscina, onde ele brincava de bobinho com os amigos.

— Meninos às vezes são péssimos — disse Bernie.

— Ééé! — concordei, feliz por ser compreendida. — Beck sempre me ignora quando os amigos aparecem.

— Mas você é amiga dele — Bernie comentou. — A amiga mais antiga. A mais especial.

— Vocês são mais que amigos — disse minha mãe. — São almas gêmeas.

Franzi a testa e abracei meus joelhos ossudos.

— Como assim?

Ela prendeu uma mecha solta no meu rabo de cavalo.

— Você e Beck estão ligados de uma maneira diferente. E isso vai durar para sempre.

Fiz cara de pensativa.

— Que nem você e o papai?

— Papai e eu somos casados. Vai saber, talvez um dia você e Beck acabem se casando.

Fingi vomitar, e minha mãe e Bernie riram.

— Ou talvez vocês continuem sendo apenas melhores amigos, como Bernie e eu. De qualquer maneira, os dois fazem parte da vida um do outro. E sempre vão fazer.

— Como você sabe disso?

— Sua mãe sabe tudo sobre o futuro — disse Bernie, apertando a mão dela com carinho. — Ela sabia que a gente ia se conhecer e ficar amiga para sempre. Sabia que ia se apaixonar pelo seu pai. Sabia que eu ia ter um filho, e que ela ia ter uma filha. E sabe que você e Beck foram feitos um para o outro. Que nem... o Mickey e a Minnie.

— Ou o Han Solo e o Chewbacca — disse minha mãe, e eu ri.

— Meias e sapatos — Bernie acrescentou.

— Fogueiras e marshmallows — minha mãe continuou.

— Manteiga de amendoim e geleia — contribuí, sorrindo.

Bernie estendeu a mão para que eu batesse nela e minha mãe beijou minha bochecha. Eu já me sentia bem a ponto de suportar olhar para Beck. Fiquei observando meu amigo tentar alcançar a bola, já que naquele momento ele era o bobinho, enquanto pensava em outras duplas famosas: abelhas e mel, Barbie e Ken, leite e biscoitos, giz e calçada.

Ao trocar de lugar com um amigo, Beck se virou para onde eu estava sentada. Nossos olhos se encontraram.

— Lia! — ele chamou. — Vem brincar!

Olhei para minha mãe e para Bernie.

— Só se você quiser — Bernie me lembrou.

— Mas parece que eles estão precisando que alguém mostre como se faz — disse minha mãe.

Fingi refletir por cinco segundos, então corri para me juntar aos meninos, deixando a toalha amarrotada na grama.

Inóspito

DEZESSETE ANOS, TENNESSEE

— Millie — diz meu pai, tirando os fones de ouvido e pausando um dos muitos podcasts de história que ele ouvia no celular. — Vamos levar Major pra passear.

É a noite anterior ao meu primeiro dia no último ano do ensino médio. Faz uma hora que jantamos, e todos estamos reunidos na sala de estar. Um trio de participantes compete em um programa de perguntas e respostas na TV. Estou anotando no diário os horários do e-mail enviado de manhã pela minha nova orientadora, com desenhinhos de réguas, maçãs e canetas-tinteiro. Minha mãe murmura distraída as respostas do programa enquanto passa roupa. Ainda não decidiu o que vai vestir amanhã, em seu primeiro dia como professora na escola de ensino fundamental de East River. Como se o blazer combinado com calça cinza-escura ou saia preta fizesse diferença para as crianças.

— Vou pegar a coleira — digo, deixando o diário na mesa de centro.

Está úmido e cheio de insetos lá fora. O ar de agosto cheira a churrasco e madressilva. Meu pai está usando uma camiseta do Exército com short de corrida e chinelo, e eu estou usando regata, um casaquinho leve, short jeans e um All Star surrado.

Descemos o quarteirão. Meu pai segura a guia do cachorro e fica em silêncio até chegarmos à área de recreação do condomínio, que tem parquinho, mesas de piquenique, churrasqueiras e uma quadra de basquete, no extremo sul de uma lagoa.

Ele me dá uma cotovelada de leve e pergunta:

— Pronta pra amanhã?

— Se eu disser que não, vai me deixar faltar?

Meu pai abre um sorriso torto.

— Bem que eu queria.

— Então tô pronta na medida do possível.

Ele passa um braço por cima dos meus ombros, como costumava fazer quando a vida era melhor.

— Você devia passar um tempo com sua mãe mais tarde. Talvez começar aquele quebra-cabeça novo.

Desde que me lembro, independentemente do nosso endereço, existe um quebra-cabeça sendo montado na mesa da sala de jantar. Paisagens, flores, gatos de chapéu, hambúrgueres enormes, o castelo da Bela Adormecida — tudo dividido em milhares de peças. Nós três montamos quebra-cabeças sempre que precisamos conversar sobre algum assunto em família, ou sozinhos, quando dá vontade, até que esteja completo. Depois recomeçamos, com outro quebra-cabeça de mil peças.

Um esforço inútil. Digno de Sísifo.

Suspiro e digo:

— Tô cansada. Amanhã vai ser puxado.

— Só uma horinha.

— E se eu não quiser?

Meu pai faz Major parar. O sol está se pondo, porém ainda há luz para que eu enxergue toda a tristeza em seu rosto.

— O que está acontecendo com vocês duas?

Você não entenderia, penso.

— Nada.

Ele balança a cabeça.

— Nesses anos, sempre fiquei tranquilo por saber que você e mamãe têm uma à outra, principalmente quando estou fora. Mas nos últimos tempos vocês mal se falam. Não consigo lembrar a última vez que você deu um abraço nela.

Nem eu.

— Tô crescendo — digo sem emoção, de modo que suas sobrancelhas se franzem. — Não preciso mais da minha mãe pra tudo.

— Talvez, mas você tem que se esforçar pra manter os relacionamentos com as pessoas importantes. E, ultimamente, não tem feito um bom trabalho.

— Bom, esse não é meu melhor. — Cruzo os braços, como se meu pai, há mais de duas décadas no Exército, não fosse reconhecer a postura defensiva.

Alguns meses depois que Beck morreu, meu pai saiu em uma missão secreta.

— Ele tem uma reunião em Virginia Beach — disse minha mãe quando desci as escadas e perguntei onde meu pai estava. Sentada a uma banqueta da cozinha, ela fazia o plano de aula para a pessoa que assumiria sua turma pelo restante do ano letivo. — Mas chega para o jantar.

Na época, me perguntei por que ela não havia ido a Virginia Beach também.

Agora sei que ficou em casa porque não queria me deixar sozinha. Eu estava depressiva, e não a versão romantizada dos filmes e livros. Era como se vivesse debaixo de uma manta: os sentidos abafados, os pensamentos confusos, as emoções intensas e erráticas. Sempre ansiosa demais para ficar parada, agitada demais para dormir, alternando entre raiva e tristeza, e obcecada pela própria mortalidade. Não conseguia parar de pensar em como Beck parecia saudável. Cheio de vida. Se o coração dele havia parado, quem poderia garantir que o meu não entraria em pane enquanto eu tentava me reerguer daquela ruptura terrível?

— Quer tomar um chá comigo? — minha mãe perguntou, deixando de lado as anotações.

Balancei a cabeça e acabei cambaleando um pouco de tontura.

Ela ficou preocupada.

— O que você tomou de café?

Eu não me lembrava de ter comido, bebido água ou me exercitado. Nem da última vez que tinha dormido por mais que algumas horas ou sentido o sol na pele. Fazia semanas que não abria o diário, usava maquiagem ou falava com Macy, minha melhor amiga da escola. E mais tempo ainda que não mandava mensagem para Andi e Annika, minhas amigas de Colorado Springs. Meus pais insistiam para que eu me consultasse com uma terapeuta especializada em luto que estava entre as melhores da região, e me apoiavam ao máximo, considerando seu próprio sofrimento, porém era o meu namorado quem havia morrido, e eu virei um fantasma.

— Cereal — menti.

Minha mãe começou a mexer na despensa.

— Vou fazer uma sopa.

— Não quero sopa.

— Então uma vitamina. — Ela pegou o liquidificador. Fiquei observando à distância, enquanto minha mãe cortava uma banana e tirava leite de coco da geladeira. Depois ela abriu o congelador para alcançar o saco de morangos, ao lado de seis potes de sorvete artesanal. Então respirou fundo e fechou a porta do congelador, esquecendo o saco.

Minha mãe me olhou devagar, querendo saber se eu tinha visto o sorvete e para verificar se eu estava bem.

Eu tinha visto, e não estava.

Os sorvetes, mandados por Beck, haviam chegado no dia em que ele parou de existir.

Fui ao chão.

Minha mãe correu e me abraçou. Eu permiti, embora não nos tocássemos desde o abraço protocolar no velório de Beck.

Eu a culpava.

Não pela morte dele...

... Não, de jeito nenhum.

Eu a culpava pelo choque, pela reviravolta, pela agonia de cortar o coração.

Durante toda a minha vida, minha mãe contou histórias sobre almas gêmeas, sobre Beck e eu, sobre nosso felizes para sempre. Eu nunca questionei meu futuro. Nunca duvidei do meu destino. Ele era meu e eu era dele. Como minha mãe *se atreveu* a me fazer acreditar que havia um para sempre?

Chorei no chão da cozinha.

Quando enfim consegui me recompor, ela fez brownies, em vez de vitamina. Comemos direto da assadeira. Estava bem chocolatudo e um pouquinho cru, exatamente como eu gostava. A gente comeu a mesma quantidade, e fiquei me perguntando se um dia eu deixaria de ressentir a previsão de décadas antes.

Meu pai chegou em casa aquela noite com um filhote de pointer de doze semanas. Ele tinha o rabo cortado, focinho úmido e patas grandes demais.

Dei ao cachorro o nome de Major.

Ele tem sido uma centelha de luz nesses meses de trevas.

Agora, meu pai se abaixa para acariciar sua cabeça. Major abana o rabo. Tão fofinho e carinhoso. O oposto do que imagino que meu pai tem pensado a meu respeito. Suas rugas estão mais pronunciadas. O cabelo em suas têmporas está visivelmente grisalho, apesar da tonalidade loira-acinzentada. Sua testa está sempre franzida de preocupação. Como se já não tivesse o bastante com que se preocupar, entre o trabalho, minha mãe, Connor e Bernie, ele ainda precisa se aborrecer comigo.

— Você precisa de gente, Millie. De uma comunidade. Beck se foi, e isso é terrível, terrível demais, mas você precisa seguir em frente. É o que ele ia querer. Você sabe disso.

Tento conter a ameaça de lágrimas.

Meu pai puxa a coleira de Major, então pega minha mão e me incentiva a voltar ao passeio. Na escuridão crescente, caminhamos devagar pela calçada.

Meu pai tem dois temperamentos: o de guerra e o de paz. Em casa, com a família, quase sempre fica na paz. É tranquilo, receptivo, engraçado. Nas brigas ou em momentos de estresse, ou *esta noite*, ele assume a versão bélica. É sério. Contemplativo. Não tolera besteiras.

— Amanhã na escola — diz ele, perto de casa —, quero que você se esforce.

— Eu sempre me esforço.

É verdade. Fico entre as melhores da classe desde o fundamental. No semestre passado, mergulhei de cabeça nos estudos e só tirei nota máxima.

— Com as pessoas. Sorria. Converse. Faça amigos.

— Mas isso seria...

Voltar a viver, eu quase digo, o que é exatamente a vontade do meu pai. Ele quer que eu saia do casulo onde me escondo desde novembro e teste minhas asas nesse mundo novo e inóspito.

Não entende que voltar a viver seria abandonar Beck.

— O quê...? — ele pergunta.

— Muito difícil.

— Difícil não é impossível. — Meu pai sacode meu ombro com carinho. — Precisamos enfrentar as dificuldades.

A casa surge no nosso campo de visão. Sentada em uma das duas cadeiras de balanço na varanda, minha mãe está tomando uma taça de vinho. Ela logo acena para nós.

Meu pai sorri e retribui o cumprimento.

Major abana o rabo.

Olha só pra minha família, digo a Beck. *Sobrevivendo. Quase prosperando.*

Com os olhos fixos na calçada, digo:

— Vou me esforçar. Vou tentar fazer amigos amanhã.

Luto

Choque: Uma bexiga estourada com um alfinete.
Respiração curta, vista embaçada. Parada cardíaca.

Negação: Irracional, imatura.
Punhos e maxilar cerrados.

Dor: Um sabor fraco. Pele rachada, costelas quebradas.
Ofegante, se tensionando, implorando.

Culpa: A última pétala arrancada.
Recordar e se arrepender.

Raiva: Dinamite acesa. O pavio queimando,
crepitando, se consumindo.

Barganha: Isso por aquilo. Cheiro amargo.
Gosto podre.

Depressão: Nuvens de chuva, cabelo oleoso,
barriga vazia, noites perdidas. Infinito.

Reconstrução: Um curativo limpo. Terreno plano.
Um passo hesitante a frente, depois outro.

Aceitação: Inconcebível.

Garota nova

DEZESSETE ANOS, TENNESSEE

O primeiro dia do último ano.
O primeiro dia na escola nova.
Numa cidade nova, num estado novo.
Desde o jardim de infância, minha mãe me fotografa na varanda, segurando uma lousa com o ano da escola escrito em giz branco. Ela manda a foto para minha avó, Bernie e meu pai, se ele está fora do país. À medida que fico mais velha, a tradição parece mais ridícula, porém eu nunca reclamo, porque demora uns dois segundos, e eu costumava gostar do primeiro dia de aula.
Hoje, ela aparece com *Último ano!* escrito na lousa.
Saio da mesa para deixar na pia o prato com as bordas da torrada. Meu pai saiu há poucos minutos, de farda e coturno. Deu um beijo no topo da minha cabeça e disse, antes de sair pela porta:
— Boa sorte, Millie.
Agora ele está a caminho de Fort Campbell, e eu gosto de pensar que, se estivesse aqui, me defenderia da foto boba.
Mamãe me oferece a lousa.
— Rapidinho?
Acabou escolhendo o blazer com a saia preta, e ondulou um pouco o cabelo. Depois da morte de Beck, ela tirou uma

licença do trabalho para ficar mais presente com a família dele, comigo e papai. Não invejo a tarefa impossível de reconfortar o que não pode ser reconfortado, porém ao enfrentar a segunda metade do segundo ano abalada pelo luto e pela solidão, muitas vezes desejei pedir um afastamento também.

Agora minha mãe foi contratada como especialista em alfabetização pela escola de ensino fundamental do bairro. É o trabalho perfeito para ela, e não vou estragar a manhã, mas não consigo tirar uma foto sorrindo.

Eu aliso o vestidinho florido que foi a primeira peça que tirei do guarda-roupa e pego minha mochila.

— Tô atrasada.

Ela abaixa a lousa e vai até a porta. Meu carro, um Jetta usado comprado recentemente, está parado ao lado do carro dela, um Volvo novinho em folha. Meu pai continua feliz com o Explorer que temos desde meus treze anos.

No meio do caminho rumo à minha liberdade, mamãe insiste:

— Por favor, filha.

Não paro.

Não desejo que ela tenha um bom dia.

Aceno sem me virar, me fechando no Jetta.

Só prestes a sair, eu me permito olhar para a varanda. Ela continua ali, decepcionada, com a lousa pendendo. Enxuga uma lágrima enquanto observa meu carro se afastar.

Sou um monstro, digo a Beck.

Ele não discorda.

Ao dirigir até a escola de ensino médio de East River, eu viro uma pilha de nervos. É minha sexta escola em dezessete anos, o que não é tão ruim, considerando o fator filha de um militar. Não mudo de escola desde o sétimo ano, quando deixamos Colorado Springs. Era aterrorizante a ideia de entrar em um prédio desconhecido e ver centenas de rostos também desconhecidos, de precisar decorar novas regras e convencer os professores de que sou uma boa aluna. Mas pelo menos na Carolina do Norte eu tinha Beck. Em Washington, eu tinha Beck. Na Virgínia, eu tinha Beck.

Hoje, no Tennessee... não tenho ninguém.

O caos impera no estacionamento. Os carros param e andam aleatoriamente. Grupinhos passam na frente deles, avançando rumo ao campus como bandos de pombos distraídos. As vagas são fixas — a minha é a 132 —, embora a tinta das faixas esteja apagando. Levo uma eternidade para encontrar o lugar certo. Então suspiro aliviada. Uma vitória mínima.

Viro o volante para embicar — quando uma menina de cabelo bem preto com uma bolsa tipo carteiro pisa dentro da vaga.

Meio segundo vira uma eternidade enquanto o carro avança, permitindo que eu note seu cabelo, que esvoaça quando ela vai na direção da morte iminente. Fica boquiaberta de choque. As mãos se erguem como se pudessem protegê-la do impacto de um veículo de mais de uma tonelada.

Vou matar a garota, penso, com uma clareza assustadora.

Então outra voz, mais grave e desesperada, fala comigo: *Porra, Amelia, pisa no freio!*

Grito e breco com tudo.

Num solavanco, o Jetta para.

A menina respira profundamente diante do capô. O para-choque não deve estar a mais de três centímetros dos joelhos dela.

Nossos olhos se encontram através do para-brisa.

Deixo o carro em ponto morto, ficando atrapalhada com o cinto de segurança. Na pressa de sair do carro, quase caio de cara, mas consigo me pôr de pé.

— Desculpa! Você tá bem?

Ela abaixa as mãos, o que faz suas pulseiras douradas tilintarem. Então joga o cabelo para trás, endireita o corpo, fecha a boca e franze as sobrancelhas. É linda, da maneira perfeita e inatingível para quem só usa gloss e rímel, como eu.

E parece brava.

Como neve caindo de um telhado inclinado, sua postura imponente se desfaz. Ela dá alguns passos apressados na minha direção.

— Tô. E você?

— Aham, claro.

Respiro fundo, na tentativa de desacelerar o coração. A névoa mental quase resultou numa catástrofe, e nem acredito que a garota escapou ilesa, por um milagre, da minha idiotice.

— Nossa, desculpa mesmo — insisto.

Ela dá risada — *risada*.

— Relaxa. Acontece o tempo todo.

Pisco algumas vezes.

— Hum... acontece?

— Esse estacionamento é sempre uma loucura. Você não foi a primeira a quase passar por cima de alguém, e não vai ser a última.

Não sei se ela diz isso só para que eu me sinta melhor ou se eu deveria começar a usar capacete na entrada e na saída.

— Você é nova aqui? — a garota pergunta.

— Tá tão na cara assim?

Ela ri de novo, simpática.

— De que ano você é?

— Terceiro.

— Nossa. Mudança de escola no último ano? Que merda.

— Não é tão ruim assim — digo, dando de ombros e resistindo ao impulso de pegar o celular para mostrar meus horários e pedir que ela me acompanhe até a primeira aula, de política avançada.

— Também sou do terceiro. — A garota aponta para o Jetta, o motor ronronando baixo, a traseira ainda fora da vaga. — Que tal estacionar direito e aí vemos nossas aulas antes que o sinal toque? Prometo ficar fora do seu caminho.

Sinto vontade de me ajoelhar para agradecer a essa santa.

Vou me esforçar, falei ao meu pai ontem à noite. *Vou tentar fazer amigos amanhã.*

— Tá. Vai ser ótimo, obrigada. Me chamo Lia.

— Paloma. E não se preocupa. Ano passado, eu era a garota nova. A gente tem que se unir.

Raízes

DEZESSETE ANOS, TENNESSEE

Por sorte, nossa primeira matéria era a mesma. No caminho para a sala, Paloma falou sobre a meia hora de intervalo que havia entre a terceira e a quarta aula.

— A maioria estuda ou conversa, mas também é quando o pessoal das atividades extracurriculares se reúne. Vai pra biblioteca que eu apresento as meninas.

A aula de política avançada é legal porque Paloma se senta ao meu lado. Entre cochichos, descubro que ela se mudou da Califórnia por conta dos vários tios e primos que moram aqui. Está gostando mais do Sul do que imaginava, mas sente saudade de Liam, o namorado que deixou para trás, e de Glendale.

— Bom, *às vezes* tenho saudade — ela esclarece, revirando os olhos como se dissesse: *Você sabe como é.*

Eu não sei. Porque a saudade de Beck é incessante.

Física e francês são um saco. Os professores só leem o programa da disciplina e informam as regras. Passo a maior parte dessas duas horas me sentindo culpada, sem tirar da cabeça a expressão derrotada da minha mãe enquanto me via sair com o carro, ainda segurando aquela lousa idiota.

Desejo em silêncio: *tomara que ela tenha um bom dia.*

No intervalo, quase não aguento mais. Encontro Paloma nas cadeiras estofadas nos fundos da biblioteca, com vista para o lado sul do campus. Tem um campo de beisebol lá longe e um de futebol americano em primeiro plano, envolto pela pista de atletismo vermelha, que me lembra muito o que havia na minha escola anterior.

Em uma extremidade, vejo a área circular para arremesso de peso. Visualizo Beck ali, fazendo um lançamento após o outro, observando as bolas de ferro seguirem a trajetória no ar como se fossem tão leves quanto ovos. Beck costumava se cobrar pelos arremessos ruins, e se recusava a comemorar os espetaculares. Sempre se pressionando, sempre buscando a excelência.

Paloma me apresenta duas meninas, Sophia e Meagan. Elas são a personificação da hospitalidade sulista, com sorrisos calorosos e brincadeiras alegres, e passam os minutos seguintes me inteirando do básico. Sophia é a mais nova de cinco irmãos, filha de uma senadora e um contador. É do time de vôlei e seus cachos castanhos cobrem as costas. Meagan é loira como eu, mas tem o cabelo bem curtinho com mechas rosas. Tem duas irmãs: uma no primeiro ano da nossa escola e a outra no quinto ano da escola onde minha mãe passou a lecionar. A mãe dela morreu há três anos de câncer de mama, por isso o pai cria as meninas sozinho, além de trabalhar no escritório da Bridgestone em Nashville. Meagan e Sophia — ou Soph, como Paloma a chama — eram vizinhas de porta, viraram melhores amigas no quinto ano e, no primeiro do ensino médio, perceberam que se importavam uma com a outra de um jeito muito mais intenso do que apenas amizade. As duas haviam sobrevivido à reprovação inicial dos pais de Soph e agora eram um casal feliz.

Quando Paloma se mudou para a cidade, no ano passado, caiu na turma de educação física delas, que incluía natação.

— Uma tortura — diz Paloma.

— Puro sadismo — Meagan confirma.

— Paloma foi contra a obrigação de alunos do segundo ano nadarem um quilômetro e meio para serem aprovados — Sophia me conta.

— A gente fez uma manifestação no pátio, com cartazes e tal — diz Meagan. — *Tenha dó, H_2O!*

Rindo, Sophia faz sinal para que ela fale mais baixo.

— Também protestamos nas redes sociais. Paloma fez o maior estardalhaço numa reunião do conselho. Foi um sucesso.

Paloma sorri e cantarola:

— *Chega de nadar!*

E foi assim que a dupla Meagan e Sophia virou um trio. Só espero que elas estejam abertas a um quarteto.

— Lia veio da Virgínia — Paloma fala às amigas. — A gente se conheceu no estacionamento. Ela quase me atropelou com um Jetta.

Faço uma careta.

— Tô sem graça até agora.

Conto rapidamente sobre a carreira do meu pai no Exército e o trabalho novo da minha mãe como professora de ensino fundamental.

— Alugamos uma casa em Glens — digo o nome do condomínio. — Pelo menos para os próximos anos.

Meagan e Sophia me olham com pena, uma reação nada incomum a quem sempre morou na mesma cidade. Elas imaginam que viver se mudando deve ser horrível. Mas não é. Não para mim. Existe uma ideia errada quando se trata de criar raízes. É possível ter ligação com mais de um lugar. Às vezes, as experiências bastam. E as pessoas também.

— Você deve sentir falta dos seus amigos — diz Meagan, segurando a mão de Sophia.

Que amigos?, penso.

No meu penúltimo ano, Beck já tinha se formado. Assim como Wyatt, Raj e Stephen, os amigos dele que viraram meus por tabela. Eu ainda tinha Macy, a namorada de Wyatt, que era muito divertida e alguém em quem eu confiava, mas não me mostrei uma boa companhia. Passei a maior parte do semestre lamentando a solidão. No segundo semestre, depois da morte de Beck, mergulhei no abismo da tristeza. Todos sabiam o que havia acontecido, claro. Tinham ido atrás de psicólogos de outras escolas para nos ajudar a lidar com o luto, mas o meu caso era muito pior. Assim, num esforço de poupá-la da minha dor, e poupar a mim mesma das lembranças, afastei Macy do meu mundo sem luz, assim como fiz com meus pais e os Byrne.

É melhor assim, eu dizia internamente e ainda repito.

— Ah, a gente mantém contato — respondo, com leveza.

— Mesmo assim — diz Sophia, empática. De repente, seu rosto se ilumina. — Vamos jantar no Shaggy Dog. Pra começar o terceirão com o pé direito.

— Nem precisa me convencer — Meagan brinca.

Paloma faz que sim com a cabeça, então olha para mim.

— Você tem que ir. É uma cervejaria no centro. Tem o melhor pudim de pão do mundo.

Fico pensativa. Jantar com meus pais, pisando em ovos entre as tentativas sutis deles de animar a filha cabisbaixa, ou jantar com três ótimas amigas em potencial?

Estou prestes a responder quando um movimento chama a minha atenção perto das baias de estudo. Um garoto magro e bem alto, com um cacho preto caindo na testa. Seus olhos absolutamente escuros cruzam com os meus, e seu sorriso torto se abre. Nossa breve conexão me distrai da conversa com as meninas. Quase faz meu coração acordar.

— Lia? — Paloma me chama quando o contato visual é

rompido e o garoto desaparece de vista, sem ser notado por mais ninguém. — Topa ir ao Shaggy Dog?

Apago a faísca traiçoeira de interesse, depois me forço a dar um sorriso que imita o dela.

— O pudim de pão me convenceu.

Viva

DEZESSETE ANOS, TENNESSEE

Paloma tem um Civic com um adesivo da Universidade do Sul da Califórnia no vidro de trás. Saio pela porta de casa e entro no banco do carona antes que meus pais tenham a chance de fazer perguntas.

— Então você quer ir para a USC? — pergunto, afivelando o cinto.

Ela dirige na direção da saída do condomínio.

— É a única universidade em que vou me inscrever. Meus pais acham arriscado demais. Insistem que não devo contar apenas com os ovos de uma única galinha.

— Mas é uma galinha bem boa.

Ela sorri.

— Onde você vai se inscrever?

— Na Commonwealth of Virginia. William & Mary. E na Universidade do Mississippi, porque meus pais estudaram lá.

— Nenhuma no Tennessee?

— Talvez na Universidade do Texas. Ou na Austin Peay.

— Megs e Soph querem ir pra Austin Peay. Juntas, claro.

— Claro — repito, sem julgar. Eu também tinha grandes planos de estudar com meu namorado. No ano passado, a perspectiva de uma graduação sem Beck do meu lado parecia inimaginável. Ainda parece. — A Commonwealth of Virginia é a minha primeira opção.

Tanto que estou considerando seriamente a possibilidade de fazer a candidatura antecipada com compromisso. Meus pais não querem que eu estude na CVU, porém Beck e eu tínhamos um plano. Na faculdade em Charlottesville, ele estudaria engenharia civil e eu, desenvolvimento na primeira infância. Ele trabalharia com planejamento urbano e eu, com crianças. Ficaríamos juntos, para sempre.

Quero seguir com o plano.

— Posso te ajudar a comparar faculdades — diz Paloma. — Meu irmão se estressou pra caramba nesse processo. Aí apareci pra dar uma mãozinha, com a cabeça fria e um aplicativo que fazia diagramas de Venn. Fiquei bem boa em pesar prós e contras, por isso já sei que quero estudar na USC.

— E onde Liam quer estudar?

Ela sorri, encabulada.

— Na USC.

Paloma para na frente de uma casa de dois andares em um bairro que lembra bastante o meu. Sophia sai pela porta, depois Meagan. Elas entram no banco de trás e seguimos para o Shaggy Dog. As meninas conversam enquanto Paloma dirige. Procuro ouvir e participar, mas meu cérebro cheio de culpa apenas repassa os breves porém desconcertantes segundos em que, hoje mais cedo, meu coração reagiu a um garoto na biblioteca.

Outro garoto.

Quando entramos no estacionamento do Shaggy Dog, meu celular começa a tocar no bolso da jaqueta jeans. Eu vejo a cara de Bernie na tela.

É como se ela soubesse.

Recuso a ligação e deixo o celular sobre as pernas.

Enquanto procura por uma vaga, Paloma pergunta:

— Sua mãe?

— Não, a melhor amiga dela.

Bernie vem me ligando desde antes da mudança para River Hollow, ainda que eu mal a tenha visto nos meses anteriores à partida da Virgínia. Para mim, era insuportável ir à casa dos Byrne e não ver Beck lá. Quando eles vinham na nossa casa, eu me escondia no quarto. Não consigo ouvir a risada contagiante de Bernie, ou os comentários irônicos de Connor, ou ver as sardas de Norah e Mae sem ser derrubada pelo tsunami da saudade.

— Ela é linda — diz Sophia, se debruçando para espiar minha tela. Bernie de novo.

— Por que uma amiga da sua mãe tá te ligando? — Meagan pergunta.

Bernie finalmente desiste. A tela se apaga.

— Eu e o filho dela... — começo a dizer, porém as palavras se engancham, como se tivessem rebarbas.

Faz nove meses que não digo o nome de Beck em voz alta.

Paloma enfim estaciona, mas ninguém sai do carro. Ficamos diante do letreiro SHAGGY DOG em neon, minha frase ainda inacabada. A atenção das meninas pesa como sacos de areia sobre meus ombros. Paloma se volta para mim, com os olhos castanhos brilhando de curiosidade.

Não enterre as minhas lembranças, Beck sussurra.

— Eu e o filho dela crescemos juntos — digo, porque gosto de verdade de Paloma, Meagan e Sophia, e quero que sejam minhas amigas. E para que saibam de Beck. — Ele morreu do nada, faz duzentos e quarenta e seis dias.

É o tipo de anúncio que consome o ar do espaço. O interior do carro fica tão silencioso que ouço meu coração acelerado. Deveria ter mantido segredo? Então Paloma exala e solta o volante para segurar minha mão.

— Sinto muito. Como ele chamava?

— Beck. Beckett Byrne.
Ela oferece um sorriso solidário.
— Você deve sentir muita saudade.
— Que ano puxado, hein? — Meagan comenta.
— Mas estamos aqui agora — diz Sophia.
— É — Meagan concorda. — No Shaggy Dog, que tem um pudim de pão de morrer.
Sophia fica chocada.
Paloma arregala os olhos.
— Que foi? — Meagan pergunta, olhando de uma para a outra. — Falei alguma coisa errada?
Ela me remete a Bernie, porque fala com convicção e sem pensar muito. Porque a perda não é uma desconhecida. Então, para surpresa geral, talvez mais minha do que das outras, eu me acabo num acesso de riso. E, nossa, como é bom.
As meninas riem também, e sinto um quentinho por dentro.
Ao longo de um único dia, fui lembrada da sensação de fazer parte de alguma coisa.

Conclusões precipitadas

DEZ ANOS, WASHINGTON

Era o fim do período que passamos na base conjunta Lewis McChord, no estado de Washington, quando eu estava terminando a sexta série. Passei a maior parte do verão ao ar livre com Beck.

Os Byrne moravam a duas casas da nossa, em um bairro próximo da base. Meu pai e eu amávamos Washington, com as folhagens perenes, as pistas de ski, as praias frias de pedras. Por outro lado, para minha mãe, a costa noroeste do país parecia cinza demais, cara demais. Ela sentia saudade dos verões úmidos do Sul, das praias de areia branca beijadas pelo mar cerúleo do Golfo do México. Mas dificilmente reclamava, porque estava com Bernie e fazia seis meses que meu pai não saía do país.

Só que, desde o fim das aulas, em junho, ela não andava muito bem. Eu passava o dia inteiro com Beck, construindo fortes com restos de madeira e treinando saltos de bicicleta em terrenos baldios do bairro. Ao voltar para casa, notava minha mãe no sofá, bebericando um copo de água com fatias de limão, vidrada em qualquer documentário que passava na TV.

Quando não estava no sofá, ela ficava no banheiro, prestes a vomitar, ou vomitando, ou escovando os dentes depois de vomitar. Raramente comia mais do que torrada com manteiga e tinha deixado de se maquiar. Eu chegava a acordar tarde da noite com o ruído baixo das vozes deles ecoando no corredor, vindas de seu quarto. Não eram brigas — os dois quase nunca discutiam —, mas também não pareciam felizes.

Em um raro dia de sol, quando estávamos na rua, confessei a Beck:

— Minha mãe tá morrendo.

Ele abaixou o martelo que usava para pregar um pedaço de madeira. Seu cabelo estava bagunçado, e havia sujeira em sua bochecha sardenta.

— É sério?

— Parece. Ela tá sempre cansada. Nem sai de casa. Vomita o tempo todo.

Beck deixou de lado o martelo roubado da caixa de ferramentas de Connor, se acomodou no chão, abraçou os joelhos dobrados e olhou para mim contra o sol forte. Sempre gostei disso nele: Beck se fazia de durão e podia até ser meio bruto, mas em certas circunstâncias, se transformava em um garoto atencioso que largava o martelo para ouvir a amiga.

— Agora que me toquei que não tenho visto muito sua mãe. Mas acho que a minha teria comentado se a sua estivesse doente. Se estivesse *morrendo*.

Dei de ombros.

— Talvez ela não queira te preocupar, que nem minha mãe não quer me preocupar.

— Você falou com seu pai?

Apenas bufei.

— Ele age como se estivesse tudo bem. Devem achar que sou uma tonta que nem percebe que a mãe não sai mais do sofá.

— Ei — disse Beck, com um sorriso gentil. — Só eu posso chamar você de *tonta*.

— Eu só... — A contragosto, meus olhos se encheram de lágrimas. Minha voz saiu embargada e lamentável. — Tô preocupada com ela.

Beck pôs uma mão no meu joelho, ralado numa queda de bicicleta no dia anterior.

— Sua mãe tá bem, Lia. Com certeza. Não sei o que minha mãe faria sem ela.

— Não sei o que *eu* faria sem ela.

Ele suspirou com compaixão.

— Sua mãe vai ficar bem. Se não ficar, *você* vai.

Funguei.

— Como você sabe?

— Eu tô com você. Não importa o que aconteça, você sempre pode contar comigo.

Algumas noites depois de eu ter exposto minhas preocupações a Beck, acordei sobressaltada por um barulho alto.

Ouvi um grito, e meu corpo gelou na mesma hora.

Corri até o quarto dos meus pais. Abri a porta, e meu pai xingou duas vezes. A cama estava desarrumada, porém vazia. Notei a luz do banheiro acesa e atravessei o cômodo em um segundo. Dei de cara com meu pai debruçado sobre minha mãe. O rosto dela estava pálido. As pálpebras, fechadas. Ela tinha desabado no chão, e havia duas toalhas em cima de seu corpo. O porta-toalhas tinha sido arrancado, a julgar pelos dois buracos na parede de drywall. A gola do pijama da minha mãe parecia úmida, e a calça...

Suja de sangue. *Muito* sangue.

Minha cabeça se encheu de perguntas, mas não consegui fazer nada além de suspirar, trêmula.

Então sussurrei:

— Pai?

Ele me observou com os olhos cheios de lágrimas. Sua voz saiu surpreendentemente clara:

— Pega meu celular, liga pra Bernie e pede pra ela vir *agora*. Depois liga pra emergência e me traz o telefone.

Obedeci. Tomada pelo pânico, deixei o piloto automático assumir o controle, porque sabia, racional e emocionalmente, que minha mãe precisava de mim.

Assim que o pessoal da emergência atendeu, passei o celular para meu pai e fiquei apenas ouvindo.

— Ela tem trinta e quatro... Está sangrando, sim... Faz alguns minutos.

E de repente, de maneira brusca:

— Não sei!

Minha mãe gemeu, segurando a barriga. Sua boca se contorceu, seus olhos se estreitaram. Eu me abaixei. Tinha medo de tocá-la, mas queria fazer alguma coisa. Com cuidado, levei uma mão trêmula à sua testa. Minha palma deslizou fácil pela pele úmida.

E então...

— Ela tá grávida — disse meu pai ao telefone.

Recolhi a mão. Minha visão ficou turva. Ouvir aquela palavra — *grávida* — foi como ser atingida por uma avalanche.

Os olhos do meu pai encontraram os meus.

Minha mãe estava grávida.

— Dezesseis semanas, acho.

Para mim, ele articulou com a boca, sem produzir som: *Desculpa.*

À distância, uma porta bateu. Pés correram pela escada. Bernie apareceu com o cabelo castanho preso em um rabo de cavalo descuidado, as bochechas coradas. Seus olhos foram direto para a minha mãe, indefesa sobre o piso frio.

— Meu Deus, Cam — Bernie soltou.

— Eu sei — disse meu pai. — *Eu sei*. A ambulância tá a caminho.

Bernie transferiu sua atenção da minha mãe — sua melhor amiga, fora de si e sangrando — para mim, praticamente em posição fetal.

— Vem comigo, meu bem.

— Mas a mamãe...

— Seu pai vai cuidar dela. Vamos receber a ambulância.

Segurei a mão de Bernie. Descemos a escada devagar e saímos pela porta da frente. Ficamos juntas na entrada, tentando ouvir a sirene. Então identificamos ao longe um *uóuóuó*, depois uma ambulância parou à nossa frente, cantando pneu.

O resto é um borrão: socorristas correndo e saindo com minha mãe numa maca. Meu pai entrando na ambulância e dizendo apressado:

— Não, Millie, você fica com Bernie.

Bernie me segurando enquanto eu me debatia na inútil tentativa de correr atrás dos meus pais.

Fui ao chão, levei o rosto às mãos e chorei.

Bernie chorou também.

Passado um tempo, entramos em casa. O relógio acima da lareira marcava quase três horas da manhã. Mesmo cansada, não tinha sono. Bernie me fez chocolate quente, do tipo que dá trabalho, com chocolate derretido no fogão. Aí montou um ninho de cobertores para a gente no sofá.

Fiquei tomando meu chocolate quente.

Com Bernie ao lado, em silêncio.

Sem conseguir aguentar mais, perguntei:

— Ela tá grávida?

Bernie confirmou com a cabeça.

— Sua mãe não queria que você soubesse ainda, por causa de algumas complicações.

— Achei que ela estivesse morrendo.

Até onde eu sabia, minha mãe ia mesmo morrer. Ou talvez já tivesse morrido.

Bernie colocou a caneca sobre a mesa de centro e pegou minhas mãos.

— O que aconteceu hoje... Vamos ter que esperar seu pai ligar, mas ela vai ficar bem, Lia.

Beck havia dito a mesma coisa poucos dias antes.

Por mais que eu quisesse acreditar nos dois, a verdade é que eles não podiam afirmar com certeza que minha mãe sobreviveria. Ou que voltaria para casa.

— Não era pra ela ter mais filhos — falei.

Bernie ergueu uma sobrancelha.

— Não?

— Foi o que a vidente disse. *Você terá uma filha*. Eu. A gravidez... não faz sentido.

Fiquei olhando para Bernie enquanto ela absorvia minhas palavras e tentava — sem sucesso — conter um sorriso. Bernie me olhava como se eu fosse inocente, uma tola, porque acreditava em uma vidente de parque de diversões. Era *muita* hipocrisia, porque minha mãe mesma acreditava. E Bernie também. Eu tinha certeza disso, porque desde que conseguia me lembrar ela se referia a seu filho — *Beck* — como minha alma gêmea. De repente, se a previsão não se adequava à narrativa, não tinha mais credibilidade?

— A vida é confusa. As coisas não são simples como as previsões de uma vidente.

Franzi o nariz, profundamente insatisfeita com a resposta vaga.

— Tá. Então acho que Beck e eu não vamos ficar juntos pra sempre.

A risada dela soou como um alfinete furando a bolha de ansiedade que me prendia.

— Ah, Lia. Se você ficar com Beck, é porque é a sua vontade. Não porque uma vidente disse isso à sua mãe. Vou continuar gostando de você não importa o que aconteça.

Ela me abraçou e ajeitou os cobertores. Ligou a TV e ficou procurando uma série, até escolher o primeiro capítulo de *Dawson's Creek*, que minha mãe não me deixava assistir por ser supostamente "avançado" demais para mim. Era sempre assim: Bernie me deixava fazer muito mais do que minha mãe, do mesmo jeito que minha mãe só ria quando Beck mergulhava Oreo no pote de manteiga de amendoim.

— Ah, eu adorava essa série quando era novinha — disse Bernie, enquanto Dawson e Joey discutiam sobre dormir fora de casa. — E *Barrados no baile*, *O quinteto* e *Veronica Mars*... O melhor do drama adolescente. Já passou da hora de você conhecer Pacey. E Rory Gilmore, Buffy, Tim Riggins... Aproveite.

Soltei uma risadinha e, nos braços de Bernie, peguei no sono.

Acordei grogue, com o som do celular dela. Bernie me soltou e saiu da sala na ponta dos pés. Eu a segui discretamente. Ela entrou na nossa cozinha — um cômodo que conhecia tão bem quanto minha mãe — e abriu o armário, sorrateira. Acabou escolhendo um sachê de café médio e o colocou na máquina, enquanto murmurava "sim", "não" e "sinto muito".

Era meu pai. Eu soube só pelo tom de Bernie.

Também soube que minha mãe estava bem. Ou Bernie não estaria de pé, não escolheria uma caneca, não pegaria na geladeira o creme de avelã.

Mas por que ela sentia muito?

— Lia está bem — disse Bernie, quando o café ficou pronto. — Dormiu um pouco. Posso ficar aqui o quanto precisarem.

Meu pai falou alguma coisa — provavelmente um agradecimento, porque ela só concordou.

Levei uma mão ao coração. Batia forte demais para um corpo imóvel.

— Manda um beijo pra Hannah. — Bernie desligou.

Ao se virar, não pareceu surpresa em me ver à espreita. Ficamos nos olhando enquanto o cheirinho de café, quente e suntuoso, dominava a cozinha. Havia certo peso em sua expressão, como se a tristeza curvasse suas feições para baixo.

— Sua mãe está bem — disse ela afinal.

— Você já sabia que ela ia ficar bem.

— Era o que eu *esperava*.

— E o bebê?

— O bebê... não resistiu.

Uma maneira mais delicada de falar que ele morreu. Aquele tipo de delicadeza não vinha naturalmente a Bernie. Embora fosse grata pelo cuidado, eu tinha dez anos, e não dois. Depois do que havia testemunhado na madrugada, estava de saco cheio de eufemismos. Queria sinceridade — *precisava* de sinceridade.

Fiquei incomodada com a certeza prévia de que a gravidez não vingaria.

Mas existiu um bebê.

E meu coração já sofria a perda.

Bernie se aproximou.

— Sinto muito, Lia.

Assenti, porque não havia palavras, só sentimentos. Sentimentos grandiosos, sentimentos conflitantes, sentimentos tão ardentes que com certeza estavam me deixando com febre. Eu estava frustrada porque não tinham me contado antes.

Devastada por terem me negado a chance de amar um irmão. E, acima de tudo, furiosa com a vidente, por prever a realidade.

Minha mãe teria uma filha, e só.

— Não tô me sentindo bem.

— Lia...

— Por favor — falei, já me arrastando para a escada. — Quero ficar sozinha.

No quarto, eu "me pus de cama", como minha avó costuma dizer — ou seja, fiquei chorando deitada sob as cobertas. Devo ter pegado logo no sono, e quando dei por mim, alguém me sacudia. Abri os olhos: Beck estava na beirada do colchão, com a mão quente no meu ombro.

— Minha mãe pediu pra te chamar. Quer que você coma as panquecas que ela fez.

— Tô sem fome — falei, esfregando os olhos embaçados.

— Eu sei. Mas comer ajuda quando me sinto mal.

Puxei a colcha até o queixo.

— Só de pensar em calda me dá vontade de vomitar.

Na mesa de cabeceira, ele pegou a bola mágica que eu tinha ganhado num Natal. Fechou os olhos e disse:

— Lia deve comer panqueca?

— Beck...

Ele consultou a bola.

— *Com certeza*. — falou, bancando o espertinho.

— Para com isso. É só um brinquedo.

— Um brinquedo inteligente. E se você puser geleia de morango na panqueca? Ou nutella?

Minha barriga roncou.

— Nutella é uma boa. Mas... você pode trazer aqui? Pra eu comer na cama?

Com um sorriso fofo, ele fez que sim com a cabeça.

Aí me lembrei da vez em que Bernie comentou: *Ah, Lia, você é praticamente minha nora.* E como minha mãe gostava de repetir: *Beckett Byrne e Amelia Graham: como dois e dois são quatro.* E como o próprio Beckett havia prometido dias antes: *Você sempre pode contar comigo.*

Foi só naquele momento, com Beck no meu quarto no pior dia possível, me prometendo panqueca e conforto, que nosso futuro realmente pareceu definido.

Beck e eu éramos um fato.

Olhei para ele, tentando invocar o amor que eu sentiria um dia, querendo experimentá-lo, como uma amostra grátis, ou um trailer de filme. Meus olhos encontraram sua boca, onde havia sinal de incerteza, enquanto eu imaginava meu primeiro beijo — com ele.

Esquisito, pensei. *Beijar Beck seria esquisito.*

Ele pigarreou.

— Você tá bem?

— Acho que vou ficar.

Então se levantou.

— Já volto, tá?

Assenti, vendo meu amigo sair do quarto, sua notável masculinidade fora de lugar entre as minhas coisas predominantemente femininas.

Quando Beck chegou à porta, eu o chamei. Ele ficou parado, com a mão no batente. Seus olhos verde-acinzentados e inquisitivos se voltaram para mim, e de repente esqueci as palavras.

Ainda meio aérea, me limitei a dizer:

— Obrigada.

Notei um sorrisinho.

— De nada.

Instinto

DEZESSETE ANOS, TENNESSEE

Graças a Paloma, Meagan e Sophia, as primeiras semanas do terceiro ano não são tão ruins.

Até que chega o dia que eu temia: o aniversário de Beck.

Há meses não fico mal assim. Meu plano era ir para a cama logo depois da aula, mas as meninas me convencem a passar na Buttercup Bakery. Pedimos bebidas e cupcakes com cobertura e nos apertamos numa mesa de canto. Paloma faz um brinde a Beck. Eu tinha mencionado a data de maneira passageira, logo que nos conhecemos, mas ela não esqueceu.

No ano passado, Beck completou dezoito anos em Rosebell. Era a primeira vez que voltava para casa desde a mudança para Charlottesville, no mês anterior. Bernie e eu fizemos as suas comidas preferidas para o almoço: cachorro-quente, macarrão com queijo e salada caprese, e de sobremesa o bolo de manteiga de amendoim que ela só faz em ocasiões especiais. Nossas famílias se reuniram no quintal deles, depois nós dois passamos a tarde fora, sozinhos.

No estábulo da base, demos maçãs aos cavalos que puxam os caixões nos funerais do Arlington National Cemetery, passeamos pelo National Mall e terminamos no Jefferson Memorial, onde assistimos ao mergulho espetacular do sol no horizonte.

Sinto falta dele, e da nossa crença despreocupada no para sempre.

Também sinto falta dos Byrne. Dos encontros, da comida, das risadas, da afinidade.

— Tô pensando em falar com a mãe de Beck — digo a minhas amigas, passando os dentes do garfo na manteiga de amendoim do meu cupcake.

— Você deveria fazer isso mesmo. — Meagan está perto de mim, então percebo o olhar de Paloma, do outro lado da mesa, como se dissesse "pega leve". — Quer dizer, o dia deve estar sendo péssimo pra ela também.

O remorso atingiu meu peito. A vida toda, Bernie foi minha aliada, uma mãe postiça superlegal, alguém a quem eu podia recorrer nas raras ocasiões em que não podia contar com minha mãe. No entanto, eu a tinha abandonado no ano mais difícil de sua vida.

Devo ter parecido tão culpada quanto me sentia, porque Soph interferiu para apaziguar.

— O que Megs tá tentando dizer é que, quando nosso instinto diz alguma coisa, é legal ouvir.

Eu me viro para Paloma e fico diante de seus olhos bondosos, com delineador preto e cílios quilométricos.

— O que você acha?

Ela sorri.

— Concordo com essa ideia de honrar o próprio instinto.

Largo o garfo para fazer uma confissão vergonhosa.

— Eu nem tô me aguentando, com certeza falar com Bernie me deixaria arrasada. É o que tem me segurado... medo. Vocês devem estar me achando egoísta...

— Não — Paloma e Soph dizem ao mesmo tempo.

— Sim! — é a resposta de Meagan. Apesar da falta de tato, ela solta o cupcake e aperta minha mão. — Sei como são essas coisas, Lia. Tipo, depois que minha mãe morreu, minha avó aparecia em casa o tempo todo. Pra fazer o jantar, lavar a roupa, limpar o banheiro... Meio que atrapalhava o meu pai, ele ficava bem irritado. No primeiro Natal sem mamãe, minha avó insistiu em preparar toda a comida. Não deixou nem que ele assasse o peru. Na hora de comer, meu pai olhou pra cadeira vazia e surtou. Disse que ela estava ultrapassando os limites, tentando assumir o controle da casa. Minha avó surtou também e saiu da mesa, deixando meu pai, minhas irmãs, meu avô e eu. Achei que meu avô fosse ficar puto, mas ele só cortou o peru, na maior tranquilidade, e começou a falar sobre como minha avó estava triste, sobre como tentar ocupar aquele lugar era parte do processo de luto.

— Faz sentido — Paloma comenta.

Meagan sorri para ela antes de olhar para mim.

— Cada pessoa lida com a perda de um jeito. Você quer lidar sozinha, mas talvez a mãe de Beck precise de contato. Vai ser difícil pra você, mas imagina como você vai estar ajudando.

Soph estende o braço para entrelaçar seus dedos com os de Meagan.

— Garota esperta.

Megs é mesmo esperta: a linguagem do amor de Bernie é tempo de qualidade. Ela é uma boa interlocutora e ouvinte. Adora fazer contato visual e rir junto. Beck era igual.

Ele deve estar muito decepcionado com a maneira que mantive sua mãe fora da minha vida.

Dou uma mordidinha no meu cupcake e observo minhas amigas.

— Vou melhorar.

Paloma dá um sorriso de incentivo. Soph assente, os olhos brilhando.

— Claro que vai — diz Meagan.

Promessa

DEZESSETE ANOS, TENNESSEE

Eu e Bernie costumávamos trocar muitas mensagens. A gente comentava os programas de TV, ou ela perguntava onde eu e Beck tínhamos ido, ou ainda mandava um recado para que ele me deixasse em casa antes no horário combinado. Mas por quase um ano, essa tem sido uma via de mão única: Bernie mandando um oi, Bernie dizendo que espera que eu esteja bem, Bernie mandando fotos de Norah e Mae.

Me sinto péssima por esse silêncio ter durado tanto tempo. Meu coração está partido ou será que nem tenho um?

Com o cupcake de manteiga de amendoim se revirando no meu estômago, reúno coragem para escrever um simples Oi.

Envio antes de ser vencida pela dúvida.

Não espero uma resposta imediata, porque já é tarde, mas ela logo chega.

Oi, garota! Que bom que você escreveu!

O aperto no meu peito dificulta a respiração. Volto as mensagens até as dezenas de fotos das gêmeas que ela mandou. Fico triste por estar perdendo a chance de acompanhar as duas crescendo.

Norah e Mae estão tão grandes, nem acredito.

Ela manda uma nova foto: as meninas de cabelo loiro-avermelhado sorrindo, as bochechas rosadas e os vestidos idênticos. Fico feliz por Bernie e Connor terem as duas. São um presente.

Elas estão amando o jardim de infância. Como você está?

Opto pela honestidade brutal: **Péssima. E você?**

Também. Mas falar com você ajuda.

Meagan tinha razão.

E o mais surpreendente é que falar com ela está me ajudando também.

A gente está com saudade, Bernie envia.

Prometi a mim mesma que não passaria o dia chorando. O aniversário de Beck deveria ser uma data alegre; como no passado. Enxugo os olhos com a manga e pergunto:

O que você tem assistido?

Nada. Não parece certo ver drama adolescente sem você.

Nada mais parece certo.

Penso no garoto que notei na biblioteca no primeiro dia de aula. Não fazemos nenhuma aula juntos, mas eu o vejo no campus, às vezes com os amigos, às vezes sozinho, a mochila caindo do ombro, a expressão reflexiva. Os olhos profundos e os passos seguros chamam a minha atenção de um jeito que gera empolgação e culpa.

Não, nada mais parece certo.

Vou até a escrivaninha e reviro a gaveta cheia de diários. Quando encontro o certo, abro direto na página que escrevi pouco depois de completar onze anos: *Lista de maratonas de Lia e Bernie*. Passo o dedo pelos nomes dos programas em tinta roxa — *Minha vida de cão*, *The OC*, *Gossip Girl* e tantas outras —, até chegar onde paramos.

A gente pode começar Friday Night Lights se você topar.

Combinado, ela responde.

E então: **Te amo, Lia. Todos amamos. E Beck te amava muito.**

Disso eu não tenho dúvida nenhuma.

Beck fazia eu me sentir amada todos os dias, desde pequenos gestos até os mais grandiosos. No quadro de cortiça sobre a escrivaninha, encontro uma das minhas fotos preferidas, tirada em Rehoboth Beach, alguns meses antes de Beck ir para a CVU. O vento bagunçando seu cabelo, suas sardas multiplicadas pelo sol. Seu sorriso largo e reluzente. Ao lado dele, eu estou com um biquíni amarelo-banana e um rabo de cavalo desleixado, rindo tanto que meus olhos quase se fecham.

Beck olha para mim como se eu fosse feita de pó de estrelas.

Meu celular vibra.

Faz alguma coisa especial hoje. Alguma coisa pra você. Beck ia gostar.

Também há duas fotos tiradas em Charlottesville, no fim de semana em que o visitei. Uma por Bernie, bem nítida, com as cores saturadas: Beck e eu em azul-marinho e vermelho, sorrindo entre milhares de pessoas no estádio da universidade. Os Eagles massacraram o Virginia Tech no futebol americano. A outra, na manhã do mesmo dia, uma selfie no quarto dele, fora de foco como um sonho. Ele me abraçando, nós dois nos olhando, os narizes quase se tocando.

Meu último fim de semana com ele.

Nossa última refeição, nossa última risada, nosso último beijo.

Meu melhor fim de semana com Beck.

Vou fazer isso, escrevi para Bernie.

Compromisso

Ela passa as últimas horas do aniversário dele na internet, pesquisando o processo de candidatura antecipada com compromisso na CVU, fazendo anotações e listas, escrevendo sentimentos e dúvidas no diário.

O prazo é 1º de novembro — tempo suficiente para reunir as cópias de documentos e as cartas de recomendação, tirar dúvidas com o Serviço de Veteranos sobre o auxílio educacional que o pai transferiu para ela, transformar em uma redação o tempo que passou como voluntária nos vários grupos de apoio à família de militares.

Ela já preencheu a papelada da bolsa com os pais, e tem na conta o dinheiro da taxa de inscrição, então eles ainda não precisam saber de nada.

Os dois sabem que seu interesse pela CVU começou com Beck.

Antes que fossem um casal, ela pretendia voltar à costa noroeste para estudar. Sentia falta do céu nublado e do cinza de Puget Sound.

Queria passar um semestre no exterior, uma chance de explorar um país diferente.

Mas está convicta desde que Beck morreu.

Quatro anos na CVU serão capazes de remendar sua alma.

O problema é que, se os pais descobrirem sobre a aprovação antecipada, ela vai ter que se matricular, e eles vão ficar malucos.

Mas tudo bem.

Uma hora os dois vão entender.

Ela observa a bola mágica na escrivaninha.

A mesma com que brincava com Beck, para tomar decisões importantes ou triviais.

Ela sussurra a pergunta que está em sua cabeça desde que abriu o notebook.

Sacode devagar e espera a mensagem.

O triângulo azul não tem dúvida.

Está resolvido.

Ela vai adiante.

Vai receber a resposta em dezembro.

E só então vai comunicar aos pais.

365 dias

DEZESSETE ANOS, TENNESSEE

Numa manhã gelada de novembro, acordo com um poço aberto dentro de mim.

Aguento tomar banho. Deixo o cabelo cair na cara para esconder o rosto. Visto calça jeans preta e blusa de lã combinando, uma mistura de adolescente moderna e viúva vitoriana. E, feito uma masoquista, pego na caixinha de joias minha posse mais preciosa, um anel com uma água-marinha e uma safira. Parei de usá-lo no velório de Beck, porque as duas pedras faziam com que eu me sentisse mais solitária do que nunca.

Mas preciso delas hoje comigo.

Encontro meus pais na cozinha, na companhia de Major, que já comeu o café da manhã, mas continua diante da tigela, pedindo mais. Quando passo, ele cheira minha mão com carinho. Tem chocolate quente na bancada, num copo para viagem, e um croissant de chocolate despontando de um saco de papel. Café da manhã especial, só para mim. Meu pai deve ter buscado isso, já que veste uma blusa de *fleece* e um Adidas esfarrapado da época da faculdade. Minha mãe abandona sua caneca de chá pela metade, vindo na minha direção. Ela abre os braços, como um zumbi, à espera de um abraço. Desvio. Seu rosto se contrai, e me sinto culpada, mas quero ser deixada em paz.

— Preciso ir pra escola — explico.

Mal nos falamos nos últimos meses. Eu não disse nada sobre ter escrito para Bernie, ou sobre *Friday Night Lights*, porém com certeza Bernie tocou no assunto. Será que isso deixa minha mãe com ciúme ou triste? Bom, não importa — *não devo me importar.*

Por algum motivo, as coisas são mais fáceis com Bernie.

Meu pai abraça minha mãe e me dirige um olhar insatisfeito.

Ela se desfaz em lágrimas silenciosas.

Major fica choramingando alto.

Que insuportável, eu digo a Beck.

Tiro a mochila do gancho e pego as chaves da bancada e o casaco do armário. Aí ponho a mão na porta da garagem. Quase consigo escapar do meu pai, mas então ele chama meu nome.

Imagino que vou receber uma lição valiosa e sábia. Meu pai está acostumado a dizer coisas fortes e estoicas. Só que, em vez disso, ele apenas diz:

— Não esquece o café.

Está escuro e frio lá fora. Sob a promessa do dia, as estrelas mais teimosas ainda pontuam o céu. Já no carro, eu me debruço, dou a partida, ligo o aquecedor, e sem nem tocar na comida, jogo o café da manhã na lixeira da calçada.

Não vou conseguir comer hoje de jeito nenhum.

Atlético e cheio de energia, Beckett Byrne emanava vida.

Um ano atrás, ele morreu sozinho, por conta de um infarto.

Quem o encontrou foi seu colega de quarto, James.

Coitado do cara.

Ele entrou lá pronto para arrastar Beck para beber antes de passarem o feriado de Ação de Graças nas próprias casas. James chegou gritando, batendo nas escrivaninhas e estantes, agindo como um bobo.

Na maior parte do tempo, Beck rolava de rir das palhaçadas do amigo.

No dia 22 de novembro, ele nem se mexeu.

James descreveu aquela tarde meses depois, quando entrei em contato implorando por detalhes, certa de que aquilo resultaria numa catarse. Não saber me atormentava — ou, pelo menos, era o que eu acreditava. Na verdade, estava sendo castigada pela perda, a completa falta de sentido por conta de um garoto ter sido apagado tão cedo da existência.

Fora a saudade.

James fez a minha vontade, narrando a cena que ainda constitui meus pesadelos.

Beck estava na cama.

De olhos fechados.

Um braço junto ao corpo, outro dobrado abaixo da cabeça.

A julgar pela escrivaninha, ele tinha toda a intenção de acordar e tocar a vida. Seus livros estavam empilhados, com uma variedade de post-its coloridos. Sua carteira, ao lado do chaveiro. O celular havia sido carregado durante a noite. Depois fiquei sabendo que seu e-mail estava aberto no notebook, com a confirmação de entrega do sorvete artesanal que havia mandado para mim em Rosebell.

— Achei que ele estivesse dormindo — James me disse, engasgando com as lágrimas.

Ele chegou a sacudir o ombro de Beck. Com força. Então gritou no corredor pelo representante do andar. Ligou para a emergência enquanto o cara tentava uma reanimação cardiopulmonar. Vomitou na lata de lixo conforme os segundos se transformavam em minutos, os minutos se transformavam numa eternidade e o pânico se espalhava pelo seu peito, como um vulcão em erupção.

O peito de Beck, por outro lado, permanecia imóvel.

Paralisada

DEZESSETE ANOS, TENNESSEE

É como se uma neblina me acompanhasse na escola. Atravesso os corredores sem tirar os olhos do chão e passo o intervalo no carro em vez de ir à biblioteca. É a quarta-feira antes do Dia de Ação de Graças, e assistimos a filmes na maioria das aulas. Ninguém se importa com minha falta de concentração.

Paloma escreve: **Se quiser falar, tô aqui. Se não quiser também.**

Sophia escreve: **Te amamos.**

Meagan escreve: **Não vai ser tão difícil pra sempre.**

Do Colorado, Andi e Anika me mandam coraçõezinhos no nosso grupo.

Até Macy escreve: **Tô pensando em você.**

Ao fim da última aula, eu me escondo no banheiro, para evitar a multidão. Recostada na porta da cabine do fundo, suspiro e mando uma mensagem para Bernie: **Todo o meu amor pra você, Connor e as gêmeas.** Então guardo o celular e espero o fim da gritaria no corredor.

Quando o silêncio finalmente reina, me deparo com um cenário quase pós-apocalíptico. Papéis jogados. Uma lata de refrigerante tombada no chão, o líquido derramado. Um pompom de torcida pendurado no teto.

Eu me sinto péssima pelo pessoal da limpeza que vai ter que lidar com isso.

Atrás de mim, uma voz grave fala o que eu pensei:
— Coitado de quem vai ter que limpar essa merda.
Um garoto está ali, a alguns passos.
O garoto.
— Desculpa — diz ele, se aproximando. — Não quis te assustar.

Faz meses que circulamos pelos mesmos corredores, e já nos cruzamos no pátio dezenas de vezes, mas sempre me esforcei ao máximo para não ficar pensando nele. Mesmo assim, sempre me lembro de como me senti quando nossos olhos se encontraram no primeiro dia, na biblioteca. Como se talvez houvesse algo para mim além de tristeza. Ou minha alma pudesse encontrar outro alguém no futuro distante. Agora, mais próxima dele do que nunca, eu me permito observá-lo: a calça jeans, a blusa de frio cinza-escura, a mochila no ombro. Sua pele parda, seus olhos preocupados. O que mais chama a atenção é o formato do nariz, que pelo visto já se quebrou uma ou duas vezes.

Sinto os pelinhos da minha nuca se arrepiarem, minha respiração se encurta, e me perco na lembrança de meses atrás, numa tarde fria de inverno na Virgínia. Catalogo seu cabelo escuro, sua altura, seu nariz torto, somando as feições como se fossem números.

O total é como ser acordada de um sono profundo.

Ele chega mais perto, e a distância entre suas sobrancelhas se encurta.

— Tudo bem com você?

Minha mochila vai ao chão. Engulo em seco, com um nó na garganta.

— Merda — diz o garoto, preocupado. — Você não tá bem, não.

Não estive bem o dia todo, e isso... *isso* basta para eu desmoronar.

Fui exposta.

Então choro.

Faz doze meses. Trezentos e sessenta e cinco dias. Eu estou um caco.

Um ser humano mais fraco daria as costas e sairia correndo, esqueceria a esquisitona melodramática e deprimida chorando até formar poças.

Mas esse ser humano... deixa a mochila no chão e dá um abraço na esquisitona.

Soluços de choro sacodem meu corpo, provocando espasmos nos músculos do pescoço. Por segundos aterrorizantes, não consigo respirar. Nos braços de um desconhecido, eu ofego, choro e balbucio. Fico *horrorizada* com minha reação, mas depois de não ter extravasado assim há eras, agora que enfim me entreguei a uma emoção, não sou capaz de segurar as outras.

Finalmente, *finalmente*, recupero o controle.

Eu me afasto para considerar as opções: me explicar ou correr.

Tendendo para a última, acabo criando coragem para encará-lo. Sua angústia é óbvia. Minhas lágrimas deixaram manchas em seu moletom. Ele ainda não pegou a mochila, provavelmente porque acha que vou desabar de novo.

— Melhor agora? — ele pergunta, baixinho.

Estamos tão próximos que dá para sentir o cheiro do chiclete de hortelã dele.

— Não sei. Talvez. Bom... — Solto o suspiro mais profundo do mundo. — Não. Nem um pouco.

Ele oferece um sorriso esperançoso, como se pensasse: *Talvez ela não seja totalmente desequilibrada.*

— Já te vi por aí — o garoto comenta, sem desviar o olhar do meu rosto. — Você entrou esse ano, né?

Passo os dedos debaixo dos olhos, tentando apagar os resquícios do meu colapso, como se o rímel manchado fosse o único sinal disso.

— Entrei em agosto. Sou do terceiro ano.

— Eu também. Você tá indo pra casa?

Casa. Meus pais. Uma noite desanimadora pela frente.

A contragosto, confirmo com a cabeça.

Ele pega a própria mochila e estende o braço, como se propusesse uma caminhada juntos.

Merda. É isso mesmo.

— Meu nome é Isaiah — diz o garoto, enquanto atravessamos o corredor sujo.

— Lia — digo casualmente, ignorando que acabei de chorar em seus braços.

Andamos no mesmo ritmo até que ele para. Eu paro também, como se estivéssemos ligados. Isaiah se abaixa, recolhe alguns papéis espalhados pelo chão e vai ao lixo reciclável. Depois recolhe um pouco mais, descartando o resto ao longo do caminho.

Eu o imito, pulando para pegar o pompom solitário, e isso até ajuda. Praticar uma boa ação ameniza um pouco as trevas do dia.

Ao fim do corredor, olhamos para trás. Agora parece que passou um vento forte, e não um ciclone. Isaiah me oferece o punho fechado, e eu dou um toquinho nele com o meu, como se há dez minutos meu mundo não estivesse de cabeça para baixo.

Saímos pela porta, e o frio o faz cruzar os braços.

— Quer carona?

— Tô bem, obrigada.

Ele me encara, sério.

— Mesmo?

— Vim de carro — digo, sabendo perfeitamente bem que não é disso que Isaiah está falando.

Parado no meio-fio, ele passa uma mão pelo cabelo, revelando na testa uma cicatriz clara em forma de V. Discreta e interessante.

... uma cicatriz aparente e outra mais profunda...

Sinto um friozinho na barriga.

— Bom, Lia, foi divertido.

É como estar em queda livre. Remexo nas chaves, me esforçando ao máximo para manter o controle, enquanto tento botar gratidão genuína para fora:

— Obrigada por... como você agiu lá dentro. Por ter sido legal. Sei que aquilo foi desconfortável.

Seus olhos brilham.

— Não faço ideia do que você tá falando.

— Você podia ter deixado tudo ainda mais desconfortável — insisto, tentando sorrir. — Obrigada por não ter feito isso.

Isaiah abre um sorriso também, despertando meus neurônios. Vejo o garoto com clareza: os olhos profundos e expressivos, as maçãs do rosto de dar inveja, a boca volumosa. Sua presença é igual a uma fogueira quentinha em noites frias. Desfruto da gentileza e do conforto duradouro de seu abraço. Mais friozinho na barriga. As pontas dos meus dedos formigam, meu coração martela no peito e minhas bochechas ardem. Nossa, talvez eu esteja ficando doente. Mas, a cada martelada, reconheço a sensação. Polos opostos de dois ímãs se atraindo.

Ele modera o sorriso, uma expressão misteriosa. Seus olhos varrem meu rosto. Sua língua umedece o lábio inferior, saboreando a energia entre nós. Minha postura, racional até agora, se desfaz.

Meio tonta e com calor, eu me aproximo. Seu cheiro é como o inverno: fumaça, zimbro, hortelã. Na ponta dos pés, levo minha boca à dele. Isaiah fica surpreso, mas gosta. Inclina a cabeça, intensificando o beijo, e suspira. Fecho os olhos e aceito aquilo, perdida no embalo.

Quando dedos encontram meu rosto, eu me lembro de quem sou e da minha situação. Mais ainda: me lembro do significado deste dia e me afasto rápido.

— Desculpa — digo a Isaiah.

Desculpa, digo a Beck.

Isaiah assente, pondo a mão na boca, confuso e com desejo.

Graças a Deus, o som de um motor nos distrai da loucura desses trinta segundos. Uma SUV prata entra no estacionamento, pilotada por uma mulher negra de meia-idade vestindo uma blusa de frio cor de vinho, e para na nossa frente. Dá para ouvir lá de dentro "Crazy in Love", da Beyoncé, apesar das janelas fechadas. A mulher acena e sorri para Isaiah.

Ele acena de volta.

— Minha carona.

— Adoro Beyoncé. — Nossa, que comentário mais sem graça. Porém, a interação fica mais desconfortável a cada segundo, e dizer algo aleatório sobre uma artista pop parece melhor do que reconhecer que acabei de dar um beijo absolutamente inapropriado nele.

Isaiah sorri, inseguro.

— Você está bem mesmo?

— Claro — retruco na hora.

Ele assente, incerto e talvez até um pouco ofendido.

— Bom feriado, então.

— Obrigada — digo, enquanto ele abre a porta da SUV. — Feliz Dia de Ação de Graças.

Volto para casa chorando, as lágrimas salgadas se misturando aos resquícios de hortelã nos meus lábios.

Pane

DOZE ANOS, COLORADO

O bebê era um menino.

Houve um exame genético logo depois, por escolha da minha mãe.

Eu nem conseguia imaginar — um irmão mais novo.

Fomos embora da base naquele mesmo inverno. Fiquei chateada. Fora a perda gestacional, adorei o período que passamos na costa noroeste. Ia bem na escola e morava na mesma rua de Beck. Se tolerei a mudança, foi porque os Byrne partiram no mesmo mês. Meu pai foi enviado para Fort Carson, no Colorado, e Connor iria para Fort Jackson, na Carolina do Sul. Minha mãe e Bernie se abraçaram na calçada entre nossas casas. Beck e eu não nos abraçamos — seria esquisito —, porém ir para longe dele parecia errado, como se eu me tornasse um quebra-cabeça sem uma peça.

Os primeiros meses no Colorado foram péssimos. Beck e eu trocávamos mensagens com frequência, às vezes até fazíamos chamadas de vídeo, mas eu sentia falta das noites vendo filmes juntos. E de nadar no Long Lake Park. E de como ele se gabava quando ganhava nas quadras de tênis, e ficava emburrado quando eu ganhava nas pistas de esqui. Ao longo de três anos, Beck foi meu mundo.

Com o passar do tempo, Colorado Springs trouxe à tona

uma versão diferente de mim. Fiz amigas. Andi, uma pianista com uma risada contagiante, e Anika, que queria virar roteirista e ficava sempre feliz ao assistir séries e filmes comigo. Tinha até um menino, Hayden, que era bom no futebol, me ensinou a dividir frações e foi meu primeiro crush.

No sétimo ano, a sra. Bonny era a professora de ciências. Uma mulher australiana com um sotaque que eu adorava. Decorou o laboratório com imagens de coalas em eucaliptos, das águas azuis-esverdeadas da Grande Barreira de Corais e das rochas avermelhadas do Parque Nacional de Kings Canyon. Também trouxe bolachas Tim Tam para a turma toda. Fiquei louca por ela, e obcecada pela ideia de visitar a Austrália. Sonhava acordada imaginando passar um semestre em Melbourne ou Sydney durante a faculdade. Ainda levaria vários anos, mas comentei com meus pais, que acharam a ideia fantástica — desde que eu prometesse que eles poderiam me visitar. Com a aprovação entusiasmada de Andi, Anika e Hayden, jurei que um dia aquilo se tornaria realidade.

Vimos os Byrne algumas vezes durante os anos em Colorado Springs. Na semana do saco cheio que passamos juntos no Havaí quando fiz onze anos, no fim de semana em que fomos esquiar em Park City. Minha mãe e Bernie foram a Cabo San Lucas, uma viagem orquestrada por meu pai e Connor com o intuito de melhorar a melancolia da minha mãe e comemorar a notícia de que os Byrne teriam gêmeas. Na primavera do meu aniversário de doze anos, meu pai foi enviado ao Afeganistão, e logo que comecei no oitavo ano, minha mãe me deixou faltar na aula para irmos à Carolina do Sul ajudar os Byrne com as bebês, que haviam nascido no finzinho de agosto.

No voo, fiz a pergunta que me incomodava desde o aviso da gravidez:

— Depois do que aconteceu, você fica triste sabendo que Bernie tem duas bebês saudáveis?

— Às vezes — minha mãe confessou. — Mas minha tristeza nunca é maior do que a alegria que sinto por Bernie, Connor e Beck. Fico muito feliz que as coisas tenham sido diferentes para eles. E você?

Girei o copo plástico com refrigerante. Bolinhas foram à superfície.

— Fico com um pouco de inveja. Duas irmãzinhas? Beck é um sortudo.

Minha mãe riu.

— Talvez ele não se sinta assim quando tiver que trocar fralda.

— Eca — falei, franzindo o nariz. — Mas Beck vai ajudar. Ele é muito bonzinho.

Minha mãe prendeu uma mecha de cabelo atrás da minha orelha.

— Você tá animada pra ver Beck, né?

Fiz que sim com a cabeça.

— E um pouco nervosa. E se as coisas ficarem diferentes?

— Talvez fiquem mesmo. Mas Beck continua sendo Beck, e você continua sendo você, e o que vocês têm é especial. Sempre vai ser assim.

Tomei outro gole, torcendo para relaxar.

A verdade é que sempre acreditei na previsão da vidente. Nunca tive motivo para duvidar dela. Ultimamente, andava *desejando* que a parte sobre nós dois se tornasse realidade. Gostava de Hayden, que era fofo, inteligente e divertido, mas o meu para sempre não envolvia um jogador de futebol de Colorado Springs. Os anos que havíamos passado separados tinham apenas concretizado o que eu sempre soube: Beck era meu futuro. A ideia de ele estar com outra pessoa —

mesmo que hipotética — fazia meu estômago se revirar. E se Beck tivesse arranjado uma namorada na Carolina do Sul? E se, dali a dez anos, Bernie ligasse para anunciar um noivado? E se, um dia, eu tivesse que assistir a Beck se casando, de terno e com um sorrisão, prometendo amar eternamente alguém que não era eu?

Aterrissado o avião, minha mãe alugou um sedã e fomos até Fort Jackson, onde moravam os Byrne. Me senti em casa ao ver as casas bem cuidadas de Fort Carson, com bandeiras americanas ao vento e cestas de gerânio. Connor nos recebeu com uma bebezinha no colo. Ele me abraçou de lado, depois beijou a bochecha de mamãe, enquanto ela brincava com o pacotinho.

— Conheçam Mae — Connor anunciou com orgulho.

Bernie já descia a escada carregando Norah, que dormia. Antes de chegar até nós, Bernie começou a chorar.

— Afe, meus hormônios estão totalmente descompensados — ela se explicou, pedindo desculpa.

Na sala de estar, Connor e Bernie passaram uma bebê à minha mãe e outra a mim. Fiquei com Norah, que estava quentinha e cheirava a lilases. Seu rostinho miúdo era perfeito. Nascida há apenas algumas semanas, ela já se parecia com seu irmão mais velho.

O irmão mais velho que ainda não tinha dado as caras.

— Cadê o Beck? — minha mãe perguntou.

Connor e Bernie se entreolharam, sem graça.

— Beck saiu com alguns amigos — disse Connor.

— Logo ele chega — Bernie garantiu. — Pedimos pra não passar das cinco.

Olhei para o relógio sobre a lareira.

Cinco e meia.

Beck apareceu às seis e dez, irritantemente nem aí. Connor e Bernie estavam bravos, os maxilares tensos e os nós dos dedos brancos, mas não gritaram — imagino que para me poupar do constrangimento. Mais tarde, ao voltar para o quarto de hóspedes com um copo d'água, ouvi Connor dando uma bronca.

— Lia ficou chateada. Você devia estar aqui.

Que humilhação. Havia ficado tão óbvio que eu esperava uma recepção mais calorosa? Apoiei as costas na parede, incapaz de me afastar.

— Ela nem ligou. Não me disse uma palavra durante o jantar.

— Provavelmente porque acha que você foi grosseiro. Olha, sei que as últimas semanas foram difíceis. Você está frustrado comigo, e tudo bem, mas não desconta na Lia. Chama ela pra sair com você e seus amigos amanhã.

— Nossa, pai. Nem pensar. Ela tem doze anos. É uma criança.

A indignação fez meu rosto arder; eu tinha *doze e meio*. Meros dezoito meses nos separavam. Dois anos escolares. Algo que não fez diferença nos três anos que passamos em Washington, ou quando praticamos snorkel no Havaí, ou quando eu ganhei dele todas as vezes que descemos a montanha correndo em Utah.

— Lia é da família — disse Connor, sem rodeios. — Sua mãe e eu esperamos que a trate assim. Entendido?

Beck concordou com um grunhido. Segui pelo corredor antes que fosse flagrada e entrei no quarto de hóspedes, onde minha mãe já tinha apagado em sua metade da cama.

Passei a maior parte da noite acordada. Ouvi o barulho das gêmeas algumas vezes. Duas vezes, ouvi Connor andando de um lado para outro, tentando acalmar uma bebê. Também ouvi Bernie cantando "Beautiful Dreamer", a canção de ninar com que costumava embalar Beck e a mim quando éramos pequenos e passávamos a noite no chão do quarto dele, enfiados num único saco de dormir de unicórnio.

Na época, as coisas eram fáceis.

Eu me revirei na cama, examinando o que restava daquela antiga amizade. Será que Beck só me tratava bem porque seus pais mandavam? Será que tentava ser paciente com uma irmã mais nova postiça, que na verdade considerava um pé no saco?

Talvez Beck estivesse mesmo namorando.

No café da manhã, ele teve a cara de pau de murmurar:

— Ei, Lia, quer jogar frisbee com uns amigos mais tarde?

— Não.

Connor ergueu as sobrancelhas. Bernie deixou a caneca de café na mesa e franziu os lábios. As gêmeas resmungaram no berço portátil ao lado dela.

— Parece divertido, Lia — disse minha mãe, para que eu não a envergonhasse.

— Parece chato.

Connor olhou para Beck de um jeito bem óbvio e firme. Beck suspirou, revirando os olhos.

— A gente precisa de mais uma pessoa.

Passei um longo momento apenas encarando Beck. Antes, seus olhares eram calorosos; seus convites, irresistíveis. Naquela manhã, no entanto, ele não entregava nenhuma emoção. Isso fez com que eu fechasse a cara para ele sem nenhuma culpa.

— Não consigo pensar em nada que gostaria menos de fazer do que jogar frisbee com você e seus amigos, Beckett. Eu provavelmente atrapalharia, já que sou *uma criança*.

Connor pôs a mão na testa.

Bernie fez uma careta.

Minha mãe ficou boquiaberta.

Ofereci um sorriso sarcástico a Beck antes de me levantar e sair da cozinha, abandonando meu cereal.

No último dia na Carolina do Sul, Connor insistiu em levar Beck e eu ao zoológico.

— As meninas vão passar o dia dormindo. Assim damos um tempinho a sós a Bernie e Hannah.

Um tempinho a sós? Elas já haviam tido o suficiente daquilo. A ida ao zoológico era forçar a barra. Fazia mais de vinte e quatro horas que Beck e eu não nos falávamos: desde que eu tinha saído irritada da mesa do café da manhã. Na maior parte do meu tempo, fiquei mandando mensagens a Andi e Anika sobre como meu suposto melhor amigo havia se transformado em um tremendo babaca.

Depois de comprar os ingressos, Connor se sentou em um banco, tirou o notebook da mochila e disse:

— Preciso trabalhar um pouco. Vocês dois podem ir dar uma volta e me encontrar aqui pra almoçar.

Fiz uma careta. A última coisa que queria era passear com Beck. Porém, Connor apoiou um tornozelo no joelho e teclou sem parar, aparentemente ocupado demais para perder mais um segundo com seu filho e comigo.

— Vamos — Beck murmurou, já na direção dos ursos-pardos.

Seguimos o perímetro do zoológico, passando pelos gorilas, pelas tartarugas-das-galápagos e pelos animais da África: elefantes, girafas, avestruzes e zebras. Vimos meus preferidos, os cangurus e os coalas, então leões, tigres e babuínos.

— Aves ou répteis? — Beck perguntou, consultando o mapa que havia ganhado no início do passeio.

— Répteis, acho.
— Pensei que você fosse escolher aves.
— *Você* quer ver as aves?
— Não. Mas também não quero ver os répteis.
— Então não vê — retruquei.

Eu o deixei sozinho, com o queixo caído, e fui ao aquário e ao complexo dos répteis.

Quando Beck me encontrou, eu já tinha visto mais cobras, lagartos e tartarugas do que gostaria. Diante de um tanque de duzentos mil litros, observava enguias, tubarões e peixes de todas as cores nadando em círculos.

— Desculpa, Lia — disse Beck, baixinho.
— Tanto faz. Não ligo pra répteis também.
— Não, desculpa pelo outro dia. Por não estar em casa quando vocês chegaram. E por não ter ido atrás de você no café da manhã.

Nem tirei os olhos de um peixe azul e amarelo.

— Bom, desculpa por você ter que me aguentar. Nem queria ter vindo.
— Gostei que você veio.
— Até parece. Você me tratou como se eu fosse uma pirralha.
— Você não é uma pirralha.
— Eu sei que não!

Todo mundo em volta se virou.

Beck me levou até um banco.

— Desculpa mesmo — disse ele, depois que nos sentamos.
— Beleza. Tá desculpado.

Ele soltou uma risada forçada, balançando a cabeça.

— Se você soubesse...

A frase enigmática me fez pensar. *Sei que as últimas semanas foram difíceis*, Connor havia dito na outra noite. *Você está frustrado comigo.*

— Pois é, eu não sei, Beck. Porque você não fala comigo. Mal olha pra mim.

Com um longo suspiro, ele passou uma mão pelo rosto.

— Eu estava puto... *estou* puto. Com meu pai, não com você.

— Por quê?

— Porque em algumas semanas ele vai embora.

Meu coração parou. Era a pior notícia possível.

— Pra onde?

— Afeganistão. São só seis meses, mas...

Filhos de militares estão entre os poucos que usariam "só" para definir seis meses de ausência paterna. Seis meses é melhor do que nove meses, que é melhor do que doze meses. Sabemos disso em primeira mão.

— Por que não me contou?

Beck deu de ombros, tão derrotado que senti um buraco crescer dentro do peito.

— Meu pai tá aqui agora. Não quero reclamar. Mas as bebês viraram a casa de cabeça para baixo, e agora ele vai deixar minha mãe e eu sozinhos com elas.

Eu tinha certeza de que não seria assim. Connor devia estar arrasado por ser obrigado a deixar a família. Mas eu não disse nada a Beck, porque tinha os mesmos pensamentos injustos e irracionais quando meu pai era enviado para longe. Como ele tinha coragem de se aventurar do outro lado do mundo enquanto minha mãe e eu precisávamos nos virar sozinhas?

— Sua mãe ficou chateada?

— Claro, mas finge que tá tudo bem. Vai ser muito difícil pra ela. Duas bebês... manter a casa... e ainda se preocupar com meu pai. Tudo sozinha.

— Ela tem você. Você vai ajudar.

— Não vai ser igual.

A notícia de que Connor seria mandado para o exterior fez a minha raiva se extinguir. Beck tinha ficado distante. Irritado. Revelado o motivo, tudo o que eu queria era oferecer apoio, como ele havia me apoiado nas partidas do meu pai, nos primeiros dias de aula, na perda gestacional da minha mãe, e em um milhão de outras circunstâncias que, somadas, pesavam para um caramba.

Pedi aos céus: *Que Connor volte em segurança, por favor.*

Então cheguei mais perto, até nossos braços se encostarem. Apoiei a cabeça em seu ombro e disse as únicas palavras que faziam sentido:

— Sinto muito que isso esteja acontecendo.

Tive a impressão de que Beck ia segurar minha mão, e meu coração palpitou. Hayden e eu chegamos a ficar de mãos dadas algumas vezes, na volta da escola, e ele me deu um beijo na bochecha antes da viagem para a Carolina do Sul. Mas a perspectiva de contato físico com Beck embaralhou meu cérebro de tal maneira que o aquário gigante à minha frente pareceu entrar em pane.

Seus dedos mudaram de rumo e encontraram meu antebraço, para apertá-lo com carinho e retornarem ao lugar. Ficamos sentados ali, em silêncio, vendo os cardumes na água limpa do tanque traçarem círculos graciosos e sincronizados.

Eles também passavam a vida nadando juntos.

Um caminho, um plano

DEZESSETE ANOS, TENNESSEE

Alguns dias depois do segundo pior feriado de Ação de Graças da minha vida, meus pais me levam para almoçar fora — desconfio de que querem conversar comigo sobre o Futuro.

Ainda estou me recuperando do que aconteceu na escola na quarta: o choro, o abraço, o beijo, o choro.

Quem eu me tornei?

Uma pessoa volúvel. Desastrosa. Uma farsante.

Quando criei coragem para beijar Beck, fazia quinze anos que o conhecia.

Já Isaiah, beijei em quinze minutos.

Por sugestão minha, meus pais e eu vamos ao Shaggy Dog, porque o pudim de pão é realmente incrível. Já sentados, pego um pãozinho da cesta e passo manteiga. Meus pais me imitam, sorrindo, cada um com uma faca sem ponta.

— Então... — diz meu pai, depois que pedimos as bebidas. — No que está pensando para depois da formatura?

Dou de ombros. Nem preciso refletir. Sei aonde vou depois de me formar.

— Pensei na George Mason e na William & Mary, se você quiser voltar para a Virgínia — diz ele, como se eu tivesse perguntado. — Na Universidade do Mississippi, claro. Austin Peay e Universidade do Texas, se você quiser ficar no Tennessee.

— E a cvu?

O sorriso dele vacila.

— Sério, Millie?

— Sério.

Ele olha para minha mãe, perplexo.

— Filha... — ela hesita. Seus olhos retornam ao meu pai e depois desviam para o restaurante. Faz tanto tempo que nós duas não conversamos que é como tentar andar por uma calçada coberta de gelo usando salto plataforma. Finalmente, com delicadeza, ela diz: — Você pode estudar onde quiser. Virgínia, Mississippi, Tennessee. Pode voltar para Washington, como chegou a cogitar. E lembra quando era louca pela Austrália? Eu adoraria que voltasse a considerar um semestre de intercâmbio. Papai e eu só queremos que você seja feliz. Não precisa da cvu pra isso.

Até o ano passado, meus pais brincavam quando eu mencionava a Commonwealth of Virginia University.

— Você não pode dar uma de rebelde — meu pai comentava.

— Os anos na Universidade do Mississippi foram alguns dos melhores de nossas vidas.

Então os dois começavam a cantar "Forward Rebels", o hino da universidade, batucando até nos pratos.

Desde que Beck morreu, a recepção à cvu tem sido menos brincalhona e mais firme.

Não importa. Sei onde é o meu lugar. Desde que beijei Isaiah — estremeço só de pensar em como fui impositiva —, estou ainda mais convicta da vida com que Beck e eu sonhamos. Vou mergulhar de cabeça no nosso plano, não importa a opinião ou o julgamento dos outros.

— Já me inscrevi — contei aos meus pais. A julgar pela veia pulsando na têmpora dele e o queixo caído dela, os dois vão ficar malucos se eu mencionar os detalhes. — Fiz a candidatura antecipada — prossigo, abrindo os ombros e projetando uma falsa confiança. — Paguei a taxa e entrei em contato com o Serviço de Veteranos. Achei que fossem ficar felizes.

— Se fosse verdade, você teria contado na hora. — Com as sobrancelhas franzidas, meu pai solta um suspiro pesado. — Certo. Candidatura antecipada. Mas isso não implica nenhum compromisso com a universidade.

De fato, existia essa opção. Mas não foi o que eu fiz.

— Bom, eu estou comprometida — garanto.

Meu pai sorri com condescendência.

— Mas é melhor se inscrever em outras universidades também. Para ter mais opções.

— Você tem tempo — diz minha mãe. — Agora que fez uma inscrição, as outras vão ficar mais fáceis.

— Não preciso de tempo, não preciso me inscrever em outros lugares, não preciso de opções.

Meus pais se entreolham antes de se voltarem para mim, com pena.

Por que eles sempre acham que sabem o que é melhor?

— Vou estudar na CVU, ou nem faço faculdade — insisto.

A garçonete reaparece, e fico grata pela interrupção. Tenso, meu pai pede um hambúrguer. Minha mãe pede um sanduíche com bacon, alface e tomate. Peço sopa e salada.

— Seria tolice descartar outras universidades — meu pai argumenta, assim que a garçonete vai embora. — Você se daria bem na William & Mary. E sabe o que achamos da Universidade do Mississippi.

Minha mãe o apoia.

— Adoraríamos que você ficasse no Tennessee, claro. Austin Peay tem um curso de pedagogia muito bom. — Ela toca minha mão. — Ainda é isso que você quer? Ser professora?

— Claro — digo, então recito a previsão da vidente: — *Trilhará um caminho parecido com o seu.*

A expressão dela se desfaz.

— Ah, Lia. Espero que você trilhe o caminho que escolher. Você pode fazer qualquer coisa. Pode ser qualquer coisa.

Balanço a cabeça.

— O plano é ser professora. E estudar na cvu.

A postura do meu pai fica firme quando o temperamento de guerra assume o controle.

— Planos mudam — diz ele, áspero.

— Nossa, pai, acha mesmo que eu não sei disso?

É como se minhas costelas comprimissem meus pulmões e meu coração. Olho para minhas pernas, fico retorcendo o guardanapo de pano e me perguntando como fazer com que ele... com que *eles* entendam que abrir mão do meu destino seria o mesmo que trair Beck.

— A vida é aleatória, cruel e totalmente injusta. No passado, a parte mais importante do meu plano foi roubada. É tão errado assim me agarrar ao que resta?

— Não — diz meu pai. — Mas seja sensata. Não tem nada esperando por você na cvu. Nada além de tristeza e um sentimento equivocado de obrigação.

Minha mãe aperta minha mão.

— Sabemos que você sente falta dele. E que está triste. Mas estudar na cvu não vai trazer Beck de volta.

Fico extremamente frustrada porque ninguém me ouve.

— Você não precisa ignorar o que sente — diz meu pai. — Mas eu odiaria te ver avançando rumo a um beco sem saída quando existe alternativa.

Não tenho nada a dizer. Só sinto uma vontade enorme de gritar até minha garganta sangrar.

A garçonete chega com o almoço. Ficamos em silêncio

enquanto ela serve os pratos. Continuamos assim quando ela se afasta. E durante a refeição.

A sopa não desce fácil.

As folhas da salada estão amargas.

Largo o garfo.

— Eu me esforcei tanto pra sobreviver a esse último ano — lembro aos meus pais. — Tirei boas notas, mudei de cidade, fiz amigas. Estou me virando na vida. Mas vocês não fazem ideia... — Minha voz falha. Inspiro fundo, de maneira trêmula, e me agarro ao que resta de compostura. — Vocês *não fazem ideia* de como foi difícil perder Beck. Só... preciso que confiem em mim.

— Que tal fazermos o seguinte? — diz minha mãe, solidária, os olhos brilhando. — Se você se inscrever em mais duas universidades *e* mantiver a mente aberta nos próximos meses, vamos apoiar sua decisão final.

Meu pai confirma com a cabeça.

— Veja onde consegue entrar. Podemos fazer visitas, inclusive na CVU. Depois que a poeira baixar, se você ainda quiser estudar em Charlottesville, vamos aceitar.

A mentira me impede de falar, então só assinto. Se eu entrar na CVU, as demais candidaturas não vão importar. Mas posso fazer isso para tirar os dois do meu pé.

Meu pai apoia uma mão no meu ombro. Parece que vai chorar.

— Só queremos o melhor para você, Millie. É tudo o que a gente sempre quis.

Perfeitamente normal

DEZESSETE ANOS, TENNESSEE

No Natal passado, meus pais se encarregaram de deixar presentes debaixo da árvore, alguns para si, muitos para mim. Não arranjei nada para eles. Eu não estava em condições de fazer compras na internet e não tinha energia para ir ao shopping, apesar da oferta de Macy para me acompanhar. Ficar sentada na sala de estar aquela manhã, abrindo os pacotes e forçando gratidão, foi como tentar respirar embaixo d'água.

Quero que o Natal seja melhor este ano.

Na última sexta-feira antes do recesso, Paloma e eu vamos ao shopping. Enfrentamos a multidão de braços dados para caçar presentes.

Ela escolhe um roupão para a mãe, enquanto eu compro um perfume de jasmim para a minha. Já pais são um grande desafio. Após uma hora, nos contentamos com carteiras da Dillard's. Depois, morrendo de fome, compramos limonada e pretzel na Auntie Annie. Ficamos vendo as pessoas enquanto comemos até que alguém chama Paloma. Dois garotos desviam dos clientes frenéticos. Já vi um deles, de pele negra e cabelo raspado, de bobeira com os amigos na escola.

O outro é Isaiah.

— Oi, Trev. — Paloma abraça o mais alto dos dois meninos, depois dá um toquinho com o punho fechado no de

Isaiah. Ela trata de nos apresentar. — Lia, este é o Trevor, uma das primeiras pessoas que conheci quando me mudei para River Hollow no ano passado. E este é Isaiah.

Trevor sorri.

— Legal te conhecer, Lia.

— Você também.

Ele bate de leve com o ombro no de Isaiah, para que o amigo me cumprimente.

Isaiah olha nos meus olhos e diz, tranquilo:

— Oi.

— Oi — respondo, como se nunca o tivesse visto.

Quanta cara de pau. Semanas antes enfiei a língua dentro da boca dele.

Paloma e Trevor passam alguns minutos botando o papo em dia. Parece que ele é do time de basquete. Tem disputado amistosos nas últimas semanas, antes do início da temporada. Além disso, começou a sair com uma menina do segundo ano, Molly, e está torcendo para que ela goste da pulseira que vai lhe dar de Natal. Ouço tudo enquanto mantenho os olhos fixos no chão e penso em como Isaiah e Trevor são uma dupla estranha. Trevor é sociável, do tipo tagarela que ri fácil. Isaiah, por outro lado, tem uma vibe meio emo e um ar de artista. Depois que nos conhecemos, fiquei pensando se ele não seria fotógrafo, músico, pintor... Confesso que pensei bastante nele. Sua relação com Trevor, que joga basquete, parece curiosa.

— Pra quem você comprou presente, Isaiah? — Paloma pergunta.

Ele pigarreia.

— Hum, Naya.

Quem é Naya?

A namorada dele, provavelmente.

Merda. Isaiah tem namorada.

Isaiah tem namorada e eu o beijei.

Ele desvia o rosto.

Um calor sobe pelo meu pescoço.

— Que gracinha — diz Paloma para Isaiah e depois sorri para mim. — Vamos voltar às compras? Ainda preciso encontrar alguma coisa para Liam.

Assinto, sem voz.

— Bom fim de ano pra vocês — diz Paloma.

— Feliz Natal, Loma — Trevor responde. — E foi legal te conhecer, Lia.

Ofereço um aceno fraco enquanto os dois desaparecem na multidão.

Paloma volta a se sentar e aponta para mim com um pedaço de pretzel.

— O que foi isso?

Tomo um gole de limonada, me esforçando para relaxar.

Paloma insiste:

— Não vai explicar o que acabou de acontecer?

Seguro a bebida entre nós.

— Você tá falando de...?

Ela ri.

— Ué, o clima estranhíssimo entre você e Isaiah. Vocês se conhecem?

Suspiro.

— A gente já se viu.

— E o que aconteceu? Vocês não se deram bem?

— Ah, na verdade, sim.

Paloma sorri de um jeito que lembra um gato com um canarinho na boca.

— Me conta tudo.

Eu conto.

Ela reage bem: solidária quando digo que chorei, orgulhosa quando descrevo como Isaiah e eu limpamos o corredor, esperançosa quando narro os poucos momentos em que fui capaz de conversar como uma pessoa emocionalmente saudável.

— Aí eu dei um beijo nele — confesso, e Paloma quase desaba.

— E Isaiah retribuiu?
— Aham.
— E...?
Fecho os olhos.
— Foi bom.
Me sinto dividida, *péssima*, admitindo a verdade.
Minha amiga solta um gritinho.
— Então qual é o problema?
— São vários — esclareço. — Primeiro: passei a vida toda acreditando que não deveria beijar ninguém além de Beck.

— Lia, foi um momento impulsivo num dia muito difícil. E não sei se o que eu vou dizer vai fazer você se sentir melhor ou pior, mas não é como se você estivesse traindo ninguém. Não pega pesado consigo mesma, por favor.

— Tarde demais — digo, bufando. — Fora que agora tem essa Naya.

Paloma arqueia uma sobrancelha.
— Naya?
— A menina do presente.
— É a irmã dele.
— Ah...
— Você achou que...?
— Não sei o que eu achei.
Ela sorri, demonstrando preocupação.
— Não conheço Isaiah muito bem, mas ele parece um cara legal.

— Pois é. — Penso em como Isaiah não hesitou em me abraçar. Em como limpou a sujeira dos outros alunos. Em como fingiu ser perfeitamente normal uma garota ter um colapso nervoso durante uma tarde qualquer.

Os olhos de Paloma brilham de alegria.

— Um cara legal *que beija bem...*

— Já chega — digo, levantando-a do banco. — E o presente do Liam?

— É — diz ela, permitindo-se ser puxada pelo mar de clientes. — Acho que preciso cuidar disso.

Fico devendo uma pelo assunto encerrado.

Um dia

CATORZE ANOS, VIRGÍNIA

Quando eu estava com catorze anos, nos mudamos mais uma vez.

Fiquei triste por deixar Colorado Springs, porém aceitei bem a transferência para o norte da Virgínia. A última festa do pijama com Andi e Anika foi como ler o o capítulo final do meu livro preferido. No dia seguinte, eu e Hayden nos despedimos com um abraço na sala de estar vazia da casa alugada. Meu pai tinha acabado de voltar do Afeganistão, e o cargo no Pentágono não exigiria que se ausentasse por mais que algumas semanas. Sim, eu fiquei chateada ao deixar minhas amigas e a sra. Bonny, minha professora favorita, mas ter meu pai em casa pelos três anos seguintes faria tudo valer a pena.

Fora que Beck estava na Virgínia.

Os Byrne haviam chegado seis meses antes de nós. Connor estava trabalhando para o Comando de Inteligência e Segurança do Exército, em Fort Belvoir. Ele e a família se instalaram em Rosebell. Também fomos para lá, porque o deslocamento até o Pentágono era fácil e havia oportunidades de trabalho para minha mãe e uma boa escola para mim. Fiquei muito feliz em voltar a morar na mesma cidade que os Byrne.

Eles foram nos visitar no dia em que chegamos de mudança, com uma travessa de comida, uma garrafa de bebida e um buquê de flores. Minha mãe e Bernie ficaram sentadas numa manta no jardim da frente, riscando itens de uma lista enquanto os caras descarregavam o caminhão lotado com as nossas coisas. Norah e Mae brincavam com bonequinhos na grama. Dentro de casa, meu pai e Connor tomavam uísque em copos descartáveis enquanto indicavam onde deveria ir cada caixa.

Depois da confusão durante nossa visita à Carolina do Sul, fiquei preocupada com como seria meu relacionamento com Beck na Virgínia. Não éramos mais crianças, e ele estava seis meses à frente no estabelecimento de uma vida em Rosebell. Talvez pensasse que eu fosse atrapalhar aquilo.

Mas isso não aconteceu. Pelo contrário, quando sua família foi nos visitar, eu o encontrei no meio da varanda, com um sorriso incandescente no rosto. Beck me deu um verdadeiro abraço de urso na mesma hora. Desde a última vez que o vira, seu corpo tinha expandido. De repente, ele era um cara forte, e eu parecia minúscula em seus braços.

Simples assim, meu tempo com Hayden foi reduzido a um mero ensaio.

Beck e eu fomos para os fundos, onde os antigos inquilinos haviam deixado um pneu amarrado em um bordo vermelho. Três anos antes, teríamos sentado juntos no balanço, mas agora eu estava prestes a completar quinze anos, e ele tinha acabado de fazer dezesseis. Seria estranho voltar à proximidade física da infância. Em vez disso, Beck me empurrou no balanço enquanto voltávamos a ser os amigos de sempre.

Ele contou as novidades sobre a nova escola, onde tinha terminado o primeiro ano do ensino médio e agora começava o segundo. Eu falei sobre a viagem de carro que havia feito, ou sobrevivido, desde Colorado Springs, no Colorado, até Rosebell, na Virgínia, com meus pais reunidos após muitos meses.

— Os dois ficaram se tocando o tempo todo — comentei, com um calafrio.

Beck riu.

— Seis meses é uma seca. Seus pais não têm culpa.

— Claro que sim. — Estendi as pernas enquanto ele me balançava. — É um horror.

— Eles se amam — disse Beck, então segurou o pneu, depois me virou para ficarmos cara a cara. Em algum momento nos últimos anos, sua voz havia virado um barítono grave que reverberava nos meus ossos. Seus olhos se mantinham fixos nos meus. — A gente vai entender um dia, você vai ver.

Talvez eu já estivesse entendendo.

Os três anos de separação me fizeram ficar com saudade de Beck — de seu humor, das conversas inusitadas, do conforto de sua presença. De repente eu compreendia por que meus pais não conseguiam parar de falar, por que estavam sempre de mãos dadas, ou com uma mão na perna do outro, por que eu os flagrava se olhando como se não houvesse mais ninguém no mundo.

Eu queria aquilo. Queria *isso*.

E queria que fosse com Beck.

Eles se amam, Beck havia dito.

Seria amor aquela corrente elétrica que arrepiava meus pelinhos?

Será que ele sentia o mesmo?

— Você vai gostar da escola — disse Beck, e voltou a me empurrar no balanço. — É um lugar legal, e o pessoal é legal também. Semana que vem eu te apresento pra todo mundo.

Eu não sabia se a minha recém-descoberta era perceptível, não sabia se aquilo era mútuo e ele estava disfarçando.

Eu me inclinei para trás e deixei o cabelo esvoaçar, tentando esquecer o que aconteceu.

Beck não me amava. Só estava sendo bobo e se divertindo. Era meu melhor amigo. Com sorte, o destino ia nos encontrar um dia, porém no momento ele era alguém da família, como sempre havia sido.

Ele ficou girando o balanço e sorriu para mim. Fui tomada por uma onda de carinho.

Estávamos juntos outra vez, por vontade própria. Eu não ia complicar as coisas com segundas intenções. Por ora, a amizade teria que bastar.

Na minha primeira manhã na escola nova, Beck me apresentou aos seus amigos, como prometido. Raj, que era da equipe de decatlo acadêmico e praticava salto com barreira, Stephen, que nadava e usava o cabelo preso num coque, e Wyatt, que era da terceira geração da sua família que havia estudado na Rosebell, tinha pouco mais de um metro e sessenta e era muito engraçado. A namorada de Wyatt, Macy, também andava no grupo. Ela usava óculos de armação grossa e jeans boca de sino, tinha um sorriso fofo com uma fresta entre os dentes da frente e demonstrou costume com o comportamento agitado dos meninos.

Gostei de Macy imediatamente.

Ao som do sinal, Raj, Stephen e Wyatt se despediram batendo continência, Macy fez um gesto irônico de paz e amor e Beck apontou na direção da minha primeira aula.

Ocorreu tudo bem até o horário do almoço. Macy me chamou para sentar com eles, o que foi legal, já que eu estava no nono ano, ela estava no primeiro do ensino médio e os meninos estavam no segundo. Consegui chegar à fila sem tropeçar, derrubar a mochila ou trombar com algum aluno, porém o mês de outubro na Virgínia era mais quente em relação ao Colorado, e o refeitório parecia uma sauna. Tirei a blusa de frio e a pendurei em um braço enquanto aguardava para pegar um sanduíche.

Eu tinha vestido uma regata branca pela manhã, e dava para ver por baixo o sutiã de renda cor de ameixa (que minha mãe só havia comprado depois de muita insistência minha).

Mas quase nada.

Na fila da batata frita e salsicha, dois garotos não foram nem um pouco discretos quando notaram minha roupa. Cruzei os braços e observei o mais alto, de alargador nas orelhas e cabelo todo repicado, como se tivesse cortado sozinho. Seu amigo usava um boné surrado do time de beisebol Washington Nationals. Olhei com desprezo para ambos, torcendo para que não percebessem meu rosto ficar cada vez mais vermelho.

O grupinho de Beck estava no outro canto do refeitório. Quando nossos olhos se encontraram e Beck sorriu, me senti melhor, porque soube que não estava sozinha.

Isso até que os dois caras me secando trocaram de fila e invadiram meu espaço pessoal.

O garoto do cabelo repicado bateu na minha mochila e disse, feito um idiota:

— Opa.

Os dois riram. Depois chegaram mais perto, ferindo minha bolha com um perfume almiscarado. Ouvi as palavras "bunda" e "peitos", e senti vontade de desaparecer. Curvei os ombros, abaixei o queixo e fiquei encolhida.

Ainda havia duas pessoas à minha frente na fila.

Eu era orgulhosa demais para deixar que aqueles dois babacas me impedissem de pegar a comida.

Eles ficaram bem atrás de mim, comentando sobre o caimento do jeans, o cheiro do meu xampu, a transparência da regata. Até que o garoto mais alto relou em mim e pôs a mão na minha lombar — me tocando de fato. Nem consegui me mexer de tão chocada. Sua mão ainda desceu, alcançando minha bunda, e o garoto de boné riu, do meu constrangimento ou da audácia do amigo.

Meu medo se transformou em fúria.

— Não *encosta* em mim — falei, me afastando.

O garoto ergueu os braços, fingindo inocência, enquanto o outro continuava sorrindo. Antes que eu botasse tudo para fora, Beck chegou.

Agarrando o braço do mais alto, ele ficou frente a frente com o cara.

— Qual é o seu problema?

— Nenhum — disse o garoto, se soltando.

— Não é o que parece.

— Já chega. — Peguei a mão de Beck. — Vamos.

Ele se desvencilhou, se impondo ao idiota de forma ameaçadora.

— Você acabou de passar a mão numa garota que mostrou que não estava a fim.

Preocupada que algum adulto presumisse que Beck era o culpado na situação, passei os olhos pelo refeitório. Fora alguns caixas ocupados e uma pessoa da limpeza esvaziando ao longe uma lata de lixo, não havia ninguém monitorando o espaço lotado.

O garoto, já não tão corajoso diante de Beck, disse apenas:

— Claro que ela estava a fim.

Beck perguntou, com a maior ironia:

— Lia, você queria ser apalpada por um completo desconhecido?

— Não — falei, com uma confiança renovada. — Eu pedi pra me deixarem em paz.

— Até parece — o garoto murmurou.

Beck o encarou.

— Fica longe dela.

— E você com isso?

Beck o empurrou, e eu pensei no King Kong desviando de nova-iorquinos aterrorizados enquanto ia ao Empire State. O garoto cambaleou e trombou com o amigo, que o segurou, mal conseguindo manter os dois de pé.

— Ela é minha melhor amiga. Se encostar nela de novo, vou acabar com você.

Com o rosto vermelho, Beck parecia querer matar alguém, porém sua expressão se alterou ao me notar. Ele passou um braço por cima dos meus ombros e me levou embora.

— Tudo bem? — perguntou no caminho até a mesa onde seus amigos nos esperavam.

— Aham. — Ignorei o coração acelerado e as palmas suadas. — Fora a fome.

Ele sorriu.

— A gente divide o almoço.

Macy foi toda fofa e pareceu preocupada comigo, perguntando se eu queria que ela me acompanhasse até o banheiro, para me recuperar.

— Não precisa — falei, sincera.

Ao lado de Beck, eu me sentia intocável.

— Esses caras são uns babacas — disse Macy depois que Beck me passou um dos sanduíches de peru com queijo que Bernie havia feito. — No ano passado, assediaram tanto uma menina da minha turma de inglês que os pais dela falaram com a escola. Pegaram três dias de suspensão. — Ela revirou os olhos. — Acredita? E agora voltaram com essa merda.

— Mas acho que agora vão parar — disse Wyatt.

Raj deu um tapinha nas costas de Beck.

— Nosso garoto deu um jeito neles.

Beck deu de ombros.

— Meu pai ia me dar a maior bronca se eu deixasse esses caras atormentarem a Lia.

Dei uma murchada. Esse era o motivo do cavalheirismo? Medo de ser repreendido por Connor?

Beck bateu no meu ombro de leve e se inclinou para perto.

— Você tá bem mesmo?

Sua voz baixa no meu ouvido, seu braço forte encostado no meu, o modo como ele cuidava de mim — quase arrepiada, me segurei.

Confirmei com a cabeça. Eu estava bem. Estava *perfeitamente* bem.

Mais tarde, ele me mandou uma mensagem: Vamos juntos pra casa?

Claro que sim.

Tirando o assédio, o resto da semana foi mais do mesmo. Conheci pessoas nas aulas e me inscrevi em atividades extracurriculares — trabalho voluntário, francês e escrita criativa. Mas passava a maior parte do tempo com Beck e seus amigos. De vez em quando, sementes de dúvida brotavam no meio da minha satisfação: Eles não se importavam mesmo com a presença de uma aluna do nono ano? No entanto, quando eu chegava atrasada de propósito para o almoço ou não os procurava logo pela manhã, alguém, em geral Beck ou Macy, perguntava por mim.

Eu adorava isso.

Algumas semanas depois do episódio no refeitório, quando eu estava com Macy e Wyatt a caminho da quinta aula, passamos por uma garota bonita com cabelo castanho e liso. Com o moletom da equipe de atletismo, ela fazia uma cara feia que só piorou com nosso breve contato visual.

— Essa é Taryn — disse Wyatt ao virarmos num corredor. — Ela e Beck tiveram um rolo.

Eu imaginava que Beck saísse com meninas, embora nunca falássemos a respeito. Eu podia gostar dele, mas não estava cega. Claro que Beck teria se interessado por outras. Mas, por alguns segundos assustadores, perdi o ar ao ver uma delas em carne e osso.

— Mas acabou — Macy garantiu, talvez porque eu estivesse ficando azul. — Acabou antes de você entrar na escola. E foi bem rápido.

— Coisa boba — Wyatt confirmou.

Então Beck tinha se interessado por aquela garota alta e de cabelos escuros, uma atleta com olhar intimidador. Uma menina muito diferente de mim, que era pequena, loira e preferia voluntariado a esportes em geral. Eu não me importava com Taryn — não *queria* me importar —, mas devo ter parecido incomodada, porque Macy e Wyatt continuaram falando sobre a insignificância daquele relacionamento.

Macy enlaçou nossos braços.

— Não era nada como o lance de vocês dois.

— Que lance?

— Sabe, como ele age quando está com você.

Ergui uma sobrancelha.

— Como ele age?

Macy e Wyatt se entreolharam, depois me encararam como se tivessem sido pegos no flagra.

— Ei. Como ele age quando está comigo?

Wyatt balançou a cabeça.

— Beck cortaria meu pescoço por deslealdade, e com razão.

Ele beijou a bochecha de Macy e foi embora.

Ela me puxou de canto, liberando a passagem, então ajeitou os óculos no nariz.

— Às vezes os meninos são uns tontos. Vou te contar o que notei, tá? Mas não é pra pirar.

Eu já estava pirando.

Beck e eu vínhamos passando bastante tempo juntos. No fim de semana anterior, ficamos comendo pipoca e bala no quarto dele, numa maratona de O Senhor dos Anéis. Aí discutimos sobre o que era melhor: os filmes ou os livros. Ele preferia os filmes, enquanto eu preferia os livros. Num impasse, ele me derrubou na cama e fez cócegas até que eu gritasse, sem ar e aos risos:

— Tá bom, tá bom, você venceu, os filmes são melhores!

Ele sorriu, triunfante em cima de mim. Depois afastou uma mecha de cabelo do meu rosto.

— Não vamos brigar nunca mais.

Eu passei horas acordada aquela noite, analisando seus comentários, revisitando seus gestos, examinando de todos os ângulos a delicadeza ao tocar meu cabelo.

Porque... e se?

Não. Éramos amigos de longa data, eu devia estar projetando. Mas os pensamentos não se calaram, e eu continuava sentindo um friozinho na barriga. Fiquei assustada com aqueles sentimentos cada vez mais profundos.

E se Beck nunca se apaixonasse por mim como eu estava me apaixonando por ele?

Exausta, peguei no sono sem resposta.

Agora, no corredor movimentado, Macy prosseguiu:

— Ele tá... bastante envolvido.

— Como assim?

— Ele presta atenção em você. Ele te entende.

— A gente se conhece desde sempre. Literalmente.

— Eu sei — disse Macy, sem discordar de mim. — Mas ele sempre sorri quando você aparece, e explode se acha que alguém te fez mal. Acho que Beck até gostava de Taryn, mas não ia atrás quando ela não estava com a gente. Não falava pra todo mundo que era a melhor amiga dele. Taryn era só... uma substituta.

— Então não foi à toa que ela me olhou daquele jeito. Deve achar que tô tentando roubar o namorado dela.

— Ele não é o namorado dela — Macy apontou.

— Nem o meu.

Macy enlaçou meu braço e voltamos a andar.

— Falando sério — ela desviou de um grupo que andava devagar —, eu já sabia tudo a seu respeito. Beck vivia falando de você.

Contive um sorriso.

— Devia ser irritante.

— Não. Beck gostava de você, então a gente também gostava. E agora gostamos *muito*, porque você é tão legal quanto ele dizia.

22 de dezembro

Cara srta. Graham,

Ficamos felizes em informar que você foi aceita pelo comitê de admissões da Commonwealth of Virginia University, segundo o programa de candidatura antecipada com compromisso. Gostaríamos de lhe dar os parabéns por seu excelente currículo. O seu conjunto de histórico acadêmico, trabalho com voluntariado, redação, cartas de recomendação e qualidades pessoais se destacaram dentre um número recorde de candidaturas antecipadas com compromisso. Estamos confiantes de que você tem o necessário para prosperar no ambiente diverso desta instituição de alto nível.

O manual anexo fornece todas as informações relativas ao depósito inicial, às possibilidades de auxílio financeiro e de moradia, e a vários outros aspectos da vida no campus. Incentivo você a aproveitar as próximas semanas para aprender ao máximo sobre as oportunidades oferecidas aos alunos. Nosso corpo docente e nossos alunos estão ansiosos para compartilhar o espírito da águia com você!

Nossos sinceros parabéns e votos de boas festas para você e sua família. Em caso de dúvidas, entre em contato com a secretaria da graduação. Até o próximo outono.

Sinceramente,
Laura L. Ovidio
Laura L. Ovidio
Reitora de admissões de graduação

Mensagens

LIA: Entrei na CVU.

SOPHIA: Nossa!

MEAGAN: Parabéns!

PALOMA: Que orgulho, Lia!

MEAGAN: Nem acredito que já te responderam.

LIA: Uma das vantagens da candidatura antecipada.

PALOMA: Você tá felicíssima?

LIA: Tô pirando. De repente parece real demais.

PALOMA: Imagino!

SOPHIA: Você merece.

MEAGAN: Sorte a deles ter você.

LIA: É... acho que sim.

MEAGAN: Seus pais ficaram felizes?

LIA: Ainda não contei.

PALOMA: Sério? Como você consegue se segurar?

LIA: Acho que ainda tô tentando processar tudo.

SOPHIA: Conta hoje. Depois fala pra gente como foi.

LIA: Nem pensar. Só depois do Natal.

MEAGAN: Como assim?

LIA: Acho que eles não vão ficar exatamente "felizes".

PALOMA: Mas é uma baita conquista. É difícil entrar na CVU.

LIA: Eles vão ficar orgulhosos. Acho. O problema é o lance da candidatura com compromisso.

PALOMA: Eles queriam que você tivesse outras opções.

MEAGAN: Dá pra entender.

SOPHIA: Mas se você quer ir pra CVU…

LIA: Eu quero. Só que é complicado.

PALOMA: Bom, você sabe que A GENTE tá feliz, né?

MEAGAN: Nossa futura águia da CVU! *CÁ-CÁ-CÁ*

LIA: Hahaha, vocês são incríveis!

Sem pressão

DEZESSETE ANOS, TENNESSEE

Depois de alguns dias tentando processar a carta de admissão da CVU, desço a escada na véspera de Natal e me deparo com meus pais montando o quebra-cabeça do momento, uma cena idílica de inverno, ao mesmo tempo que fazem uma chamada de vídeo com Bernie, Connor e as gêmeas. Não vou até a mesa, mas fico ouvindo Norah e Mae contarem sobre a apresentação de Natal da escola, e depois seus pais confirmarem que foi uma gracinha mesmo.

— A mãe de vocês mandou fotos — diz minha mãe às gêmeas. — Que tal cantarem pra gente uma das músicas que aprenderam?

Mae se enrola com a letra de "Noite Feliz", enquanto Norah se enfia debaixo do braço de Bernie, feliz por deixar os holofotes para a irmã. As duas são muito parecidas com Beck. Deve ser uma tortura para Connor e Bernie vê-lo nas sardas e nos sorrisos com covinhas das meninas, na exuberância de Mae e nos olhos estrelados de Norah.

Sinto saudade delas quase tanto quanto dele.

Eu me ajeito, e uma tábua do piso range com o peso.

Meus pais se viram para mim. Minha mãe faz sinal para que eu me aproxime, depois aponta para o iPad e para o quebra-cabeça. Meu pai me incentiva com um sorriso.

Apesar de termos chegado na metade da primeira temporada de *Gossip Girl* e trocarmos mensagens com frequência, Bernie e eu nunca falamos sobre nada significativo, muito menos por ligação. Seria como abrir uma caixa impossível de lacrar de novo.

Balanço a cabeça, dou meia-volta e subo a escada.

No meu quarto, eu me arrependo momentaneamente por ter fechado outra porta para a família de Beck.

Mais tarde, ouço o barulho do kit de xícaras medidoras e o zumbido da batedeira na cozinha. Seguindo a tradição anual, minha mãe prepara cinnamon rolls e os deixa durante a noite na geladeira, para que cresçam no forno quente enquanto abrimos os presentes na manhã seguinte, com o aroma do fermento se espalhando pela casa. Costumamos comê-los doces e grudentos no brunch, depois de tomar banho e antes de tirar uma soneca e fazer as tradicionais ligações para desejar feliz Natal a vovó e aos Byrne.

No ano passado, não fizemos isso.

Já estou de pé, pronta para pegar o rolo de massa, quando meu celular começa a tocar. Desconecto o carregador, pensando que é Paloma, que já tinha mandado uma mensagem pela manhã, para avisar que estava indo ajudar a fazer tamales na casa dos tios.

É Bernie.

Atendo. Não sei por quê, mas é o que faço.

— Oi, meu bem — diz ela, sem fôlego. — Não sabia se você ia atender.

Beck ficaria arrasado com a maneira fria como eu vinha tratando sua família. Se fosse o contrário, e eu tivesse partido, ele negligenciaria as próprias necessidades para se fazer presente para os meus pais. Beck era generoso. Altruísta. E muito bonzinho.

Fecho os olhos com força, para segurar as lágrimas de vergonha.

— Tenho uma novidade, Lia — diz Bernie, rompendo o silêncio desconfortável. — E queria que você soubesse por mim, porque é importante. Connor decidiu se aposentar.

Fico pasma. Connor e meu pai estão no Exército há mais de vinte anos. De vez em quando, meu pai fala em se aposentar, mas Connor sempre brincava que o Tio Sam teria que arrancar sua chapa de identificação dos dedos rígidos de seu cadáver.

— Não acredito — digo.

— Nem eu acredito às vezes. Mas ele está decidido. Por ter aberto mão de grande parte do tempo com Beck, quer que as coisas sejam diferentes com Norah e Mae. Ele vai dar aula de história no ensino médio. — Pela voz, sei que está sorrindo. — Ficou todo empolgado por voltar à sala de aula, imagina só.

— Nossa. — Eu me sento na cama com as pernas cruzadas. — Ele vai ser um professor incrível. Onde vocês vão morar?

— Vamos continuar na Virgínia. — Sua voz sai mais branda e melancólica: — Beck está aqui.

Claro. Ele vai passar a eternidade em um pequeno cemitério em Alexandria.

— Queria te fazer um convite. Sem pressão, claro.

— Tá. — Já estou com os nervos à flor da pele. As pessoas só dizem "sem pressão" para se sentirem melhores pelo fato de estarem pressionando.

— Seus pais pretendem vir para a cerimônia de aposentadoria de Connor, em março. Vai coincidir com a semana do saco cheio. Adoraríamos se você também viesse.

De jeito nenhum.

Eu bem que gostaria de prestigiar Connor, e a passagem do tempo me dá a impressão de que suportaria ver Bernie, Norah, Mae e ele. Mas não posso voltar a Rosebell. O espírito de Beck permanece naquelas ruas. Nos restaurantes da Arlington. Em Tidal Basin. Na casa dos Byrne.

Talvez eu devesse ser reconfortada pelas lembranças do meu tempo com ele na Virgínia.

Mas a verdade é que isso acaba comigo.

— Pensa com carinho, por favor — diz Bernie, abrindo frestas na minha armadura. — Você tem um lugar reservado na cerimônia e nos nossos corações. Sempre.

Folha nova

DEZESSETE ANOS, TENNESSEE

Na noite de Ano-Novo, anoto minhas resoluções no diário.

Cuidar das minhas amigas.

Experimentar algo novo.

Tratar meus pais melhor.

Honrar a memória de Beck.

Então convido Paloma, Meagan e Sophia para vir em casa. Meus pais (e Major) ficam eufóricos ao som da campainha. Olho para eles como quem diz "segura a onda" antes de atender, depois apresento as meninas à medida que o cachorro gira em círculos na entrada.
— Vou fazer biscoitos! — diz minha mãe, enquanto levo minhas amigas para cima.
No quarto, Meagan fala:
— Seus pais são muito legais.
— Acho que sim. — Baixo a voz. — Ainda não contei sobre a cvu.
Os olhos de Sophia se arregalam.
— E quando vai contar? — ela pergunta.

— Em fevereiro. Quando as universidades respondem às candidaturas antecipadas sem compromisso. Quero que continuem acreditando que foi assim que me inscrevi. Só não sei ainda como convencer os dois de que a cvu é o lugar certo pra mim. Eles têm essa ideia fixa de que só quero a cvu porque era onde Beck estudava.

— Onde você queria estudar antes de Beck ir pra Charlottesville? — Meagan quer saber.

Falo sobre a costa noroeste e o meu sonho de passar um semestre em Melbourne ou Sydney.

— Mas eu ainda era criança. Não tinha ideia do que precisava procurar numa universidade, ou do que tinha vontade de fazer depois da escola. A cvu é excelente — insisto, embora pareça que estou tentando convencer não só a elas, mas a mim também.

— É mesmo — Paloma concorda. — Mas Austrália? Imagina que legal. Você pode fazer intercâmbio lá pela cvu, né?

— Acho que sim. — Ainda não sei se a cvu oferece esse tipo de programa. Quando Beck e eu estávamos juntos, passar cinco meses em outro hemisfério não me interessava nem um pouco, e a ideia de ir para a Austrália se transformou em um sonho impossível.

Paloma está sentada na cama com Soph; Meagan ocupa a cadeira da escrivaninha. Eu me sento no chão com Major, que se acalmou ao cheirar minhas amigas. Tento recuperar o bom humor, porém a dúvida provoca uma tempestade na minha cabeça, e eu penso nas imagens que tanto admirava na sala da sra. Bonny: o Parque Nacional de Kings Canyon, a Grande Barreira de Corais, os coalas fofinhos.

A Austrália fica a um mundo de distância de Charlottesville.

Pergunto a Beck: *Estou fazendo a coisa certa?*

Sem notar que aumentou minha incerteza, Megs examina as fotos no quadro de cortiça sobre a escrivaninha. Disney, Park City, Rehoboth Beach. Major quando era um filhotinho fofo. Algumas minhas com Macy, com quem não falo desde novembro, quando não respondi uma mensagem. Graças às redes sociais, sei que ela está estudando na George Mason e dividindo um apartamento com Wyatt. E Beck... Fotos de nós dois no National Mall, com cerejeiras floridas ao fundo. No Bush Gardens, com o cabelo bagunçado depois de sair de uma montanha-russa. No balanço que ficava pendurado no quintal da casa da minha família em Rosebell.

— É ele? — Meagan pergunta, apontando para um retrato tirado na assinatura do contrato com a CVU. Ele tem um sorriso fácil no rosto, capaz de desarmar qualquer um.

Confirmo com a cabeça.

— Tá — diz ela, maliciosa. — Agora entendi por que você queria estudar no mesmo lugar que ele.

Dou risada e mostro a língua para Meagan.

— Espera aí. — Sophia se levanta para enxergar melhor. Ela passa um dedo no canto de uma das minhas fotos preferidas. Beck ainda pequeno, com seu cabelo cor de cenoura e uma bebezinha enrolada em um cobertor jogado em seu colo. — É ele aqui também?

— É. E eu.

Meagan arregala os olhos.

— Não é exagero dizer que conheceu o cara a vida toda.

Paloma ergue uma sobrancelha, perguntando em silêncio: *Melhor encerrar essa história?*

Sim. Por favor.

Então penso na quarta resolução de Ano-Novo, escrita em caneta roxa.

Minha história está entrelaçada com a de Beck, como uma série de livros. Quando pequena, eu era *Lia, destinada a*

Beck. Adorei me tornar *Lia, o amor da vida de Beck*. E, por tempo demais, tenho sido *Lia, a menina enlutada*. Chegou a hora de virar uma nova versão de mim mesma, a protagonista de uma história que ainda não foi escrita. Sem título — ou trama —, já tem uma mensagem: Lia, que se lembra de tudo. Lia, que compartilha as partes boas.

— Nossos pais são amigos desde a faculdade. — Não sei bem por onde começar. — A gente se conheceu no dia em que eu nasci. Beck esteve presente em cada começo. Nos meus melhores dias. Ele era o meu mundo.

Paloma deve perceber que estou prestes a chorar, porque se junta a mim no chão e segura minhas mãos. Então diz, muito séria:

— Ele era um gato.

Ela acerta em cheio. Deixo uma gargalhada subir pelo peito, sabendo que Beck também consideraria o comentário fora de hora simplesmente hilário.

— Verdade — digo, ainda dando risadinhas.

— Você devia falar mais sobre ele — diz Meagan.

— Eu sei. Mas… ainda é difícil.

Ela prende uma mecha de cabelo recém-pintado de rosa atrás da orelha.

— Por um tempão depois que minha mãe morreu, tive dificuldade também. Agora, quando falo sobre ela, é como se carregasse uma tocha. E mantivesse seu espírito vivo.

— Meagan me disse a mesma coisa no ano passado — Paloma comenta —, quando meu *abuelo* morreu. E me fez desabafar. Aí as coisas foram melhorando.

Meagan sorri e sopra um beijinho.

— Sou a Rainha do Luto.

Abordamos assuntos menos deprimentes. As festas de fim de ano. Nossos horários do semestre seguinte. Sophia fala do time de vôlei. Paloma mostra a pulseira da Tiffany que Liam mandou de Natal e conta que ele pretende visitá-la na semana do saco cheio. Megs fala sobre a tentativa de seu pai de fritar o peru de Natal, com apoio da avó. Ficou parecendo carvão e a família teve que recorrer a um restaurante vietnamita.

Estamos rolando de rir quando alguém bate à porta. Minha mãe entra com um prato de cookies com gotas de chocolate. As meninas vão imediatamente se servir. Minha mãe não demora, e fico grata por isso, mas antes de sair abre um sorriso como não vejo há séculos. Seus olhos brilham e rugas se formam em volta da boca — o que ela odeia, mas diz que está radiante ao me ver com minhas amigas, depois de tanta solidão.

— Obrigada, mãe — digo.

E então a boto para fora.

Baile

QUINZE ANOS, VIRGÍNIA

Eu estava atravessando o pátio a caminho da primeira aula do dia, acompanhada de Macy. Até que Raiden Tanaka entrou na nossa frente, carregando um buquê de rosas, e fomos obrigadas a parar.

— Oi, Lia — disse ele, enxugando a testa. Era fevereiro, auge do inverno, e mesmo assim sua pele brilhava de suor.

Raiden se sentava atrás de mim na aula de matemática. Estávamos na mesma turma, embora eu fosse do nono ano do fundamental e ele, do segundo do médio. Raiden explicou que tinha discalculia, ou seja, confundia números assim como pessoas com dislexia confundiam letras.

— Matemática é difícil pra mim — disse Raiden, com o pescoço vermelho. — Mas não sou burro.

— Claro que não. — Eu fiquei encantada com a sinceridade.

Desde então, ficamos amigos.

Raiden era bem bonitinho, e talentoso no violoncelo. Filho de imigrantes japoneses, tinha cabelo preto brilhante, olhos castanhos intensos e os cílios mais compridos que eu já tinha visto.

Ele me ofereceu as flores.

— Quer ir ao baile comigo?

Fiquei tão surpresa que Macy precisou me dar uma cotovelada para arrancar uma resposta.

— Ah, nossa, Raiden.

— Isso é um sim? — ele perguntou, com os olhos brilhando de esperança.

— Sim, claro — falei, finalmente voltando ao normal. — Obrigada pelo convite.

Ele sorriu.

— Você é a melhor companhia. A gente combina os detalhes mais tarde na aula, pode ser?

— Aham. E obrigada pelas flores.

Raiden me abraçou de um jeito desajeitado e fofo. Depois foi embora, pisando firme.

Macy tinha um ar brincalhão.

— Raiden Tanaka — disse ela, adorando aquilo. Macy tocava violino desde o quarto ano e conhecia Raiden da orquestra. — Eu não fazia ideia.

— Para com isso. A gente é amigo.

Apesar do frio, senti que corava. O convite de Raiden tinha me pegado de surpresa, não que fosse indesejado. Ele era muito bonito e legal, com certeza a gente ia se divertir muito.

— Mesmo assim. Você ainda está no nono ano e já vai ao baile.

— Né? — falei, visualizando um vestido de chiffon, meus cachos caindo sobre os ombros, um arranjo de flores perfumadas no pulso, a dança com Raiden de terno. — Foi inesperado.

Alunos do nono e do primeiro ano só podiam ir ao baile como acompanhantes de alunos do segundo e do terceiro. Eu não alimentava nenhuma ilusão de ser convidada. Tinha colegas de turma, mas no geral ficava com o grupinho de Beck. Raj ou Stephen jamais me convidariam: obviamente me viam como uma irmã mais nova. Wyatt estava com Macy. E Beck odiava esse tipo de evento e dançar, em geral.

— Que coisa cafona — ele costumava dizer. — Clichê demais.

Macy deu voz a um pensamento que havia acabado de me ocorrer:

— O que será que Beck vai achar disso? — perguntou ela.

Dei de ombros.

— Ele não vai ao baile. Isso não deveria me impedir.

— Total. Mas será que Beck vai ficar chateado?

— Duvido.

Macy me olhou com incerteza, sem frear meu entusiasmo. Então enlaçou nossos braços, tomando cuidado para não amassar as flores que eu teria que carregar pelo resto do dia, e propôs:

— Quer procurar um vestido no fim de semana?

Passei o resto da manhã com a pulga atrás da orelha por conta da possibilidade levantada por Macy — talvez ir ao baile com Raiden fosse deixar Beck chateado. Pensei até em guardar as flores no meu armário antes de ir para o refeitório.

Mas... por quê?

Fazia meses que eu estava interessada em Beck, mas ele não tinha dado nenhum sinal de que seus sentimentos haviam mudado na mesma medida. Eu ficaria feliz em mergulhar de cabeça em *mais*, porém a situação atual funcionava para mim. E para ele também.

Levei as flores na hora do almoço.

Beck notou assim que deixei o arranjo na ponta da mesa, para que não atrapalhasse.

— Você ganhou flores?

— Ganhei — respondi, tirando a comida da mochila. Não gostei de como seus lábios ficaram caídos, porém mantive a expressão neutra.

— Por quê? — ele perguntou, inspecionando as rosas de canto de olho.

— Por que não?

— Isso não é resposta.

Ao ficar irritada por ele pensar que eu devia satisfação, acabei adotando um tom simpático, porque não queria brigar.

— Não sei se essa pergunta merece resposta.

— Quem foi que deu?

Uma tensão desconfortável tomou conta da mesa. Raj, Stephen, Wyatt e Macy pararam de comer para nos observar.

— Que diferença faz pra você? — questionei.

— Nenhuma. Só tô... curioso.

Cruzei as mãos sobre a mesa e olhei em seus olhos.

— Raiden Tanaka me deu as flores quando me convidou pra ir ao baile.

Com a visão periférica, notei que Raj sorria. Stephen soltou um "eita" baixo.

— Baile? — Beck repetiu, como se fosse algo novo.

— Isso mesmo. É um evento social promovido pela escola. Todo mundo se arruma e passa a noite dançando, posando pra fotos e se divertindo muito. Fui convidada. Isso satisfaz sua curiosidade?

— Não. Quem é esse Raiden Tanaka?

Suspirei.

— Ele é da minha turma de matemática.

Macy se esticou para tocar o braço de Beck.

— Raiden é um cara legal.

— Aposto que sim — disse Beck, sarcástico. — E você aceitou?

— Aceitei. Acho que vai ser legal.

Ele pareceu chocado.

— Você vai passar seu aniversário num baile com Raiden Tanaka?

Eu lembrava que o baile seria no terceiro sábado de março, mas não tinha me dado conta de que era o dia em que eu completaria quinze anos. Meu coração acelerou: eu havia aceitado comemorar meu aniversário nessa festa, acompanhada de um menino que não conhecia muito bem, em vez de com meus pais e os Byrne, como de costume.

Minha falta de atenção deve ter ficado óbvia, porque Beck comentou, presunçoso:

— Vai ser um *ótimo* aniversário,

E não me dirigiu mais a palavra no almoço.

Eu nem olhei para ele.

Voltei de ônibus para casa, carregando as flores, porque estava com raiva de Beck por ter acabado com a minha alegria. Ele me mandou uma mensagem — **Cadê você?** —, mas eu ignorei, como vingança. Torcia para que Beck ainda estivesse no estacionamento. Me esperando. Preocupado comigo.

Quando minha mãe chegou do trabalho, mostrei as flores e contei sobre Raiden e o baile. Ela pareceu adorar, dando ideias de vestidos e penteados.

— Você não se importa que não vou estar em casa no meu aniversário?

— Claro que me importo. Mas o baile vai ser legal. Podemos passar o dia comemorando enquanto você se arruma. E os Byrne podem vir na sexta à noite, ou no domingo à tarde. Não tem problema.

As emoções conflituosas me sobrecarregaram, e meus olhos se encheram de lágrimas.

— Beck ficou bravo.

Minha mãe não disse mais nada. Veio me dar um abraço e ficou só ouvindo enquanto eu contava, com desespero na voz, sobre a discussão no almoço.

— Ah, Lia. Sinto muito que isso tenha acontecido. Acho que Beck está...

Ela apertou os lábios, como se repensasse sua teoria.

— Você acha que Beck tá o quê?

— Talvez com ciúme — disse minha mãe baixinho, como se estivesse cometendo uma traição, o que me fez pensar na frequência com que ela e Bernie falavam sobre mim e Beck.

Bufei.

— Talvez seja só babaquice. Ele nem vai ao baile!

— Ele não devia ter pegado no seu pé. Mas às vezes tem um motivo por trás do comportamento das pessoas.

— E você acha que no caso de Beck é ciúme. Por quê?

— Não posso falar por Beck, filha. Mas ele costuma ser muito bonzinho com você. Aí fica sabendo que você vai sair com outro garoto e de repente começa a ser babaca, como você mesma falou. Talvez Beck esteja decepcionado porque não vai poder passar seu aniversário com você. Talvez esteja começando a perceber algo sobre si mesmo. Sobre *você*. De qualquer maneira, tenho certeza de que vocês dois vão se resolver.

Uma notificação chegou no celular dela: Bernie.

Eu nem precisava ler para saber que era sobre o baile.

Passei meu aniversário de quinze anos sendo mimada. Meus pais me levaram para tomar um brunch e meu pai prometeu que me ensinaria a dirigir quando eu quisesse. Minha mãe e eu fizemos o pé e a mão. Depois fomos a um salão chique na capital, onde fizeram um coque romântico em mim.

Bernie apareceu para ajudar com a maquiagem, e fez o favor de não mencionar o filho nem uma vez.

Nas semanas anteriores, as coisas tinham ficado estranhas entre mim e Beck. Voltamos a nos falar, mas não do jeito fácil de antes. Não mencionamos mais o baile ou meu aniversário. Ele não me dava mais abraços de urso. Nem cutucava minhas costas, bagunçava meu cabelo ou segurava minha mão quando estávamos nos divertindo. Eu vinha andando de ônibus com certa frequência, porque ficar ao seu lado no Toyota 4Runner — caindo aos pedaços — que os pais haviam lhe dado de presente de dezesseis anos me parecia um pouco demais.

Quando Raiden apareceu para me buscar no sábado à noite, meus pais o convidaram para tirarmos fotos. Seu terno combinava com o vestido cor de marfim que eu tinha escolhido no shopping com Macy. Como eu imaginava, ele me trouxe um arranjo de flores. Com a perfeita mistura de rosas, jasmim-de-madagascar e o mosquitinho delicado, as mãos de Raiden tremiam ao colocá-lo no meu pulso. Ele ainda levou peônias para minha mãe, a flor preferida dela.

— Feliz aniversário. — Raiden me entregou uma caixa de cupcakes com cobertura.

Que surpresa. Não havia contado sobre a data.

Comemos os cupcakes com meus pais. Raiden se deu bem com meu pai respondendo às perguntas sobre atualidades como se tivesse estudado para aquilo, e foi megaeducado com minha mãe, que me lançou vários sorrisos de aprovação.

O baile seria realizado no Washington Hilton, perto do Dupont Circle. O salão era maravilhoso, e Raiden foi extremamente gentil. Ficamos na pista com os amigos dele, a maioria da orquestra, ao longo das músicas, rindo e retribuindo passos de dança ridículos com passos de dança ainda mais ridículos. Vi Wyatt e Macy, que usava um vestido florido elegante, e Raj e Aimee, uma garota da Escola de Ensino Médio Mount Vernon. Os dois viviam terminando e reatando. Stephen tinha preferido ir sozinho e estava claramente feliz com a decisão. Vários amigos meus e de Raiden me desejaram feliz aniversário.

Tentei não pensar nos aniversários que havia comemorado antes, com os Byrne. Tentei não pensar na sensação constante de que faltava algo. Procurei não pensar na recente tensão entre mim e Beck.

Então eu o vi, perto da pista.

De terno, e era um modelo bonito, aliás. O máximo que eu o tinha visto usar de roupa formal fora um paletó em raras ocasiões, por ordem de Bernie. O nó da gravata frouxo, e o primeiro botão da camisa aberto. Seu cabelo estava despenteado daquele jeito charmoso de sempre. Uma mão no bolso, a outra segurava um copo de ponche. Será que tinha sido batizado? De que outra maneira ele toparia algo tão cafona quanto um baile de ensino médio?

Beck conversava com Taryn, a garota com quem saía antes que eu chegasse a Rosebell. A substituta, como Macy havia dito. Taryn estava deslumbrante, com um vestido preto longo e uma presilha de pérolas no cabelo. Não era difícil entender o que Beck viu nela: Taryn era linda e confiante. Não consegui evitar lançar alguns olhares para a garota, ao som de "Yeah!", do Usher.

Parecia que eu ia implodir, com o calor, a energia e o ciúme crescendo dentro de mim.

Quando começou a tocar uma música lenta e sentimental de Tim McGraw, Beck tirou os olhos de Taryn e os voltou para mim.

Ele parecia um fósforo aceso.

Raiden entrou no meu campo de visão. Sorria, segurando minha cintura, a posição de suas mãos perfeitamente educada. Não deve ter sido de propósito que ele nos virou, e eu fiquei de costas para Beck, graças a Deus. Apoiei as palmas em seus ombros e tentei recuperar a alegria que sentia antes de descobrir que Beck estava ali. Raiden me proporcionou uma noite agradável, e isto era o esperado em um baile: dançar com seu par.

Assim que retomamos o ritmo, senti um toque no cotovelo.

E dei de cara com Beck.

— Posso roubar Lia por uma música? — ele pediu.

A boca de Raiden se mexeu. Pressenti que ele queria mandar Beck ir catar coquinho, porém lhe faltava coragem para dispensar um cara que devia ter uns bons vinte e cinco quilos a mais.

Quando Raiden não disse nada, Beck se virou para mim.

— Lia?

Apenas assenti. Torcendo para não parecer ansiosa demais, vi Raiden deixar a pista de dança para se juntar a alguns amigos, perto da mesa de bebidas.

Achei que Beck fosse dizer alguma coisa, talvez explicar por que estava no baile, ou pedir desculpa por sua atitude ao descobrir que eu tinha aceitado o convide de Raiden. Mas ele permaneceu em silêncio. Só me puxou para perto. Começamos a dançar sem timidez — o oposto de Raiden, que havia colocado as mãos nas minhas costas com receio. Beck e eu já tínhamos dado milhares de abraços, porém aquela noite ele me envolveu como se o contato entre nossos corpos fosse eletrizante.

Talvez minha mãe tivesse razão: podia ser ciúme. Talvez ele tenha tido uma epifania, sobre si mesmo, sobre mim, sobre a possibilidade de um nós — como o que eu vinha vivenciando ao longo dos meses. De qualquer maneira, naquela noite Beck deixou claro que se importava tanto que se arrumou, foi ao baile e dançou de casal comigo.

Fechei os olhos e levei a bochecha ao seu peito, totalmente em paz nos seus braços.

No finzinho da música, Beck abaixou o queixo e encostou a bochecha na minha. Tão cheiroso — com um aroma próprio, além de um toque de perfume. Suas mãos quentes subiram, subiram, subiram até chegarem ao meu pescoço.

— Feliz aniversário, Lia — Beck murmurou. Então acabou a música, e ele me soltou.

Raiden acabou me levando para casa. Não fomos a nenhum after, porque eu tinha hora para chegar em casa — fiquei secretamente agradecida por isso. Raiden tinha me tratado como uma princesa a noite toda, mesmo depois da dança com Beck. No entanto, eu estava louca para ficar a sós com meu diário e a recente descoberta envolvendo meus sentimentos.

— Foi divertido — Raiden comentou, enquanto me acompanhava até a porta.

— Também achei. Obrigada pelos cupcakes.

Ele deu de ombros.

— Eu nem saberia que era seu aniversário se não tivessem me avisado.

— Macy é assim mesmo — concluí, sorrindo.

— Não foi Macy. Foi o cara que pediu pra dançar com você.

Demorei um segundo para entender, mesmo que obviamente eu só tivesse dançado com mais uma pessoa.

— Beck?!

— É, ele veio falar comigo na semana passada. Avisou do seu aniversário, disse que sua mãe gostava de peônias e sugeriu que eu me atualizasse sobre o que estava rolando no mundo, se não quisesse fazer papel de bobo na frente do seu pai.

Pisquei algumas vezes, chocada.

Beck tinha ajudado Raiden?

Mesmo depois da nossa discussão no refeitório?

— Foi bem legal da parte dele — Raiden admitiu, segurando minha mão.

— É — concordei, me esforçando para recuperar a fala. — Foi mesmo.

Raiden se inclinou para dar um beijo na minha bochecha e foi embora.

Eu estava nas nuvens quando entrei em casa e subi para o quarto, encantada não com Raiden, o date oficial, mas com Beck, que havia engolido o próprio orgulho para garantir que minha noite fosse especial.

Sentada na cama, mandei uma mensagem.

Obrigada <3

Descarado

DEZESSETE ANOS, TENNESSEE

Segundo semestre do terceiro ano.

Faço aula de cerâmica.

No segundo semestre do ano passado (os meses mais sombrios da minha vida), meus pais ficaram assistindo sem me impedir, mas com dúvida estampada no rosto, à medida que eu me matriculava nas disciplinas mais desafiadoras oferecidas pela escola. Eles não conseguiram esconder a incredulidade quando passei em todas. Na verdade, não sei por que ficaram surpresos. Depois que Beck morreu, abri mão dos amigos e das atividades extracurriculares. Parei com o voluntariado e não falei mais com os Byrne. Dei tudo de mim na escola. Claro que eu ia me sair bem.

Quando Paloma sugeriu no mês passado que fizéssemos aula de cerâmica juntas, eu hesitei. Como a CVU interpretaria uma disciplina tão aleatória? Mas acabei concordando, em parte para que meus pais acreditassem que superei aquela fase — o que quer que isso signifique —, em parte para poder passar a última aula do dia com minha amiga.

Chego antes que ela na classe, no prédio atrás da biblioteca. Paloma entra três segundos antes do sinal. Com o rabo de cavalo balançando, ela se apressa até a minha mesa. Tem lugar para quatro pessoas, porém ninguém mais se junta a nós, o que para mim está ótimo.

— Vai ser *incrível* — diz Paloma, se acomodando. Ainda não recebeu notícias da usc, mas vai ser um choque se ela não entrar. Sua média é melhor do que a minha. Paloma põe a mochila na mesa e usa a câmera frontal do celular para passar gloss cor-de-rosa. Satisfeita, volta os olhos carregados de maquiagem para mim. — E aí, como foi o primeiro dia do último semestre?

— Melhor do que eu esperava. E o seu?

Ela sorri.

— O começo do fim. Vamos comemorar com pudim de pão depois da aula?

Faço que sim com a cabeça, sorrindo.

Nossa professora, a sra. Robbins, usa esmalte dourado e mantém os cachos cor de areia num coque no topo da cabeça. Lembra a sra. Frizzle, de *O ônibus mágico.* Passo os olhos pela sala enquanto ela fala sobre o método de avaliação — basicamente todo mundo que fizer o mínimo de esforço vai ganhar nota máxima. Prateleiras atulhadas envolvem as paredes, numa galeria de projetos doados pelos alunos do semestre passado. À esquerda, tem um armário repleto de esmaltes. À direita, meia dúzia de rodas de oleiro, polvilhadas de argila seca. Atrás de Paloma, estão tijolos promissores de argila fresca e latas contendo agulhas, esponjas e ferramentas para modelagem. Um cheiro terroso se impõe no ar.

A classe da sra. Robbins é a antítese de *sala de aula*, e eu adoro isso.

Ela está passando o programa da disciplina quando a porta se abre com tudo. Isaiah…

o cara que eu beijei

… entra com confiança e indiferença.

Paloma sorri para mim.

— Desculpa o atraso.

A professora apenas sorri, o que me faz desconfiar que Isaiah já foi seu aluno.

— Que não aconteça de novo, sr. Santoro.

A sra. Robbins procura um lugar vago, e seus olhos param nos bancos vazios da nossa mesa — *merda*.

— Tem um lugar ali no fundo — diz ela —, perto da argila.

Isaiah concentra a atenção em mim.

Então abre o sorriso mais descarado do mundo.

Um fogo me consome por dentro.

Ele se aproxima, confortável e descolado, de calça jeans, moletom do time de basquete Memphis Grizzlies e tênis All Star preto e surrado. No bico de borracha branca, alguém desenhou estrelinhas cor-de-rosa.

A professora nos dá alguns minutos para ler o programa sozinhos. Isaiah deixa a mochila no chão e puxa a banqueta mais próxima da minha. Ele se senta com um suspiro digno da última aula do dia.

— Qual é a boa, Paloma? — Isaiah acena com o queixo.

— Tô animada pra começar a mexer com argila.

Ele me oferece seu sorriso, agora mais discreto, como se estivesse mais com vontade de questionar do que cumprimentar. Aceno de leve, como quem diz "vamos pegar leve", antes de fingir concentração no programa da disciplina enquanto revivo o desejo ardente do nosso beijo em novembro.

É confuso, constrangedor e superincômodo admitir que tenho pensado bastante em Isaiah Santoro desde então.

— E você, Lia? — diz ele. — Pronta pra começar a mexer com argila?

Permito que meus olhos encontrem os dele.

— Claro. A sra. Robbins parece legal.

Ele me olha rapidamente de cima a baixo: meu rabo de

cavalo, minha blusa de fleece, o anel com as duas pedras que voltei a usar no dia em que nos conhecemos.

— Ela é demais — Isaiah comenta. — É a orientadora do clube de artes.

— E você faz parte dele? — Paloma pergunta.

— Aham. E convenci Trev a entrar também.

— Como se vocês dois tivessem tempo sobrando além do basquete.

Franzo a sobrancelha.

— Você joga basquete?

Não deveria ligar para as atividades extracurriculares dele.

— Isaiah é o capitão — Paloma revela. — Entrou no time principal no nono ano, o que é bem incomum.

— Eu sou assim mesmo: bem incomum — diz Isaiah, em um tom tanto charmoso quanto autodepreciativo. — O campeonato começa semana que vem. Espero ver vocês na arquibancada.

— A gente vai — diz Paloma.

Isaiah olha para mim.

— Ah. Não sei nada de basquete. — Não menciono que meu falecido namorado gostava mais de futebol americano. — Mas acho que seria legal ver os jogos.

— Não é pra *ver* — Paloma brinca. — É pra gritar horrores.

— Você não precisa gritar horrores — Isaiah garante, com a voz baixa, só para mim, como se fôssemos as únicas pessoas neste mundo. Ainda estou tentando decidir como interpretar isso quando ele diz: — É só aparecer.

Trocando ideia

DEZESSETE ANOS, TENNESSEE

Em poucos dias, perco todo o bom senso. Eu acabo ficando na sala depois da aula de cerâmica para falar com a sra. Robbins sobre o clube de artes.

— Gosto da sua aula. Se tiver vaga, eu adoraria entrar para o clube.

Ela sorri, me olhando por cima dos óculos.

— Ah, sim. Se tiver no mínimo média sete e tempo livre no intervalo das quintas-feiras, pode entrar.

— Com certeza.

— Então a gente se vê amanhã. Vai ser ótimo contar com você, Lia.

Antes de deixar o campus, passo na biblioteca para pegar emprestado alguns livros para o trabalho de literatura contemporânea. Precisamos incluir pelo menos dois títulos nas citações, mesmo sendo mais fácil procurar na internet. Levo uma eternidade para encontrar boas fontes, o que significa que o treino de basquete termina antes que eu chegue ao meu carro.

Vejo Isaiah na calçada, perto da área de embarque e desembarque, de short, moletom da Nike e tênis Jordan preto e branco. Ele está com o celular no ouvido.

Mesmo de longe, dá para ver que não está nada feliz.

Tenho que passar por ali a caminho do estacionamento. Isaiah encerra a ligação ao me ver.

— Tudo bem? — pergunto.

Ele enfia o celular no bolso.

— Perdi minha carona. Estão esperando ajuda porque a bateria do carro morreu. Fora isso, tudo bem.

Meu cérebro mal tem a chance de acompanhar minha boca.

— Posso te levar.

— Tudo bem. Vou andando.

— Onde você mora?

— Na zona oeste, perto do correio.

— Dá uns dez quilômetros. Vamos, meu carro tá no estacionamento.

No Jetta, Isaiah me passa seu endereço e eu ligo o GPS antes de sair. Pelo bairro onde mora, ele deveria estudar na escola Rudolph. Sei disso porque cheguei a visitar outras casas com meus pais, e eles fizeram um milhão de perguntas à corretora relacionadas a escolas.

— Por que você estuda na East River se mora no oeste da cidade?

— A East River é melhor que a Rudolph. Como consigo fazer uma bola passar por um aro com uma taxa de sucesso razoável, eles me aceitaram aqui.

— Uma taxa de sucesso razoável? Achei que você fosse um prodígio.

Ele abre um sorriso.

— Se você tá dizendo. Tá gostando da escola?

Encolho os ombros e dou seta.

— É diferente de onde eu estudava antes. Muito menor. Mas adoro Paloma. Não sei o que faria sem ela, Meagan e Sophia.

Não quero falar sobre mim, então faço a pergunta em que venho pensando desde novembro:

— A mulher que veio te buscar antes do feriado de Ação de Graças… é a sua mãe?

— Não. Mas eu moro com ela.

— Ah. Por que você não mora com a sua mãe? — Então volto a ter bons modos depois desse breve hiato. — Não quero me intrometer, mas…

Preciso saber.

— Imagina. Isso é trocar ideia. Não tem problema. Marjorie, a mulher que você viu, é minha mãe adotiva por enquanto.

Fico surpresa, e não escondo bem.

No semáforo aberto, eu piso no acelerador.

— Ela pareceu legal.

— Ela é uma santa — diz Isaiah, de maneira carinhosa, depois solta uma risada irônica. — Só deixou acabar a bateria do carro.

O jeito como ele fala dela é uma gracinha. Fofo demais. Só não tenho certeza de que estou pronta para abrir meu coração outra vez. Sinto que preciso manter certa distância emocional, mas Isaiah me desarma.

— Há quanto tempo você mora com ela? — pergunto.

— Quase seis anos.

— Ela é casada? Tipo, você tem um pai adotivo?

— Não, mas tenho uma irmã. Naya. Ela tem nove anos. Mora com a gente há quase um ano.

Estamos chegando à casa dele, e minha cabeça está cheia de perguntas — tantas que não sei por onde começar. Porém, Isaiah deve ter pensado que fiquei satisfeita.

— Minha vez?

Olho para ele.

— De...?

— Perguntar alguma coisa. É assim que funciona uma conversa.

Imagino que os eventos da nossa primeira interação tenham gerado uma série de dúvidas. Perguntas decorrentes de um colapso (e um beijo) só podem ser perigosas. Mas como negar?

— Tá — digo. — Manda.

— No dia em que a gente se conheceu... — Isaiah começa a dizer, e eu me preparo, segurando o volante com mais força e sentindo o coração acelerar. — Tinha acontecido alguma coisa específica ou você só estava triste de modo geral?

Entramos na rua dele.

— Eu estava triste de modo geral. O ano passado foi terrível, e aquele dia tinha um significado. Fazia um ano do motivo que fez o ano passado ser terrível.

O GPS anuncia nossa chegada. Ponho o carro em ponto morto. É uma casa grande, com tijolos aparentes. Tem uma mesa com duas cadeiras na varanda. O caminho de concreto está coberto de desenhos em giz: arco-íris, dragões cuspindo fogo, um castelo com um fosso. Aguardo a próxima pergunta.

Seus olhos são como o sol. Dá para sentir na minha bochecha, no meu cabelo.

— Sinto muito que o ano passado tenha sido uma merda — diz ele.

Olho para Isaiah, surpresa.

— Não quer saber mais?

— Quero, sim. — Ele passa uma mão pelo cabelo, revelando novamente a cicatriz em sua testa. Recordo uma lembrança: *braços compridos e cabelo preto*. — Mas... — Isaiah prossegue, enquanto tento ficar tranquila — ... sei como é estar triste. Fiquei sem chão tantas vezes que perdi a conta. Você pode me contar mais quando estiver a fim.

Fora do carro, ele se espreguiça rapidamente, erguendo a barra do moletom, que cobria uma faixa de pele. Desvio o rosto, porque começo a sentir aquela atração que dá medo.

Então Isaiah oferece um sorriso arrebatador.

— Obrigado pela carona, Lia.

Afeto

QUINZE ANOS, VIRGÍNIA

No que me dizia respeito, Beckett Byrne era um deus entre os adolescentes: hábil e forte, inteligente e sociável, bonzinho e divertido. Fazia parte da equipe de atletismo da escola, sendo alvo de disputa de olheiros de diferentes universidades. Seu sorriso deixava meus joelhos fracos. Sua lealdade era inabalável. Ele era convencido, para dizer o mínimo, porém seu carisma indefinível fazia com que todos — incluindo eu — o reverenciassem.

Na metade do meu primeiro ano do ensino médio, meu interesse já havia se transformado em pura e simples paixão.

Quando Beck vinha em casa com a família, era uma graça com as irmãs, educado com seus pais e íntimo dos meus, de maneira sempre respeitosa. Juntos, assávamos biscoitos para as gêmeas, assistíamos filmes e pegávamos o metrô até a capital, onde fazíamos longas caminhadas. Nossa rota passava por Capitólio, Washington Monument, Lincoln Memorial, Martin Luther King Jr. Memorial e Jefferson Memorial, então nos sentávamos em um banco para conversar, olhando para a Tidal Basin.

Depois do baile, do meu aniversário e da nossa dança, eu me pegava sempre olhando para ele, sonhando acordada, aos suspiros. Porém, não agia em nome dos meus sentimentos, porque tinha medo de balançar um barco à deriva. Mas de vez em quando eu o flagrava olhando para mim também. Beck sorria e puxava meu rabo de cavalo, ou me mostrava a língua, ou dava uma piscadinha, e eu me derretia por dentro. Os abraços de urso voltaram. Ele me dava carona na ida e na volta da escola. Não demonstrava interesse em outras meninas. No entanto, apesar da previsão da vidente, continuávamos sendo apenas amigos.

Isso me frustrava. Eu queria fincar bandeira no planeta dele, em vez de apenas orbitá-lo.

No primeiro dia das férias de inverno, Beck ia extrair os dentes do siso. Estava bravo com Bernie por ter marcado a consulta no começo das férias, porém a mãe não queria que ele perdesse aula. Naquela manhã, a caminho do consultório, Beck me mandou uma mensagem no carro.

Que chatice. Se eu morrer hoje, preciso que pegue minhas revistas de mulher pelada no guarda-roupa. Na prateleira de cima, debaixo dos GI Joes. Joga fora antes que minha mãe veja.

Credo. Às vezes garotos são tão nojentos.

Você é revoltante.

Você é encantadora.

Sorri e perguntei: Por que você tem revista de mulher pelada se existe internet?

Três pontinhos apareceram na tela enquanto ele escrevia. Pelo mesmo motivo que você ainda prefere livros às adaptações pro cinema. É sempre melhor usar a imaginação.

Acabei dando risada.

Se eu sobreviver, nunca mais tocamos no assunto das minhas revistas de mulher pelada, tá?

Você vai sobreviver, e eu sempre vou te zoar por isso.

Ele não disse mais nada. Voltei a me concentrar em *Vampire Diaries*, que eu e Bernie tínhamos começado a ver recentemente, imaginando que ela e Beck haviam chegado ao destino. Não o invejava nem um pouco. Meu estômago se revirou com a ideia de ter as raízes fortes dos dentes arrancadas à força.

Meu celular vibrou. Quer ir em casa depois? Prometo que não vou sangrar em você.

Meu coração bobinho se encheu de alegria.

Mal posso esperar pra te ver bochechudo igual a um esquilo.

Mais tarde, minha mãe me levou à casa dos Byrne. Bernie me recebeu na porta. Norah e Mae estavam no sofá, entretidas com *Encanto* e uma tigela de salgadinhos. Dei um beijo nos cachos dourados de cada uma antes de me dirigir à mãe delas.

— Ele está no quarto — disse Bernie, revirando os olhos. — Sendo mole e dramático. Pode levar isso, por favor?

Ela me passou duas bolsas de gelo e me dispensou.

Desci para o porão, onde ficava o quarto de Beck e o cômodo onde as meninas costumavam brincar. Bati à porta, cautelosa depois do papo naquela manhã sobre as revistas de mulher pelada. Ele me mandou entrar, um pouco rouco.

A cortina estava fechada e as luzes estavam apagadas, a não ser pelo abajur na mesa de cabeceira. Beck se reclinava na cama, de calça de moletom e camiseta da escola. Ele tirou os olhos do laptop para ajeitar uma pilha de travesseiros. Sua expressão era tão lamentável que tive que rir.

Seu rosto ainda não estava muito inchado, porém ele parecia fraco e pálido, mais cansado do que se tivesse passado a manhã na academia. Beck pausou o filme — *Um duende em Nova York*, nosso preferido de Natal — e deu dois tapinhas na cama. Eu me sentei ali, mordendo o lábio para conter mais uma risada.

— Você sobreviveu — brinquei.
— Por pouco — ele murmurou. — Foi uma tortura.
— Ah, *coitadinho*. Como tá se sentindo?
— Mal. Mal pra caralho.
— Coitadinho — repeti, menos empolgada. Meu rosto esquentou enquanto eu repassava aquela palavra: *coitadinho*. Soava terna, uma demonstração de afeto. Torcendo para que ele estivesse chapado demais dos remédios para analisar meu tom de voz, minhas bochechas coradas ou essa combinação, ofereci as bolsas de gelo.

Beck cruzou os braços sobre o peito largo e inclinou a cabeça para trás.

— Você me ajuda?

Suspirei, como se fosse o fim do mundo, secretamente feliz ao chegar mais perto. Beck cheirava ao desodorante Degree que usava desde os dez anos de idade, ao xampu Dove de sempre e ao sabão Tide, o preferido de Bernie. Levei o gelo a suas bochechas sardentas, tomando cuidado para não pressionar demais.

Ele suspirou.

Fechou os olhos.

E pôs as mãos sobre as minhas.

Isso era novidade.

— Amelia — Beck sussurrou.

Meu nome inteiro, algo também inédito.

— Melhor assim? — perguntei.
— Muito.

Beck virou a cabeça e abriu os olhos. Pôs uma das bolsas entre o travesseiro e a bochecha, depois pegou minha mão livre.

— Deita comigo?

Minha cabeça girava como um pião. Beck confiava em mim, permitindo que eu acompanhasse sua recuperação, o mimasse e reconfortasse. Havia algo mais: uma percepção mútua, um sentimento compartilhado de aceitação. Entrávamos numa nova era.

E isso parecia *certo*.

Eu me deitei ao lado dele.

Como tudo o que estava acontecendo era inegavelmente surreal, perguntei:

— Você tá chapado de remédio?

Sua risada soou calorosa e sonolenta.

— Tomei oitocentos miligramas de ibuprofeno.

A cura do Exército para todos os males, o equivalente a um band-aid num buraco de bala.

— Por isso que tá doendo. Não te deram nada mais forte?

— Deram, mas quero ficar acordado enquanto você estiver aqui.

Ele me abraçou. Mantive a bolsa de gelo no lugar e também comecei a massagear sua mão, primeiro a palma cheia de calos, depois as pontas dos dedos, a pele aveludada do pulso.

Beck exalou devagar.

— Que gostoso. Eu te daria um beijo se meu rosto não doesse tanto.

Comecei a respirar mais forte.

Beck notou.

— Depois? — disse ele, apertando meus dedos de leve.

— É — sussurrei. — Depois. — Fiquei em silêncio, com a cabeça apoiada no peito dele, sorrindo. — E, quando você puder comer algo sólido, vou fazer panqueca com nutella.

— Você é mesmo encantadora, Amelia Graham — Beck afirmou com convicção, ainda que enrolando um pouco as palavras.

Em minutos, pegou no sono.

Fiquei ao seu lado, vendo o resto do filme, aceitando a nova realidade.

No intervalo de uma tarde, eu me tornei a garota que Beck queria, a garota de que ele precisava, a garota que sempre estive destinada a ser.

Sinto falta...

1. da confiança inabalável
2. do cheiro combinado de desodorante Degree, xampu Dove e sabonete Tide
3. dos abraços de urso
4. da risada profunda e confiante
5. do National Mall
6. das mãos grandes, gentis e cheias de calos
7. da certeza no futuro
8. dos olhos verde-militar
9. do cérebro afiado
10. do cinismo
11. das bochechas coradas
12. das sardas
13. de panquecas com nutella
14. de ser parte de um todo

Ignorar a lua

DEZESSETE ANOS, TENNESSEE

Não conto a Paloma, Meagan e Sophia sobre o clube de artes. Elas vão estranhar quando eu não aparecer na biblioteca, mas ainda não estou pronta para responder por que decidi me juntar a um clube qualquer na segunda metade do último ano de escola.

Não vou na biblioteca hoje, escrevo apenas, depois atravesso o campus. Ao entrar pela porta da sala da sra. Robbins, o sinal toca. As cabeças se viram para ver quem chegou, e encaro um mar de rostos desconhecidos — com exceção de Isaiah Santoro. Ele está no lugar de sempre, ao lado de Trevor.

— Seja bem-vinda, Lia — diz a professora, na frente de todos. — Sente-se e vamos começar.

Tem um lugar vazio na mesa de Isaiah. Ele percebe ao mesmo tempo, faz um sinal e puxa a banqueta com o pé.

— Fiquei sabendo que você deu uma carona pro meu amigo — diz Trevor, enquanto me acomodo.

— Pois é. — Tento decidir se ligo para o fato de Isaiah ter contado sobre os dez minutos que passamos no meu carro.

Isaiah sorri para mim.

— Minha salvadora.

Sinto as bochechas arderem.

A sra. Robbins explica a atividade do dia: desenhar sem olhar para o papel.

— Vocês vão manter o foco no objeto. Só vale olhar para o papel no fim.

Ela mostra exemplos: paisagens e tigelas de frutas que parecem ter sido feitas por crianças do primeiro ano do fundamental.

— É um ótimo exercício para aprender a desenhar o que estamos vendo, e não o que achamos que estamos vendo. Vamos começar com retratos. Não precisam correr: continuamos na semana que vem. Formem duplas enquanto eu distribuo os materiais.

Antes que eu entre em pânico, Isaiah arrasta sua banqueta para mais perto.

— Sério, cara? — diz Trevor. — Você vai me largar assim?

— Faz novos amigos. Como eu fiz.

Trevor olha para nós dois, depois revira os olhos com cumplicidade e vai se juntar a uma mesa com três pessoas, perto do armário. Um silêncio pesado recai sobre mim e Isaiah até a sra. Robbins aparecer com papel-jornal e lápis.

— Sem olhar — ela nos lembra.

Isaiah empurra uma folha de papel na minha direção.

— Quer tentar primeiro?

— Promete não ficar ofendido se sair parecendo um ogro?

Ele sorri.

— Prometo.

Ajeito o papel, escolho um lápis e levo a ponta ao alto da página, para começar de cima. Levanto a cabeça e avalio as feições de Isaiah. Até que é bom ser obrigada a observar o rosto dele por bastante tempo para desenhar seu cabelo escuro, seu queixo forte e seu nariz imperfeito. Isaiah retribui o olhar, imóvel como uma estátua, os olhos brilhantes como estrelas.

— Não vai começar? — ele pergunta.

A sala está movimentada e barulhenta, porém a pergunta chega às minhas orelhas numa viagem em linha reta, como barbante conectado a duas latas.

— É... Vou, sim.

Atrapalhada, observo o papel em branco, com a mão a postos, os nós dos dedos brancos em volta do lápis.

— Ei, ei — Isaiah me repreende, de brincadeira. — Não vale espiar. — Ele aponta o indicador e o dedo médio para mim e depois para suas pupilas, capturando minha atenção. — Foca aqui.

Solto uma risadinha, como se esse fosse o exercício mais bobo do mundo, como se não me sentisse profundamente desconfortável tendo que me conectar daquela maneira com ele. No entanto, fico mais à vontade e começo a desenhar. Não preciso espiar para saber que o resultado é terrível. Sigo em frente, desenhando seu cabelo ondulado, seu queixo quadrado, suas sobrancelhas salientes. Procuro retratar bem seus olhos: redondos e ligeiramente curvados para cima, emoldurados por cílios escuros e grossos. Ele tem olheiras que entregam que dorme mal. Esboço um leve sombreamento. Passo ao nariz assimétrico, ainda pensando no que o mantém acordado à noite.

Isaiah interrompe o contato visual para avaliar o progresso. Quando nossos olhos se encontram de novo, vejo um sorriso e desenho sua boca assim, com os lábios volumosos maliciosamente curvados.

Acho que acabei, mas analiso seu rosto mais um pouco só para garantir. Então me lembro da cicatriz. Está escondida debaixo do cabelo, porém deixá-la de fora parece errado, como ignorar a lua porque o sol está brilhando. Com o mais leve toque, eu completo o retrato.

— Pronto. — Largo o lápis.

Mostro o resultado, com medo de olhar.

Isaiah pega o papel para avaliar cuidadosamente meu esforço. Achei que ele fosse soltar uma gargalhada, porque devia ter ficado feio como os exemplos da sra. Robbins, mas Isaiah diz:

— Ficou bom. Quer dizer, ficou ruim, mas os detalhes deixam na cara que sou eu.

Isaiah coloca o desenho entre nós. Ficou pavoroso, mas entendo o que ele quer dizer. Isaiah aponta para as sombras sob seus olhos.

— Tipo, você me desenhou cansado. E o meu nariz... zoado do jeito certo.

Sorrio.

— Você quebrou o nariz?

— Várias vezes.

Aponto para a cicatriz do desenho.

— E isso aqui?

Ele passa uma mão pelo cabelo, evidenciando a cicatriz de verdade.

— Bati a cabeça na quina de uma mesa de centro.

Aponto para o canto do meu olho esquerdo, onde tem uma cicatriz do tamanho de uma semente de limão.

— Quando eu tinha quatro anos, enganchei um pé no travesseiro, pulando na cama dos meus pais. Caí de cara na cabeceira. Passei uma semana com o olho roxo.

— Essa cicatriz é muito foda, mas precisa de uma história mais legal. E se você tivesse se metido numa briga de bar a caminho da escolinha?

Dou risada, relaxando com a brincadeira.

— Muito mais legal.

Isaiah sorri.

— Preciso me lembrar dessa cicatriz quando te desenhar.

— Vou ficar igual a um duende, né?

Seu sorriso se torna doce como mel no chá quente.

— Mesmo que eu quisesse, seria impossível.

Só um menino

DEZESSETE ANOS, TENNESSEE

Sou a última a chegar na nossa mesa ao ar livre para o almoço. Faz frio, apesar do sol, e eu fecho o zíper do casaco até o fim antes de me sentar ao lado de Paloma.

— Onde você passou o intervalo? — ela pergunta, enquanto tiro meu almoço da mochila.

— No clube de artes da sra. Robbins.

— Ah. Por quê?

— Não sei… Pareceu divertido.

— Isaiah faz parte desse clube — diz ela, com uma cara de "não me enrola".

— Isaiah Santoro? — Sophia pergunta.

Paloma sorri.

— O próprio.

Meagan arqueia uma sobrancelha.

— Vocês dois…?

— Não! — respondo, meio gritando. E com mais calma: — Nós dois nada.

— Eles são amigos — Paloma corrige.

Meagan e Soph se entreolham, céticas.

— Sério — digo. — É só um menino.

— Que vai no clube de artes com você — diz Paloma.

— E joga basquete — diz Soph.

— E é muito gato — Meagan rebate, subindo e descendo as sobrancelhas. Sophia finge que está horrorizada, e Megs ri.
— Que foi? Sou lésbica, mas não sou cega.
— Vocês são terríveis. — O que quero dizer é que elas são incríveis. Conseguem me fazer rir mesmo quando minha vontade é de me esconder debaixo da mesa. É errado o modo como meu coração acorda na presença de Isaiah. Minhas bochechas não deveriam ficar vermelhas quando nossos olhos se encontram. Eu pensava que nunca mais sentiria aquele friozinho na barriga. Porque não deveria sentir mesmo.
Só que...
Esse conflito deve estar estampado na minha cara, porque Paloma me abraça.
— Tudo bem se ele virar mais que só um menino um dia.
Soph concorda com a cabeça.
— Li em algum lugar que se apaixonar depois da morte da pessoa amada significa que o primeiro relacionamento foi especial de verdade. Se não, por que a pessoa se arriscaria a sofrer de novo?
— Pode ser — digo. — Mas... parece cedo demais.
É cedo demais?, pergunto a Beck.
Ele não responde.
— Lia — diz Meagan. — Você não vai ficar de luto pra sempre.
Ainda que seja verdade, minha vida estava tão interligada com a de Beck que muitas vezes é como se ele continuasse vivo — na faculdade, ou durante uma transferência do pai para outro estado. Quando a tristeza é tão intensa que ameaça abrir um buraco no meu peito, eu me permito imaginar que na semana do saco cheio, ou no verão, vamos nos reencontrar. Às vezes, finjo que posso ligar para Beck. Às vezes, meu coração fala com ele.

Isso é luto?

Meagan atira um mirtilo em mim, que acerta meu ombro.

— No que você tá pensando agora?

Suspiro.

— Eu só... queria que houvesse regras. Regras claras. Universalmente aceitas. Tipo, vamos dizer que eu *queira* que Isaiah seja mais do que só um menino. Como contaria sobre Beck? Como o apresentaria aos meus pais? Como diria aos pais de Beck que segui em frente?

— Vai lidando com as coisas conforme elas aparecerem — Paloma sugere.

Soph concorda com a cabeça.

— Primeiro você tem que decidir se tá pronta.

— E depois precisa decidir se Isaiah é o cara certo pra você — diz Meagan.

— Eu acho que é — diz Paloma, sorrindo. — Vocês dois ficaram se olhando bem apaixonadinhos durante a aula de cerâmica.

— Ei. Não olhei apaixonadinha pra ninguém, não.

— O importante é que um monte de garotas agiria logo se um cara daqueles desse bola — Paloma insistiu. — Só que eu nunca vi Isaiah olhar pra ninguém com nada além de respeito e educação. Até você aparecer.

Minha resposta é fraca:

— Ele me olha com respeito e educação.

— Não. — Paloma dá um sorriso. — Ele te olha como se estivesse faminto e você fosse um cheeseburguer duplo com bacon.

Meagan, Sophia e eu rolamos de rir.

Uma distração

Numa quinta-feira lúgubre, no clube de artes,
um menino desenha uma menina.

A menina é pura ansiedade.

A intimidade do foco dele, da atenção...

PUTA MERDA.

Ela precisa de uma distração para canalizar sua energia
nervosa.

Então pega o diário da mochila,
apoia nos joelhos

— para que ele não veja o que está escrevendo —
e finge estar muito ocupada.

Ele desenha, cantarolando uma música melancólica.

É afinado, o que não a surpreende.

Os dedos dela estão trêmulos,

e ela faz garranchos, em vez de sua caligrafia floreada
de sempre.

Ele continua desenhando, seus olhos são uma carícia quente na testa, na bochecha e no pescoço da garota.

Quando vai terminar?

O problema não é ela estar triste —
é ela não estar.

A melodia que ele cantarola se acelera.

Desenhar esse rosto o deixa feliz?

Os olhos dele atraem os dela. O garoto sorri.

O coração dela dá cambalhotas.

Ela está confusa. Agitada. Com medo.

Não dele, mas dos próprios sentimentos.

Contraditórios e fortes, novos e inegáveis.

Ele a desenha, ela escreve; ele cantarola, ela se desfaz.

A professora passeia pela sala, elogiando e criticando.

Então observa o trabalho do garoto.

A menina para de escrever para analisar a professora observando o menino.

O olho de artista da professora fica interessado.

— Você tem sorte — ela diz à menina,
o que é estranho, porque faz um bom tempo
que a garota não acredita nisso.

A mulher segue em frente.

O menino entrega seu desenho.

— É seu — diz ele, depois aponta para o papel. — Não esqueci a cicatriz.

Ele fica olhando, esperançoso.

Ela pega o retrato.

O efeito geral é abstrato, porém as escolhas parecem intencionais.

A determinação dela, antes infinita, começa a fraquejar.

Isso é certo?

Tudo bem?

É ESSE seu destino?

Ela queria poder ter certeza.

Olhando para o desenho, para seu próprio rosto, a menina diz:

— É lindo.

Nascer do sol

QUINZE ANOS, VIRGÍNIA

Beck logo se recuperou da extração dos dentes do siso, motivado pela vontade de aproveitar as festas de fim de ano, sua necessidade de fazer musculação cinco vezes por semana e a promessa da minha companhia.

Nossas famílias passavam a véspera de Natal juntas sempre que estavam na mesma cidade. Naquele ano, fomos para a casa dos Byrne. Às nove, já tínhamos jogado bastante Pictionary e comido um monte de pizza caseira e cookies. Enquanto Bernie e Connor punham as gêmeas para dormir, meus pais começaram a montar o tabuleiro de Colonizadores de Catan sobre a mesa de jantar. Connor e Bernie desceram rindo. Ela sussurrou algo que fez meus pais rirem também. Nessa época do ano, meu pai e Connor gostavam de reviver seus dias de universitários, mas indo a cervejarias artesanais, em vez de virando latinhas de marcas baratas. Minha mãe e Bernie se enchiam de vinho. Beck e eu não tivemos dificuldade em escapulir para o quarto dele.

— Tenho algo pra você — disse Beck, fechando a porta.
— Eu também.

Sentados na cama, ficamos frente a frente. Passei a ele uma caixa retangular embrulhada em papel prateado. Eu tinha comprado fones de ouvido com cancelamento de ruído, usando parte do dinheiro recebido pelo trabalho como babá. Ele pareceu impressionado ao abrir o presente, o que me deixou aliviada. Ao longo dos anos, tínhamos trocado presentes bobos, ou presentes escolhidos por nossas mães. Aquela era a primeira troca de verdade.

Beck me passou um pacotinho mal embrulhado. Fiquei comovida ao saber que ele havia se sentado sozinho com fita adesiva e papel vermelho e verde, em vez de pedir ajuda a Bernie. Seus dedos tamborilavam nos joelhos enquanto ele aguardava. Dentro, envolto em um tecido, havia um anel: de ouro branco e cravejado com duas pedras de tons diferentes de azul.

— São as pedras dos nossos signos — Beck explicou.

Toquei a água-marinha, depois a safira, e suspirei.

— Nossa.

— Né? Tem uma joalheria em Georgetown que faz esses anéis por encomenda. Descobri na internet, no ano passado.

Encarei seus olhos.

— No ano passado?

Suas bochechas ficaram vermelhas. Beck corava fácil, e muito. Eu sempre adorei como o constrangimento se estampava na cara daquele garoto forte e confiante. Ele pigarreou.

— É. Foi quando eu comprei. Eu ia te dar no seu aniversário, mas... sei lá. Teve o baile. E Raiden. Seria esquisito. Então guardei.

— E agora?

Ele deu de ombros, com os olhos brilhando. Pensei que fosse me beijar — pela primeira vez. Fora de mim, eu já estava visualizando. No entanto, Beck disse:

— Agora parece o momento certo. Não acha?

— É. Parece mesmo.

Ele pôs o presente no anelar da minha mão direita.

Tive certeza de que um dia ele colocaria um anel no mesmo dedo da minha mão esquerda.

★ ★ ★

O alarme tocou cedo na manhã seguinte: o Natal. Saí da cama e calcei minhas botas Uggs e a jaqueta mais quentinha que eu tinha. Na ponta dos pés, passei pelo quarto escuro dos meus pais, acendi as luzinhas da árvore junto à janela da sala de estar, tirei os cinnamon rolls da geladeira e pus no forno, depois fiz chocolate quente — do bom — e enchi dois copos para viagem. Beck chegou no Toyota e eu saí para encontrá-lo.

A viagem até a capital foi rápida, e estacionamos tranquilamente no National Mall, coisa rara. Beck pegou uma manta no banco de trás e caminhamos até o Lincoln Memorial. Fomos até lá em cima, prestamos nossas homenagens ao presidente Lincoln e nos sentamos de frente para o espelho d'água, enrolados na manta. O Washington Monument se erguia orgulhoso à distância, projetando uma imagem iluminada na água escura.

O céu estava começando a clarear.

Tomamos nosso chocolate quente e conversamos baixinho sobre o ano seguinte, a segunda metade do meu primeiro ano do ensino médio, a segunda metade do terceiro ano dele. Apesar da inscrição em várias instituições da Costa Leste, Beck queria estudar na Commonwealth of Virginia University. Era competitiva em termos acadêmicos, e a equipe de atletismo precisava desesperadamente de um bom arremessador de peso.

E ele era um excelente arremessador de peso.

— Você vai entrar. — O céu passava de roxo a rosa. Eu queria que isso acontecesse: a CVU ficava perto, em comparação a outras possíveis universidades.

— Espero que sim. — Beck esfregou minhas mãos para esquentá-las. — Você vai me visitar, né?

— Claro que vou.

— E também vai tentar estudar lá?

Na época, eu estava apenas começando a pensar a respeito, mas gostava da ideia de uma faculdade pequena em Seattle ou Tacoma, perto de onde já moramos. Eu me imaginava em um campus como o da Seattle Pacific, ou da Universidade de Puget Sound, um lugar intimista e pitoresco. A cvu era enorme, com várias fraternidades e irmandades, e um estádio de futebol americano onde cabiam mais de setenta mil pessoas — o oposto da experiência que eu buscava.

— Claro que vou.

Porque te amo, eu podia ter dito. *Te amo desde que te conheço.*

A luz dourada do início da manhã iluminava o rosto dele. Então Beck disse uma versão do que eu estava pensando, baixinho, sem ressalvas:

— Gosto de você pra caralho, Lia. Desde... bom, desde sempre, acho. Mas ultimamente... quero muito que a gente fique junto.

Eu tinha esperado a vida toda para ouvir essas palavras.

Palavras que acabavam com minha determinação.

Eu não precisava estudar na Costa Oeste. Não precisava de praias de pedra, céu nublado ou um campus pequeno. Não precisava nem mesmo passar um semestre na Austrália. Teria o resto da vida para ver o mundo. Eu podia estudar na cvu e ser feliz. E seria, porque estaria com Beck.

Quando o sol despontou no horizonte, banhando a cidade com luz âmbar, eu o beijei.

A princípio, ele ficou surpreso, mas levou apenas um segundo para corresponder à minha expectativa. Beck soltou minhas mãos e segurou meu rosto, retribuindo o beijo, depois me beijando com vontade. Eu me joguei nele, pedindo mais, com a palma da mão em seu pescoço. Beck se entregou. Me deu tudo o que eu queria naquele Natal: devoção, calor, risadas. Fui inundada de coisas boas, nós dois *fomos*, na verdade, sob o brilho radiante da manhã.

Não nos separamos ao longo daquela semana. Percorríamos longos trajetos de carro, comíamos o equivalente ao nosso peso combinado em burritos no District Taco, ficávamos entocados no quarto de Beck, assistindo aos nossos filmes preferidos de Natal — qualquer coisa para ficarmos sozinhos, sem pais.

A discrição não se devia a um medo de reprovação. Os meus pais adoravam Beck. Desde sempre. E Bernie e Connor me adoravam. Sem dúvida, os quatro ficariam muito felizes com a notícia de que estávamos juntos. Eufóricos, até. A questão era que eu queria curtir minha própria euforia. Queria compartilhar a novidade e o entusiasmo com Beck, e apenas com ele.

Aí fiquei sabendo que nossa família já desconfiava. Bernie imaginou que tinha algo rolando no dia da extração dos sisos de Beck. Connor estranhou quando o filho não foi no Parque Nacional de Shenandoah para ajudá-los com um quebra-cabeça da oficina dos elfos do Papai Noel no Polo Norte. Durante a ceia de Natal, enquanto meus pais e eu mergulhávamos pedaços de pão e vegetais na panela fumegante de fondue, minha mãe perguntou sobre o anel. Diante da resposta, ela abriu um sorriso convencido para meu pai. Em defesa deles, ninguém disse nada.

Na véspera de Ano-Novo, Connor, Bernie e Beck foram para nossa casa, enquanto as gêmeas ficaram com sua segunda babá preferida, uma vizinha amorosa com ares de vovozinha. Meu pai preparou uma carne, minha mãe fez lagosta e Bernie trouxe seu bolo de manteiga de amendoim. Comemos até dizer chega e pegamos os jogos de tabuleiro. Meu pai insistiu em jogar Pandemic, que ele e Connor amavam, mas Beck odiava, porque as regras eram supercomplicadas. Scattergories foi mais divertido, e pela primeira vez na vida ganhei no Ticket to Ride.

Quando era quase meia-noite, fui encher duas taças de espumante na cozinha. Meu pai tinha comprado uma garrafa de sidra para os adolescentes, mas passar a virada de ano com suco parecia infantil demais para a pessoa que eu estava me tornando.

Beck me seguiu, enquanto nossos pais guardavam os jogos e enchiam as próprias taças na sala. Assim que a porta da cozinha se fechou, ele afastou o cabelo do meu pescoço e aproximou o nariz da minha orelha.

— Que droga — murmurou, e eu estremeci sentindo seu hálito na pele.

— Né? Quem diria que seria tão difícil não ficar te tocando?

Beck sorriu e enganchou os dedos no passante do meu jeans para me puxar para perto.

— Vamos contar. Eles vão ficar felizes. Meus pais com certeza sim.

Enlacei seu pescoço. Beck era refúgio, segurança e felicidade. Desde sempre.

— Os meus também.

Ele arqueou uma sobrancelha.

— Inclusive seu pai?

— Claro que sim, Beck. Ele te adora.

— Isso até descobrir que agora penso na filha dele em vez de abrir as minhas revistas de mulher pelada.

Dei um tapa nele, rindo.

— Não parece meio exagerado fazer um anúncio na véspera de Ano-Novo? Como se fosse um noivado. Ou uma gravidez.

Fiquei esperando que ele tivesse calafrios ao pensar nos dois cenários. Como poderia culpá-lo?

Mas Beck nem piscou. Ele abriu a boca, pensativo, os olhos ardentes. Logo minha mãe gritou:

— A contagem regressiva vai começar!

Levamos as bebidas para a sala de estar e ficamos ali com nossos pais, assistindo pela TV à multidão em Nova York comemorar a virada do ano na Times Square. Aos dez segundos para a meia-noite, contamos juntos, igual no passado. A nostalgia, misturada com a euforia por nos tornarmos um casal, me obrigou a piscar para conter lágrimas de alegria.

Beck deixou as taças na mesa de centro e pegou minha mão. Entrelacei nossos dedos, perdida no momento, e recitamos, em uníssono:

— Três, dois, um…

Ele curvou meu corpo para trás e me deu o primeiro beijo do ano. Foi um beijo ardente, como de costume, e quando nos afastamos havia quatro pares de olhos arregalados. Todos ficaram em silêncio, boquiabertos. Então Connor disse "uhu!". Minha mãe gritou, e Bernie também. Meu pai parecia dividido entre estar genuinamente satisfeito e profundamente confuso. Connor deu um tapinha no ombro do filho.

— É melhor tratar Lia bem, ou Cam vai matar você.

Meu pai riu.

Connor riu.

Até Beck riu, ao assentir solenemente.

Ele sussurrou:

— Viu? Eu falei.

Permiti que o novo ano se desdobrasse na minha imaginação: Beck e eu vestidos para o baile, passando a semana do saco cheio na praia, ele se formando em junho. Depois as férias. Meses de sol e liberdade. Então Beck iria para a faculdade, mas nós sobreviveríamos.

Éramos Beckett e Amelia.

Destinados um ao outro.

Oferta de paz

DEZESSETE ANOS, TENNESSEE

O desenho que Isaiah fez de mim no clube de artes vai parar no meu quadro de cortiça. É esquisito vê-lo ao lado de fotos de Beck, porém gosto de como Isaiah me enxerga: como uma garota com brilho nos olhos, uma cicatriz discreta e muitos segredos.

Já faz alguns dias que aquilo está no meu quarto quando minha mãe põe uma pilha de roupas dobradas na escrivaninha. Ela se inclina para ver melhor.

— Foi você que fez?

Estou sentada na cama, quebrando a cabeça com a lição de física.

— Não. Foi um exercício do clube de artes.

— Você faz parte disso?

— É coisa da escola. A gente se reúne toda quinta no intervalo.

Pronto. Agora ela já tem todas as informações. Vamos mudar de assunto.

Minha mãe se ajeita na cama, apertando Major, que está cochilando.

— Eles não pedem permissão dos pais?

— Pra desenhar dentro da escola, no horário de aula? Não.

Ela aponta para o retrato.

— Quem foi que fez?

— Uma pessoa do clube.

— Uma amiga?

— Meu Deus, mãe. Por que o interrogatório?

Ela se encolhe. Meu tom áspero não parece ser muito diferente de uma mão pronta para bater nela. Piscando rápido, minha mãe diz:

— Tem um quê de Picasso. Ela fez um bom trabalho.

— Ele — eu a corrijo, sem pensar.

A respiração dela acelera, o pronome masculino cai como um trovão numa tarde clara.

— O nome dele é Isaiah — digo, mais gentil. — Fazemos cerâmica juntos. Ele mencionou o clube de artes e achei que podia ser divertido. Então comecei a ir.

— Ah... Bom, parece uma maneira produtiva de passar o intervalo.

Minha mãe aceita a oferta de paz. Interagir com ela é esquisito: tudo é muito cuidadoso e educado, depois de passarmos tanto tempo mantendo distância.

Dou de ombros.

— É mais produtivo do que ficar com minhas amigas na biblioteca.

Ela sorri.

— Não diminua o valor das amizades. Bernie e eu estaríamos um caco uma sem a outra. Aliás, ela disse que te contou sobre a viagem e a aposentadoria de Connor. Papai e eu estamos torcendo pra que você vá. Vamos ficar na casa dos Byrne. Eles vão adorar te receber.

Não ouço mais nada depois de "ficar na casa dos Byrne".

Não vou à casa de Connor e Bernie desde a semana seguinte ao enterro de Beck, quando acordei no meio da noite, com suor gelado pingando da pele. Ainda faltavam algumas horas para o sol nascer, mas eu fiquei agitada demais na cama. Vesti uma blusa de fleece e meias de lã por cima da legging e calcei minhas sandálias Birkenstock. Fui discretamente até a cozinha, peguei as chaves do meu pai e saí pela porta da frente.

Uma camada de gelo cobria o chão. Meus pais prefeririam fazer gargarejo com solvente a me deixar dirigir pelas ruas escorregadias naquele estado de exaustão e tristeza, porém eu estava determinada. Tinha acordado com uma mensagem de texto de Beck na cabeça, que havia ficado para trás na nossa longa conversa: **Se eu morrer hoje, preciso que pegue minhas revistas de mulher pelada no guarda-roupa. Joga fora antes que minha mãe veja.**

Mandei uma mensagem para Bernie dizendo que eu estava a caminho.

Dirigi debruçada sobre o volante da Explorer, testando os freios a cada três metros, preocupada que a SUV pudesse derrapar no gelo e cair em uma vala, acionando o airbag. Mais de uma vez, pensei em voltar, porém era como se eu sentisse o chamado das revistas de Beck do outro lado da cidade.

Bernie estava sentada na varanda, usando um roupão de flanela por cima de um moletom largo em que se lia *Equipe de atletismo da Rosebell High*.

Um casaco de Beck.

Ao subir os degraus escorregadios, ela me deu um abraço demorado e me levou para a sala. Parecia ter feito um ninho para si mesma no sofá. Sobre a mesa de centro, havia uma caneca de chá pela metade, com o fio do saquinho pendurado.

— Posso fazer um chá pra você — disse Bernie, quando me pegou olhando.

— Não precisa.

— Um chocolate quente?

— Não, obrigada.

— Quer que eu ligue a TV?

— Na verdade, eu queria dar uma passadinha no quarto de Beck. Não vou fazer bagunça.

No intervalo de quase duas semanas desde a morte do filho dela, eu vi Bernie desmoronar uma única vez: no dia anterior ao funeral, quando ela encontrou as gêmeas debaixo da cama do irmão mais velho, procurando-o com lanternas. Ela pôs as mãos no cabelo, com o rosto vermelho, e foi tomada pela raiva. *Fiquem fora do quarto de Beck!*, gritou com tanta violência que Norah e Mae caíram no choro. Do alto da escada, eu fiquei atordoada, vendo Connor reconfortar as gêmeas e minha mãe acompanhar Bernie, que soluçava, até o próprio quarto.

— Eu só... — comecei a falar, tentando afastar aquela lembrança. — Só queria me sentir mais próxima dele.

— Claro, Lia. Vai lá.

Eu não entrava ali desde a manhã seguinte à morte de Beck. Passou um minuto inteiro antes que eu criasse coragem de abrir a porta. Era como se ele fosse aparecer a qualquer segundo, tirar os sapatos, se jogar na cama e me puxar junto.

Eu precisava mais daquilo do que precisava respirar.

Atravessei o cômodo, me ajoelhei no tapete e pus a testa no edredom.

O cheiro dele, limpo e familiar.

Senti um aperto no peito ao me dar conta de que não seria mais assim.

Eu acendi o abajur e abri a porta do guarda-roupa. Olhando para as peças, o equipamento esportivo e os vários pares de tênis, tudo a cara de Beck, senti o ar abandonando meus pulmões.

Imagino que tenha sido o princípio de um ataque de pânico. Meu corpo finalmente se rendia ao sofrimento.

Eu não conseguia respirar direito.

Meu coração acelerou, minha cabeça girava. Minha vista escureceu...

... e então, um eco distante: *Respira, Amelia!*

Puxei o ar, trêmula. Não era suficiente, e ao mesmo tempo era demais.

Meio tonta, fiquei aguardando que meu coração e minha respiração desacelerassem antes de olhar para a prateleira de cima. Havia uma caixa escrito GI Joes. Coloquei-a no chão. Com as mãos tremendo, constatei que eram mesmo os bonecos. Uma coleção impressionante. Na infância, eu passava horas fantasiando romances entre os soldados dele e minhas Barbies, enquanto Beck preferia criar cenas de batalha, explodindo construções criadas com as revistas da mãe.

Um a um, tirei os GI Joes — que Beck se recusava a chamar de bonecos — da caixa e os empilhei no carpete, até chegar a três *Playboys* e uma *Hustler*, exibindo mulheres muito bonitas, muito voluptuosas e muito peladas. As quatro revistas eram mais velhas do que eu, e as capas haviam perdido o brilho, com rasgos e vincos. Elas pareciam ter sido estimadas, o que era nojento, mas também divertido, mesmo no meu estado emocional abalado.

Onde Beck tinha arranjado aquilo?

Eu nunca saberia.

— Lia? — Bernie me chamou.

Levantei num pulo, com a mão no coração. Se ela me pegasse vendo revistas pornográficas no quarto do filho morto, nunca mais falaria comigo.

— Já tô saindo! — meio que sussurrei, meio que gritei.

Juntei tudo, dobrei e enfiei no elástico da legging. Escondi com a blusa de fleece e dei uma olhadinha no meu reflexo no espelho pendurado atrás da porta. Eu parecia uma alma penada, mas as revistas não estavam visíveis. Bernie nem perceberia. Devolvi os GI Joes à caixa na prateleira e abri a porta.

Bernie estava no alto da escada.

— Tudo bem?

Fiz que sim com a cabeça, entrelaçando as mãos e protegendo as revistas que eu pretendia contrabandear.

— Já vou indo.

— Ah. Tá. Vem outro dia. Norah e Mae vão ficar tristes por não terem te visto.

— Claro.

No caminho de casa, parei em um posto de gasolina e joguei os exemplares na lixeira, chorando como se fosse algo precioso.

Nunca mais fui à casa dos Byrne.

Agora, digo à minha mãe:

— Não tô pronta pra voltar a Rosebell. E não sei quando vou estar.

— Pensa melhor — diz ela, dando um tapinha no meu braço. — Pode ser catártico.

Ou traumatizante.

Nossos olhos se encontram. Os dela, otimistas. Minha mãe acha que vai conseguir me convencer, e eu me vejo questionando suas intenções.

Será que ela entrou no meu quarto só para tentar me persuadir a visitar os Byrne?

— Não quero ir a Rosebell — insisto. — Nunca mais.

Só Lia

DEZESSETE ANOS, TENNESSEE

Em uma quarta-feira no fim de janeiro, assim que entramos na sala de cerâmica, Paloma, Isaiah e eu nos deparamos com um professor substituto na mesa da sra. Robbins. Ele faz a chamada. O primeiro terço do alfabeto passa, até que ele chega ao meu nome.
— Amelia Graham?
Não consigo respirar.
Paloma olha para mim, com cara de interrogação.
O professor levanta a cabeça para examinar a sala.
No primeiro dia de aula, eu estava preparada para ser chamada de Amelia quando os professores fizessem a chamada. Preparada para a onda de tristeza que me assolaria, e para fazer a correção.
Hoje, *Amelia* é como um golpe na nuca, que dói e me desorienta.
— Lia, por favor — consigo dizer, as palavras mal saem.
O professor assente e segue em frente, mas eu continuo ouvindo meu nome no barítono de Beck.
Meu celular vibra. Dou uma olhada discreta.
Uma mensagem de Paloma: **Tudo bem aí?**
Tudo.
Eu me esforço para transformar a tristeza visível em indiferença.

Você tá com cara de que vai vomitar.

Não é nada, insisto, e guardo o celular.

A chamada chega ao fim, e o professor deixa que a turma retorne aos trabalhos da última aula. Eu quase derrubo dois alunos do primeiro ano a caminho das prateleiras onde ficam os projetos em andamento. Meu vaso assimétrico está sobre uma tábua, protegido por um plástico. Eu o pego e volto para meu lugar, consciente de que estou agindo de maneira mais esquisita do que o normal, também torcendo para que meus colegas de mesa não comentem nada.

Paloma e Isaiah conversam com pouco entusiasmo sobre o jogo de basquete de ontem à noite, que o time da escola venceu, enquanto se dirigem às prateleiras para pegar seus próprios vasos. Os dois me olham perplexos quando passo depressa.

Eu te amo, Amelia Graham.

Ah, Beck.

Estou perigosamente perto de chorar quando alguém da mesa atrás de mim gargalha. Meus colegas de classe parecem estar se divertindo horrores na presença do professor substituto.

Eu deveria estar fazendo o mesmo.

Endireito as costas e respiro fundo, na tentativa de reunir forças. Enquanto formo um cilindro com a argila, percebo que estou melhor no autocontrole mesmo prestes a chorar. É ridículo que eu tenha precisado adquirir essa habilidade.

Desfruto de sessenta segundos de um glorioso silêncio antes que Paloma e Isaiah voltem com seus vasos. De canto de olho, noto que Isaiah tira o plástico do dele. Ficou muito melhor do que o meu — parece arte de verdade.

Ele avalia meu vaso e comenta:

— Bom trabalho, Amelia.

O comentário inocente desfaz a recuperação dos últimos minutos. Meu peito pega fogo, e o calor sobe do meu pescoço ao rosto, diante dos olhos alegres de Isaiah.

Ele fica sério no mesmo instante.

Deixo minha banqueta — simplesmente vou embora, sem dizer nada a ele ou a Paloma, boquiaberta.

Contorno as mesas e os alunos carregando suas peças frágeis, e acabo no único lugar onde é possível ter certa privacidade: o armário de esmaltes. É fresco e iluminado por uma única lâmpada. De costas para a porta, finjo observar os diferentes tons, embora meu vaso ainda não esteja pronto para a queima, muito menos para receber uma camada de cor.

Minha devastação é constrangedora.

Meu constrangimento é devastador.

Atrás de mim, ouço passos.

De início, penso que é Paloma.

Perante Isaiah, meu coração bate diferente.

Odeio isso. *Odeio* os sentimentos que ele provoca.

Isaiah entra no armário e encosta a porta.

— Desculpa. Pelo que eu fiz... Pelo que eu falei.

Suspiro.

— Você não fez nada.

— Devo ter feito, porque você reagiu de um jeito...

Fico irritada com a pausa.

— De um jeito o quê? Imaturo? Babaca?

Os dois, com certeza.

Os olhos dele se arregalam.

— Não. Porra... Eu nunca diria isso sobre você. Nossa, Lia. Eu só ia dizer que, pela sua reação, achei que tivesse estragado tudo. Só tô tentando consertar as coisas.

— Por quê? E você com isso?

Isaiah balança a cabeça, os olhos nos All Star. *Ótimo*, penso. *Fica falando sobre como* eu *estou agindo em vez de assumir a própria responsabilidade.* Só que estou errada, porque ele tentou consertar, eu é que sou zoada, só penso em mim mesma e não consigo aceitar um pedido de desculpa como uma pessoa normal.

Dou um passo na direção da porta. O armário é tão pequeno que esbarro em Isaiah. Ele pega minha mão. Congelo, respirando pesado de repente.

Seus dedos se fecham levemente em torno dos meus.

— Não gosto dessa sensação — diz Isaiah, baixinho. — De você puta comigo.

— Não tô puta com você. Só tô puta.

— Por quê?

Não sei bem como responder.

— Porque a vida é um saco.

Ele solta uma risada seca como pó.

— É, eu sei. A vida fodeu comigo um milhão de vezes.

Sei muito pouco sobre Isaiah. Gosto de pensar que é porque sou uma garota legal, nada intrometida. Mas a verdade é que a ideia de aprender mais sobre ele, aprender a gostar dele, me deixa profundamente desconfortável.

— Você nunca fica bravo.

— Aprendi a lidar com o sentimento. Na maior parte do tempo.

Ele pressiona a palma contra a minha.

Meu coração bate rápido demais.

Isaiah é mais alto e mais magro que Beck.

Sua pele negra não tem sardas.

Ele cheira a chiclete de hortelã e zimbro.

O encaixe das nossas mãos é diferente.

Beck me odiaria por isso — me odiaria por eu querer isso.

Depois de tudo que te prometi, digo a ele.

— Não gosto que me chamem de Amelia — digo a Isaiah.

Me sinto boba ao dizer isso em voz alta, mas não tenho tempo para me lamentar.

— Então vou te chamar de Lia.

— Só Lia?

— Só Lia — Isaiah repete, preenchendo o ambiente com sua voz segura. — E, olha… dá pra ver que você tá passando por alguma coisa, mas quero que saiba que… eu fico ansioso por essa aula porque te encontro. Se dependesse só de mim, a gente se veria fora da aula de cerâmica também.

Não faço ideia de como responder. A verdade é vergonhosa.

— Obrigada.

Isaiah sorri.

— Avisa se você quiser isso também?

Eu relo no braço dele.

— Prometo que sim.

Motivos para evitar Isaiah Santoro

1. Não tô pronta.
2. Não tô pronta.
3. Não tô pronta.

Pra sempre

QUINZE ANOS, WASHINGTON, D.C.

Quando as aulas recomeçaram, depois do Ano-Novo, Beck começou a me levar a festas. Ele ficava sempre ao meu lado e garantia que eu voltasse para casa no horário combinado. De mãos dadas, assistíamos a Raj arrasando em competições de decatlo e Stephen quebrando recordes na piscina. Íamos ver as apresentações da orquestra em que Macy tocava e depois saíamos para comer com ela e Wyatt, dividindo pilhas de panquecas enquanto zoávamos uns aos outros. Fizemos trilhas com os Byrne no Great Falls Park e na Sugarloaf Mountain, e passamos o dia em Richmond com meus pais, onde visitamos o Capitólio e o Hollywood Cemetery.

Mas meus momentos preferidos eram aqueles em que eu tinha Beck só para mim. Em geral, acabávamos indo ao National Mall e comendo nos food trucks estacionados perto do Washington Monument.

— Acha que a gente devia conhecer mais coisas? — Beck perguntou numa tarde de sábado do começo de março, pouco antes do meu aniversário de dezesseis anos. Estávamos sentados em um banco de frente para a Tidal Basin. Fazia frio e ventava, e as cerejeiras ainda não haviam florido. Fora alguns turistas obstinados, éramos os únicos ali.

— Tipo o quê?

— Sei lá... a gente poderia dar uma volta na cidade. Ficamos sempre aqui.

— Gosto daqui — falei, sorrindo. — É o nosso cantinho.

Beck pôs seu gorro de lã na minha cabeça, cobrindo minhas orelhas com tanto carinho que aqueceu meu coração.

— Achei que nosso cantinho fosse no Lincoln Memorial. Onde rolou o primeiro beijo.

— Lá é nosso cantinho também.

Ele riu.

— O National Mall inteiro é nosso.

— Exato. Mas podemos ver outros lugares se quiser.

— Só acho que a gente devia aproveitar a região. Não vamos morar aqui pra sempre.

Beck tinha conseguido entrar na CVU. Ia competir pela universidade. Partiria para Charlottesville em agosto. Eu estava animada por ele, mas tinha me acostumado a tê-lo pertinho. Seus abraços eram meu sustento, seus beijos, meu oxigênio. Eu não gostava de pensar que logo Beck estaria a três horas de distância. Não gostava de pensar na saudade iminente.

— Podemos ir ao zoológico — falei, para afastar a tristeza prematura.

Ele concordou com a cabeça.

— E talvez no Teatro Ford.

— Seria legal. Podemos tomar um sorvete na Pop's Old Fashioned. Segundo os colegas do meu pai, é praticamente um ponto turístico da cidade.

A sugestão fez Beck sorrir.

— Isso me interessa.

Abri o aplicativo de notas, porque não estava com meu diário.

— Vou fazer uma lista.

— Quem diria? — ele me provocou.

Era uma lista fácil, porque havia muita história na região, pontos interessantes e comida gostosa. Vários lugares me vieram à cabeça, e Beck sempre tinha uma sugestão assim que meus dedos acabavam de digitar.

1. Teatro Ford
2. Sorvete na Old Fashioned
3. Zoológico Nacional
4. Biscoito recheado na Ted's Bulletin
5. Kennedy Center
6. Museu Nacional de História Natural
7. Embaixadas
8. Ilha Theodore Roosevelt
9. Escada do Exorcista
10. Casa de Frederick Douglass
11. Livraria do Congresso
12. Catedral Nacional
13. Casa de Lincoln
14. Cachorro-quente na Ben's Chili Bow

— Pronto — falei, escrevendo o título "O que fazer na capital".
— "O que fazer na capital antes de Beck ir pra faculdade" — ele me corrigiu, enquanto eu alterava o título com um suspiro exagerado.

Beck levou uma mão à minha bochecha para virar meu rosto.

— Você tá sofrendo porque vou embora de Rosebell, né?

— *Não* — falei, enfática.

— *Aaahhh* — ele soltou, brincando. — Você vai ficar com saudade.

Balancei a cabeça.

— Não vou, não. Nem um pouco.

De repente sério, Beck sussurrou pertinho:

— Fala pra mim que você vai sentir saudade.

Seria besteira fingir que eu não ficaria inconsolável.

— Vou sentir saudade o tempo todo enquanto você estiver lá. Sabe disso.

Beck se afastou com um sorriso no rosto.

— Eu sei, mas é sempre bom ouvir.

— Queria poder ir junto — falei, rabugenta, como se já tivesse sido abandonada.

— Você vai. Daqui a dois anos.

— É o que você quer? Que eu estude na cvu?

— Claro que sim. Você ainda pretende se candidatar?

— Pretendo, mas… e se for muita pressão pra você? E se enjoar de mim? E se não for tudo o que esperamos?

Beck me encarava como se essas dúvidas fossem absurdas.

— Vai ser tudo o que esperamos. Você é minha pessoa preferida no mundo. Então se forma logo e vai pra cvu.

As faculdades pequenas da Costa Oeste não me interessavam mais. A vontade de passar um semestre no exterior havia passado. Quanto mais velha eu ficava, mais me dava conta do quão fora da realidade eram minhas aspirações de infância.

Ou pelo menos tentei me convencer disso naquele dia, na Tidal Basin.

Beck me observava pensativo, talvez sentindo certa insegurança da minha parte. Ou que eu tentava conciliar a garota que costumava ser e a garota que havia me tornado agora que éramos um casal. A ansiedade em seus olhos me fazia questionar: será que ele compreendia a minha leve sensação de vazio, por conta do que precisaria sacrificar para estudar na cvu?

Com os lábios roçando minha orelha, ele sussurrou:

— Fica comigo, Lia. Pra sempre.

Era o que eu queria: uma eternidade com Beckett Byrne.

Nós nos beijamos, como uma promessa. Embora eu sentisse uma pontada no coração só de pensar na sua partida, me reconfortava com a certeza de que Beck e eu sempre reencontraríamos nosso caminho lado a lado.

Fica

DEZESSETE ANOS, TENNESSEE

Passeio com Major pelo bairro em uma tarde de sexta, uma semana depois do desabafo com Isaiah. Ouço uma bola de basquete bater no asfalto antes mesmo de virar a esquina da quadra.

Trevor, que agora conheço melhor por causa do clube de artes, está jogando com Isaiah. Tem uma menina também, sentada num banco. Seu cabelo castanho está preso em um coque e ela usa uma jaqueta acolchoada. Já a vi na escola, mas não fazemos nenhuma aula juntas.

Não tenho escolha a não ser passar pelos três, dividida entre querer e não querer que me notem. A presença de Isaiah me deixa à flor da pele. Tenho pensado nele nos momentos mais estranhos: quando estou escrevendo no diário, com a caneta sobre o papel; no meio de um programa de TV, quando os protagonistas estão fazendo as pazes ou se beijando; na escuridão da noite, antes de pegar no sono.

Tento não pensar no que isso significa.

Enquanto caminho, os meninos disputam a bola, em meio a risos e trombadas. Isaiah avança na direção da cesta, e Trevor fica parado no meio da quadra. Protegendo os olhos do sol baixo do inverno, Trevor me vê.

— Lia! — ele grita enquanto o amigo arremessa.

Quando a bola cai, Isaiah já está olhando para mim.
— O que tá fazendo? — ele pergunta, surpreso.
Mostro a coleira de Major e dou de ombros.
— Vem ficar com a gente — diz Trevor, acenando.
Major já está me puxando para a quadra, intrigado com os possíveis novos amigos. Deixo que me conduza até Isaiah.
— O que está fazendo *aqui*, eu quis dizer — Isaiah esclarece, cumprimentando o cachorro.
— Moro aqui. — Aponto para o outro lado da lagoa. — Pra lá.
— Sério? — diz Trevor, se aproximando com a bola debaixo do braço. — Eu também. Quer dizer, moro perto do clube. Somos praticamente vizinhos.
A garota de cabelo escuro vem se juntar a nós. Trevor passa um braço por cima de seus ombros.
— Essa é a Molly. Molly, Lia. Ela entrou pro clube de artes esse semestre.
— Legal. — Molly abre um sorriso para mim. Uma pulseira prateada desponta da manga da jaqueta. Aposto que é o presente que Trevor comprou no shopping na época do Natal. — Você é uma artista de verdade ou só entrou no clube pra botar no currículo, que nem o Trev?
— Nem um nem outro. Só achei que parecia divertido.
Isaiah faz um último carinho em Major.
— É divertido mesmo.
— Mas não tão divertido quanto jogar basquete — diz Trevor, passando a bola para Isaiah, que a pega sem dificuldade.
O time deles ganhou de novo ontem à noite, do principal adversário. Passei a acompanhar o campeonato. De acordo com os anúncios matinais da escola, as redes sociais do time e o noticiário local, Isaiah é um fenômeno. Ele e Trevor

se alternam como capitães, e aparentemente são uma dupla imbatível na quadra.

— Vocês estão arrasando na temporada — diz Molly, olhando apaixonada para Trev.

— Verdade. — Ele dá um tapa no ombro de Isaiah. — Graças ao cara aqui.

Isaiah devolve o tapa que recebeu.

— O cestinha é você.

— Ignora esse lance de humildade — Trevor me diz. — O craque é ele.

Molly revira os olhos, rindo.

— Se já acabaram com a rasgação de seda, Trev e eu temos que ir. — Ela me dirige um olhar conspiratório. — Vamos jantar com meus pais. Imagina como ele tá animado...

Trevor geme de brincadeira.

— Mal posso esperar...

Molly o conduz pela mão para fora da quadra.

— Legal te conhecer, Lia!

— A gente se vê — Trevor grita, enquanto os dois se afastam.

Isaiah fica olhando para eles, depois gira a bola sobre o indicador, como se fosse a coisa mais fácil do mundo. Mal se concentra nisso, mantendo os olhos fixos em mim.

— Quer fazer uns arremessos?

— Ah... tô com o cachorro.

Major fica deitado aos meus pés.

— Ele parece bem aí. — Os olhos de Isaiah encontram os meus. — Fica.

Bom jogo

DEZESSETE ANOS, TENNESSEE

Prendo a coleira de Major num banco, amarro bem meu tênis Nike e entro na quadra com o capitão do time de basquete da escola, uma estrela bem humilde.

— Vamos? — Isaiah pergunta.

— Basquete não é muito a minha praia.

— Eu sei, você falou. Na primeira aula de cerâmica. Mas não é pra jogar a sério. Só fazer uns arremessos.

Beck e eu costumávamos jogar basquete quando morávamos em Washington. Connor instalou uma tabela na garagem, porque Beck era o mais alto da turma, e o pai tinha certeza de que ele podia acabar na NBA. No entanto, no que dizia respeito a esportes, Beck era mais força e determinação do que velocidade e habilidade. A gente se divertia com a tabela, mas ele só praticava de verdade na educação física.

— Tá bom — digo a Isaiah.

— Legal. A gente faz assim: eu arremesso e você me imita. Se errar, tem que responder uma pergunta. Se acertar, eu que respondo.

Ergo uma sobrancelha.

— Você vai acabar comigo.

Seu sorriso é travesso.

— Então vou aprender bastante coisa sobre você. Algum problema?

Ele me passa a bola.

Eu a pego com dificuldade.

Isaiah assente.

— Pronto. Você tá esperta. Bora?

Devolvo a bola e amarro o cabelo com o elástico do meu pulso.

— Bora.

Ele arremessa a bola de onde está, a quilômetros da cesta. Ela bate na tabela antes de passar pelo aro.

Estou ferrada.

Isaiah passa a bola para mim. Balançando a cabeça, eu miro e arremesso. Cai como uma pedra, sem chegar nem perto do aro.

Ele tosse para disfarçar uma risada.

— Vamos melhorar isso aí. Mas, antes, você tem que responder. — Ele fica em silêncio, analisando meu rosto. — O que acha do vaso que tô fazendo na aula?

Sorrio. Uma pergunta muito mais leve do que o esperado.

— Tá ficando ótimo. Você poderia até vender.

Isaiah aceita o elogio daquele seu jeito despretensioso, então segue até uma linha pintada na quadra, em frente à tabela. Fico vendo como ele ergue a bola, a mão direita embaixo e a esquerda como apoio. Com um movimento de pulso, ele a manda na direção do aro, acompanhando com os olhos até que caia na cesta.

Eu me ajeito enquanto ele vai buscar a bola para mim. Tento imitar sua postura.

— Dobra os joelhos. Pensa que você é uma mola. Arremessa com o corpo, e não com as mãos.

Obedeço, experimentando balançar os joelhos.

— Melhorou. Mas não olha pra bola. Olha pro alvo. Tá vendo o retângulo? Mira lá.

Foco ali. Mantenho os joelhos dobrados. Arremesso com o corpo, e não com as mãos.

Não faço cesta, mas pelo menos a bola bate no aro e volta.

— Boa. Logo você vai acertar uma. Tá gostando do terceiro ano?

Franzo o nariz.

— Acho que sim.

— Sério? Às vezes você parece triste.

— Às vezes me sinto triste mesmo.

— Mas não por causa da escola?

— Não. Gosto da escola. Gosto das minhas amigas. E da maioria das aulas.

— Tipo cerâmica?

Adoro a aula de cerâmica, a sra. Robbins e sua sala entulhada de coisas. Adoro que suas expectativas se limitem à criatividade e ao esforço dos alunos. Adoro a argila fria e úmida, e todas as possibilidades que ela traz. Adoro encerrar o dia aproveitando uma hora do calor de Paloma. E adoro que Isaiah se sente ao meu lado, produzindo cilindros de argila, acertando falhas e calombos com a esponja molhada, olhando para mim de vez em quando, com um sorriso curioso.

— Cerâmica é legal — digo.

Ele arremessa de novo. Acerta. Eu erro.

O jogo continua.

— Comida preferida?

— Salgadinho. E brownie.

— Livro que mais odiou?

— *O apanhador no campo de centeio*. Holden Caulfield é insuportável.

— Melhor animal?

— Raposa. Fofa e inteligente.

— Estação preferida.
— Verão, claro.
Ele sorri.
— É a minha também.
Isaiah faz mais uma cesta. Não chegou nem perto de errar uma. Erro meu arremesso, mas por pouco.
— Quase — diz ele. — O que você vai fazer depois da formatura?
Que pergunta fácil.
— Vou estudar na Commonwealth of Virginia University.
Ele põe a bola de basquete debaixo do braço.
— Não quer ficar no Tennessee?
— Faz menos de um ano que moro aqui. Não criei apego.
— Mas à Virgínia sim?
— Pois é — digo, incerta.
— Seus pais não estão pegando no seu pé pra você ficar por aqui?
— Ah, eles estão pegando no meu pé, sim. Mas... por causa do futuro em geral.
Passo uma mão pelo cabelo, incomodada com o rumo da tarde. Quando pus a coleira em Major para dar uma volta, nem imaginava que acabaria tendo uma conversa séria com Isaiah na quadra de basquete da vizinhança. O mais estranho é que não me sinto nem um pouco estranha me abrindo com ele. Eu poderia continuar com a brincadeira até o sol se pôr.
— Marjorie pega no seu pé por causa da faculdade? — pergunto.
— Não. Marjorie não se importa com o que vou fazer depois da formatura, desde que eu tenha um plano e demonstre "inteligência, independência e generosidade de espírito". Quando fui pra casa dela, eu era um moleque mal-

criado que ria das tentativas de me disciplinar. Mas Marjorie vivia dizendo que, quando eu crescesse, ia ser o tipo de pessoa que faz a diferença, e em algum momento comecei a acreditar nisso.

— Ela parece incrível.

O olhar dele fica brando.

— E é mesmo — diz Isaiah antes de fazer outra cesta. Dessa vez, ele se exibe um pouquinho, mantendo as mãos no alto, imitando a gritaria de uma arena repleta de fãs.

Vou buscar a bola, empurro Isaiah para fora do caminho e arremesso.

Cesta.

Nem me mexo de tanta surpresa. A bola quica na quadra, enquanto Isaiah grita, orgulhoso:

— Puta merda!

Sorrio para ele.

— Consegui.

— Você conseguiu! — diz Isaiah, dando um toquinho com o punho fechado no meu.

Fico pensando na minha primeira pergunta. Eu poderia perguntar sobre a escola, o basquete, a vida dele com Marjorie e Naya. Mas tinha que começar pelo mais importante:

— Você sabia que eu morava aqui?

Ele acha graça.

— Como saberia?

— Sei lá. Você diz que quer me ver fora da aula da sra. Robbins, depois aparece na esquina da minha casa. Coincidência?

Ele ergue uma sobrancelha.

— Alguns diriam que é coincidência, outros, que é destino.

Aquela palavra, *destino*... faz eu me arrepiar inteira.

Isaiah nota que eu estremeço, depois esfrego os braços para me esquentar, minha boca dando um sorriso mínimo. Ele é um bom ouvinte, bom observador, bom investigador. Olhando nos meus olhos, diz:

— Eu nem imaginava o seu endereço, mas confesso que não fiquei chateado quando descobri.

Ele arremessa a bola, ainda me encarando, e acerta a cesta como sempre.

Jogo as mãos para o alto.

— Puta merda!

Isaiah ri e vem me entregar a bola, com um sorrisinho desafiador.

— Sua vez.

— Posso pelo menos olhar pra tabela?

— Eu olhei?

Faço careta e arremesso às cegas.

Ela bate na tabela, mas não toca o aro.

— Até que foi bom — diz Isaiah. — Um bom jogo.

Sorrio.

— Mentiroso. Manda a pergunta.

— Beleza. Tá pronta pra me contar por que o ano passado foi tão ruim?

Possibilidades

DEZESSETE ANOS, TENNESSEE

Pega de surpresa, me sento no banco próximo de onde Major cochila.

Sinto uma pressão atrás das costelas, onde meu coração costumava bater, firme e forte.

Isaiah me segue. Ele se senta ao meu lado, põe a bola na grama e apoia o pé em cima dela. Vejo as estrelinhas cor-de-rosa, uma galáxia em miniatura, brilhando na ponta de seu tênis.

— Tô curioso. Quero entender.

— Eu sei. É que... é difícil tocar no assunto.

— Claro. Eu não devia...

Ergo a mão para interrompê-lo. Inspiro fundo e digo de uma vez só:

— Em 22 de novembro do ano passado, meu namorado morreu.

O brilho desaparece dos olhos de Isaiah. Parece que roubei alguma coisa — seu entusiasmo, seu espírito.

— Meu Deus, Lia. Desculpa. Eu não fazia ideia. Você... parece tão firme.

— Não mesmo. Pareço triste, como você disse.

— Vocês se conheciam da Virgínia?

Faço que sim com a cabeça.

— E de Washington e da Carolina do Norte. O pai dele é do Exército, e o meu também. Nossos pais se conhecem desde antes de nascermos.

Não sei por que estou entrando em detalhes desnecessários. Aquele dia no corredor, o beijo impensado, as semanas de cerâmica, os encontros do clube de artes... meu tempo com Isaiah não passa de uma coleção de momentos. Temos uma conexão, admito. Porém, isso não se compara a anos de experiências compartilhadas, inúmeras piadas internas e uma vida inteira de história com Beck.

Apesar de tudo, confio em Isaiah.

Mais que isso: não odeio o friozinho na barriga, a *empolgação*, o *afeto* e a *esperança* que sinto na sua presença.

Com uma pontada no coração, penso em como Beck se sentiria se soubesse que outro garoto me atraía, ainda que fosse só um pouco.

Quando a gente morava no Colorado e meu pai estava se preparando para ir ao Afeganistão, eu o ouvi conversando com minha mãe através da porta fechada do quarto. Ela chorava. Ouvir seu sofrimento me fez parar na hora.

— E se você não voltar para casa? — minha mãe perguntou, a voz trêmula.

A resposta do meu pai foi gentil e firme:

— Você vai encontrar outra pessoa.

— De jeito nenhum.

O breve silêncio foi de partir o coração.

— Essa seria a minha vontade, Hannah.

Fui para meu quarto chorar também. Tinha pena dos meus pais. Aquela conversa devia ser terrível. Beck e eu nunca tínhamos falado sobre as possibilidades. Éramos jovens, espontâneos, invencíveis. No entanto, de tempos em tempos, eu me torturava com uma pergunta impossível: se fosse o contrário e eu que tivesse morrido, ia esperar que ele sofresse para sempre?

Ou ia querer que redescobrisse o amor?

— O que aconteceu? — Isaiah pergunta.

— Ele teve um infarto — digo, baixinho. — Um infarto fulminante.

— Nossa. Quantos anos ele tinha?

— Dezoito.

— E estava doente?

— Nem um pouco.

Isaiah inspira fundo.

— Que merda, Lia. Sinto muito.

O vento sacode meu rabo de cavalo. Major suspira e se encolhe no chão. Olho para Isaiah, que observa a quadra. Seu perfil é anguloso. Sua testa, larga. Suas sobrancelhas, grossas. Suas maçãs do rosto, saltadas. Ele tem um calombo na ponte do nariz, que talvez incomodasse alguém mais vaidoso. Seus lábios estão voltados para baixo, talvez esteja cansado.

Nesse sentido, ele é como Beck. Sua expressão revela as emoções.

— Você tá bem? — pergunto.

Isaiah olha nos meus olhos.

— Não muito. E você?

— Faz um tempão que não.

Ele me encara, puxando um joelho para cima do banco.

— Fui um babaca. Agora que sei pelo que você tá passando... devia ter te dado espaço.

— Você deu.

— Que nada. Te abracei quando nem sabia seu nome. Entrei no armário da sala com você. Agora estou aqui, do lado da sua casa. Você deve me achar maluco.

— Isaiah, se eu não quisesse atenção, amizade ou companhia no armário da sala de cerâmica, teria dito alguma coisa. Juro que sim.

Ele faz carinho na cabeça do meu cachorro.

— Qual é o nome dele?

— Major.

— Ele é bem bonzinho.

— Não é? Meu pai apareceu com ele em casa no ano passado, achando que podia ajudar.

— E ajudou?

Fico reflexiva.

— Acho que me obrigou a me mexer. Tipo, não posso desistir, nem mesmo nos piores dias, porque tenho um cachorro que come meus sapatos se eu não for passear. Por bastante tempo, precisei desse incentivo.

— E às vezes a gente tem uma sequência de dias ruins — diz Isaiah.

Quero perguntar como ele lida com os dias ruins. Quero saber como foi parar na casa de Marjorie. Quero saber qual é sua comida preferida, o livro que mais odiou, seus planos para depois da formatura. Porém, o sol começa a se por, e meus pais devem estar me esperando. Ainda preciso dizer mais uma coisa.

Olhando para as estrelas no tênis dele, confesso:

— Também quero te ver fora da aula de cerâmica. Mas... ainda tô tentando me encontrar. Não sei o que seria certo, mas vou descobrir.

— Você tá me pedindo paciência — diz Isaiah.

— Isso. E tô dizendo que gosto de você.

Ele sorri.

— Então você dá o ritmo. E eu te sigo.

Inevitável

DEZESSEIS ANOS, VIRGÍNIA

Não demoramos a riscar itens da nossa lista do que fazer na capital antes de Beck ir para a faculdade.

O mais fácil foram os restaurantes. O apetite de Beck era enorme, e eu me divertia tentando acompanhar o absurdo de calorias que ele ingeria. Como meu pai e Connor eram loucos por história, levamos os dois à casa de Lincoln e de Frederick Douglass. Ao avançar da primavera, vimos o grotesco do Darth Vader e o vitral do espaço — com uma pedra da lua minúscula incrustada — na Catedral Nacional. Na Biblioteca do Congresso, vimos a Bíblia de Gutenberg. Encontramos a escada do *Exorcista*, uma série de degraus estreitos ao lado de um posto Exxon em Georgetown, onde a famosa cena do pobre padre Karras havia sido filmada. Fomos ao Kennedy Center assistir ao balé de *A bela adormecida*. Eu amei, mas Beck pegou no sono.

Em maio, levamos Norah e Mae ao Museu Nacional de História Natural. Elas ficaram muito empolgadas por sair com o irmão mais velho e sua babá preferida, e Connor e Bernie ficaram felizes em ter uma tarde sozinhos.

Fomos de metrô para a cidade e caminhamos até o museu com as meninas, onde ficamos deslumbrados com a estátua de elefante antes de nos aventurar na seção dos mamíferos, com seus milhares de espécimes preservados, coletados por Theodore Roosevelt no início do século xx. No andar de cima, vimos as múmias, depois o pavilhão das borboletas. A seguir, exploramos a seção de geologia e pedras preciosas.

Eu estava mostrando o diamante Hope a Norah — *Quero um!*, ela exclamara, com os olhos brilhando —, quando Beck me virou pelos ombros.

— Você viu Mae? — ele perguntou, sem fôlego.

— Não. Tô com Norah.

— *Merda*. — Ele passou as mãos pelo cabelo, observando o salão escuro. — Eu dei as costas por um segundo...

— Ela tá aqui em algum lugar — falei, já passando os olhos pelo salão. — Não pode ter ido longe.

Beck saiu gritando:

— Mae? Mae!

Olhava atrás de cada expositor, em cada esquina. Eu mesma procurava onde ele deixava passar, com o coração a mil enquanto desviava dos outros visitantes, puxando Norah comigo.

Depois de uma busca frenética e infrutífera, Beck e eu nos encontramos na entrada da seção de geologia, pedras preciosas e minerais. Ele estava arrasado, suado e com o rosto vermelho. Eu estava morrendo de medo. Poucos minutos haviam se passado, mas pareciam séculos.

— Beck! — disse Norah, olhando assustada para o irmão. — Precisamos encontrar Mae!

Ele a pegou no colo.

— Vamos encontrar. Não se preocupa, tá? — Então Beck falou para mim: — Vou continuar procurando neste andar. Você pode avisar a segurança que tem uma criança perdida?

Fiz que sim com a cabeça.

— Me liga quando encontrar Mae.

Quando, e não *se*.

— Ligo.

Ele foi embora, gritando por uma irmã enquanto carregava a outra.

Corri até o quiosque de informações. Rapidamente, fiz um breve relato do que havia acontecido para a funcionária de cabelo grisalho. Ela entrou em contato com a equipe de segurança e, com o telefone na orelha, pediu que eu descrevesse Mae.

— Ela tem quatro anos. Cabelo loiro-avermelhado. Está de legging preta e camiseta roxa. Não, espera! Camiseta rosa. Quem está de roxo é a irmã.

— Camiseta rosa — a mulher repetiu ao telefone. Ao desligar, ela deu um tapinha na minha mão sobre o balcão. — Vai ficar tudo bem. Crianças se perdem aqui o tempo todo.

— Ela é tão pequena...

— Acontece sempre com as menores. O bom é que, quando elas percebem que estão perdidas, choram e chamam a atenção. *Nunca* deixamos de encontrar uma criança.

Assenti, um pouquinho mais esperançosa, depois passei meu número, que ela anotou ao lado da descrição de Mae.

— O irmão dela tá procurando no andar de cima. Vou procurar neste. Pode me ligar se...

O celular, firme na minha mão, começou a tocar.

Beck.

Atendi depressa.

— Diz que encontrou a Mae.

— Encontrei — ele falou, com uma risada incrédula. — Com as múmias. Ela disse que gostou das faixas.

Dei risada, com adrenalina e alívio.

— Ela tá bem?

— Ótima.

A funcionária do museu perguntou:

— Posso cancelar a busca?

Confirmei com a cabeça, articulando um "obrigada".

— Lia — disse Beck. — Olha pra cima.

Ele e as gêmeas me observavam da galeria do andar de cima. Norah acenou.

— Lia! Beck me encontrou! — Mae gritou.

Ele deu de ombros, encabulado, mas claramente orgulhoso.

E eu me lembro de ter pensado: *Que sorte a minha ter Beck.*

— Minha mãe vai ficar maluca — disse Beck, quando estávamos a caminho de casa. Ele havia deixado a Subaru de Bernie estacionada perto do metrô. Assim que acomodamos as gêmeas nas cadeirinhas, elas pegaram no sono. — Ela nunca iria superar se algo acontecesse comigo ou com as meninas. Somos seu mundo.

Beck não estava exagerando. Bernie não tinha outro trabalho, como minha mãe. Passava cada segundo de sua vida cuidando de Beck, Norah e Mae, e eu nunca notei nenhum sinal de uma vontade diferente.

Segurei a mão dele.

— Ela vai entender. Às vezes as crianças se perdem.

— Aposto que você não se perdia.

— Apostou errado. Quando eu tinha sete anos, me perdi numa loja. Minha mãe estava procurando uma torradeira. De repente eu não estava mais lá. Fiquei vendo toalhas de banho. Sabe quando fazem aqueles nichos na parede e dividem as toalhas por cor, pra ficar esteticamente agradável?

Ele deu um sorriso encantador.

— Você é muito fofa.

— Minha mãe não achou isso na hora. Surtou. Nunca mais me afastei dela.

— Sua mãe te ama. E eu também.

Quando chegamos na casa dos Byrne, Beck chamou o pai para a cozinha, onde a mãe estava regando as plantas, com um pano de prato jogado por cima do ombro, e contou o que tinha acontecido com Mae.

— Crianças são assim mesmo — Connor comentou.

Bernie, como previsto, ficou horrorizada, mas passou rápido. Ela abraçou o filho e disse que ele era o melhor irmão mais velho que as meninas poderiam ter, um elogio que Beck ficou feliz em aceitar.

— Elas sempre vão se lembrar do dia em que você e Lia as levaram ao museu. O jeito como vocês incluem as duas é especial.

— A gente gosta delas — disse Beck, simplesmente.

Connor deu dois tapinhas no ombro do filho.

— As meninas idolatram vocês.

— Que horas você precisa estar em casa, Lia? — Bernie perguntou.

— Às onze.

Quando eu completei dezesseis anos, meus pais relaxaram um pouco na questão do horário. Em geral, eu precisava chegar em casa às dez, mas se estivesse com Beck ganhava uma hora extra.

— Vamos levar as gêmeas pra jantar no Uncle Julio's — Connor comentou. — Em meia horinha. Querem ir junto?

Beck olhou para mim, dividido. Ele adorava o guacamole do Uncle Julio's, que era feito na própria mesa, mas poderíamos ficar com a casa só para nós.

— Não sei — falei, retribuindo seu olhar. — O museu meio que acabou comigo.

Ele sorriu, batendo os nós dos dedos na bancada da cozinha.

— Comigo também. E se a gente pedisse comida pra ver um filme?

— Pode ser — concordei.

Bernie franziu a testa.

— Ideia perigosa.

Senti meu rosto esquentar.

— Eles vão ficar bem — Connor usou um tom de "não vamos constranger esses adolescentes".

Bernie olhou feio para o marido.

— Defina "bem".

— Pode confiar na gente — disse Beck. — Vamos nos comportar. Eu juro.

Bernie arqueou as sobrancelhas.

— Vou ligar pra Hannah e perguntar o que ela acha.

Beck me levou pela mão ao porão. Tivemos que tirar do caminho dezenas de bichos de pelúcia da Disney antes de nos acomodar no sofá.

— Acho engraçado que nossas mães devem estar conversando sobre a possibilidade de você me atacar se passarmos mais de cinco minutos sem supervisão.

Dei risada.

— Às vezes você pensa que seria melhor se elas não se conhecessem tão bem? Aí a gente poderia escapulir sem se preocupar com essas conversas.

— Seria legal — disse ele, enrolando uma mecha do meu cabelo. — Na maior parte do tempo, gosto que nossas famílias sejam próximas. Menos quando são intrometidas.

Bernie trotou escada abaixo.

— Tudo bem, Lia. Sua mãe disse que vocês podem ficar aqui. Só pediu pra te lembrar de fazer boas escolhas.

Assenti, franzindo a boca para não entrar em combustão espontânea. *Fazer boas escolhas* era a expressão universal das mães para *não fazer sexo*. Ela não podia ter me mandado uma mensagem?

Bernie olhou para Beck e disse, na lata:

— Não façam sexo.

Ele soltou uma gargalhada.

— Nossa, mãe. Sutileza zero, hein? Hannah foi mais discreta.

— Sutileza nunca funcionou com você.

— Beleza. Prometo ficar de roupa. Agora você vai embora?

— Não abusa da sorte — disse ela, pegando o pano de prato do ombro para atirar nele.

Na sequência, Bernie, Connor e as gêmeas saíram. Beck pediu comida no Uncle Julio's, e enquanto aguardávamos a entrega ficamos nos beijando no sofá. Até surgir um desconforto mútuo, eu porque meu cabelo ficou preso debaixo do braço dele, ele porque estava equilibrado muito na beirada do sofá.

Beck murmurou:

— Quer ir pro meu quarto? Tem uma... — ele pigarreou — ... cama lá.

— Tem mesmo? No seu quarto? Quem diria?

Ele me cutucou na cintura.

— Prometi fazer boas escolhas.

— Ótimo, então vamos.

As coisas eram fáceis com Beck. Ou pelo menos ficaram desde o Natal, desde o beijo ao nascer do sol. Éramos bons observadores; sabíamos quando preencher o silêncio com conversa e quando era melhor nos acomodarmos nele. Ele percebia quando eu precisava ficar mais introspectiva, para recarregar a bateria, e me deixava em paz. Eu aceitava que às vezes ele era carente e o mimava. Beck sabia que, quando passava os dedos pelo meu cabelo, meu corpo todo estremecia. E eu sabia que, quando beijava seu pescoço, ele se contorcia e chegava mais perto.

No entanto, aquela noite no quarto, o clima foi desconfortável.

A interrupção teve certa parcela de culpa, assim como a expectativa do que deveria acontecer quando duas pessoas apaixonadas dividiam uma cama. Havia sido um balde de água fria minha mãe desencorajar o sexo de maneira indireta, e a mãe dele o proibir com todas as letras.

Beck rolou de lado e apoiou a cabeça na mão.

— Tudo bem?

— Tudo, claro.

Ele deu um sorriso torto.

— Acho que você tá com medo.

— Acho que *você* tá com medo.

— Tô mesmo. Nossas mães cortaram meu barato.

Dei risada.

— Eu queria saber por que as duas pensam que a gente *não* faria boas escolhas — Beck comentou, com as bochechas vermelhas. Tínhamos falado sobre muitas coisas ao longo dos anos, mas nunca sobre transar. Eu o amava tanto que muitas vezes a intensidade dos sentimentos me deixava atordoada. Beck me amava, claro, era o que ele dizia sempre. E o mais importante: me provava aquilo com seus olhares demorados, toques gentis e gestos atenciosos, permitindo que eu ditasse o ritmo em que nos provocávamos ou nos beijávamos.

— Não sei — falei. — Elas devem imaginar que é inevitável.

Beck abriu um sorriso sem graça, e eu me aproximei dele na cama. Beck pegou minha mão e girou devagar o anel que havia me dado.

— Você conversa sobre essas coisas com sua mãe?

— Um pouco. Ela me perguntou há um tempo se nós dois... você sabe — concluí, envergonhada. Eu queria ser madura. Meus pais me criaram para acreditar que, quando uma pessoa estava considerando dormir com a outra, tinha que ser capaz de discutir o assunto com ela. Mas, para mim, mencionar sexo com Beck seria o equivalente a tirar a roupa na frente dele.

— Ela não queria se intrometer — prossegui, ficando quase tão vermelha quanto ele. — Ou talvez, sim. Acho que perguntou mais para eu me lembrar de me proteger. — Passei uma mão pelo rosto quente. — Nossa. Por que tanto constrangimento?

Beck riu e me abraçou.

— Não fica constrangida. Acho que já tô fazendo esse papel por nós dois.

— Você fala com sua mãe sobre essas coisas?

Ele desdenhou.

— Porra, não. Imagina só.

Eu nem conseguia imaginar. Bernie não tinha a delicadeza natural da minha mãe, tranquila quando o assunto era sexo. Havia ficado claro que minha mãe esperava que eu não dormisse com Beck tão cedo — insistia no assunto da gravidez e das complicações emocionais —, mas ela também tinha marcado uma consulta para que eu pudesse começar a tomar pílula anticoncepcional.

Enterrei o rosto na camiseta de Beck

— Só pra você saber, estou tomando pílula desde o mês passado — falei, baixinho.

Ele passou uma mão pelo meu cabelo.

— Tá bom.

Eu me afastei para olhar em seus olhos, que transmitiam ternura apesar de haver certa graça nisso tudo.

— Tá bom? — repeti.
— É. Fico feliz por saber. Mas nada precisa mudar.
— Você quer que as coisas mudem?

Os olhos de Beck brilhavam quando ele me deu um beijo doce e tímido, e ainda assim me fez sentir um friozinho na barriga.

— Claro que sim. Mas só quando você estiver pronta.
— Você já fez? Antes de mim?
— Não.
— Sério?
— Sério. — Beck se sentou, meio indignado. — Sempre quis que acontecesse com alguém que eu amasse, e amo você desde sempre.

Sorri.

— Então, quando eu pedir pra você tirar a roupa, você vai tirar?

Ele riu outra vez e me puxou para sussurrar no meu ouvido:

— Na hora.

Insignificante

DEZESSETE ANOS, TENNESSEE

Nos últimos dias, fiquei pensando em como dizer aos meus pais que fui aceita pela CVU. Eles não me perguntaram nada até agora porque, pelo que sabem, eu só receberia uma resposta em fevereiro.

Mas fevereiro chegou.

Em uma manhã nublada de sábado, eu me levanto cedo, solto Major no quintal e começo a misturar quantidades precisas de açúcar mascavo, canela e noz-pecã. Não sou boa na cozinha — essa é a área da minha mãe —, mas estou torcendo para que um bolo quentinho alivie a provável má notícia.

Pouco depois de pôr a assadeira no forno, um aroma doce e amanteigado preenche a casa. Faço café e deixo Major entrar para servir seu café da manhã. Ele enfia a cara na tigela. Encaixo algumas peças no quebra-cabeça na mesa de jantar e fico à espera de algum movimento no quarto dos meus pais. Logo ouço a torneira sendo aberta e murmúrios.

O temporizador do forno apita. Enquanto tiro a assadeira para deixar o bolo esfriar, ouço passos descendo a escada. Meu pai veste calça de moletom e uma camiseta de Star Wars. Minha mãe, um pijama de flanela.

Ela sorri, erguendo as sobrancelhas com cautela ao ver o bolo.

— Acordou cedo — meu pai comenta, otimista.
— Fiz café.
Minha mãe examina a cobertura.
— O cheiro está bom. Que surpresa maravilhosa.
Meu pai escolhe uma caneca do armário à medida que minha mãe pega o creme na geladeira. Tamborilando ansiosamente na bancada, vejo os dois prepararem seus cafés, torcendo para que tudo corra melhor que o esperado.

Nós nos sentamos à mesa com os pedaços de bolo.
Eu me debruço, porque não aguento mais:
— Recebi a resposta da CVU.
Minha mãe congela, o garfo no meio do caminho até a boca, e me observa, claramente hesitante. Meu pai, que acabou de dar uma garfada, parece ter serragem na boca. Ele se esforça para engolir.
— E aí?
— Fui aceita.
Eu costumava sonhar com aquele momento, antes de Beck morrer, antes de eu compreender quão rápido planos podiam sofrer reviravoltas e expectativas podiam ser frustradas. Faria o anúncio, revelando a camiseta da CVU por baixo do moletom. Meus pais perderiam o fôlego, surpresos e alegres. Então me abraçariam e diriam que a verdadeira sortuda era a CVU, que eu teria uma vida maravilhosa pela frente. Depois jantaríamos com os Byrne, que reagiriam igualmente satisfeitos. Eu costumava ver tudo isso através de lentes cor-de-rosa, meu futuro se desdobrando à minha frente.

Só que a realidade é muito diferente.
Meu pai cruza os braços.
Minha mãe entrelaça as mãos.
Major se aproxima da mesa, o que foi treinado a não fazer, e descansa a cabeça sobre minhas pernas. Faço carinho nele, aguardando alguém dizer alguma coisa.

Meu pai rompe o terrível silêncio.
— Bom, não chega a ser surpresa.
Minha mãe assente.
— Você é o tipo de aluna que a cvu procura.
Meu pai dá de ombros e acrescenta:
— Você é o tipo de aluna que a maioria das universidades procura.
— Algum outro lugar respondeu? — minha mãe pergunta.
Não me inscrevi em nenhum outro lugar.
— Ainda não.
Espano alguns grãos de açúcar mascavo da mesa. Há meses, sou devorada pela culpa por ter mentido para meus pais, porém agora essa culpa é eclipsada pela mágoa. A total falta de entusiasmo e orgulho da parte deles é um golpe terrível. Entrar na faculdade não é pouca coisa, ainda mais em uma das melhores universidades da Virgínia. Meus pais me olham como se eu tivesse acabado de pedir que pagassem minha fiança.
Um "uau" é pedir muito? Um "parabéns"?
— A cvu é uma boa universidade — digo, baixinho.
— Claro que sim — minha mãe concorda.
— Mas é a escolha certa pra você? — meu pai questiona, retórico.
— Você prometeu manter a mente aberta — minha mãe lembra.
Meu pai assente com a cabeça.
— Você prometeu analisar todas as opções.
Meu estômago se revira.
Ele ficaria furioso se soubesse que não tenho opções.
Mas... e se tiver um pouco de razão?
Eu devia ter me candidatado antecipadamente à cvu, mas sem compromisso. Poderia ter feito a inscrição na George

Mason, na Universidade do Texas, na Austin Peay, na Universidade do Mississippi e na Seattle Pacific. Não teria nada a perder. Em vez disso, bati o pé e ignorei os conselhos dos meus pais — que nem eram *ruins* —, e agora vou ter que estudar na cvu, querendo ou não.

Preciso contar a verdade. Esclarecer tudo agora. E me responsabilizar pela decisão.

Estou comprometida com a CVU. Não tentei nenhuma outra universidade. Tenho quase dezoito anos. A escolha é minha.

Soaria prepotente. Irracional, egoísta e prepotente.

Quero estudar na cvu.

Sinto uma pressão no peito, como se uma bexiga se enchesse nas minhas costelas. Me sinto presa nessa casa. Presa a essa vida.

— Respira, Lia — diz minha mãe.

A cozinha está quente por causa do forno, e aquele ar abafado deixa meus pensamentos nublados.

— Vai dar tudo certo — diz meu pai, como se eu fosse uma criança que tivesse acabado de derrubar um sorvete.

Estou prestes a surtar. Com *os dois*.

— Vou subir — digo, afastando a cadeira da mesa.

Meus pais se entreolham, preocupados.

Agora eles estão preocupados com meus sentimentos?

— Por que não termina o café primeiro? — meu pai pergunta.

Balanço a cabeça.

— Perdi a fome.

APÓS 22 ANOS DE LEAL E VALOROSO SERVIÇO, O

CORONEL CONNOR F. BYRNE

SE APOSENTARÁ DO EXÉRCITO DOS ESTADOS UNIDOS.
POR FAVOR, JUNTE-SE A NÓS PARA CELEBRÁ-LO E LHE DESEJAR OS MELHORES VOTOS EM SUAS FUTURAS EMPREITADAS.

A CERIMÔNIA SERÁ REALIZADA NA SEGUNDA-FEIRA, 18 DE MARÇO, ÀS 8H.

GEORGE WASHINGTON'S MOUNT VERNON
MOUNT VERNON MEMORIAL HIGHWAY, Nº 3200
MOUNT VERNON, VIRGÍNIA, 22121

A RECEPÇÃO SERÁ NO CAFÉ AMERICANA

CONFIRME SUA PRESENÇA ATÉ 1º DE MARÇO
BERNADETTE.C.BYRNE@MAIL.COM

Pedaço de bolo

DEZESSETE ANOS, TENNESSEE

Encontro o convite na bancada da cozinha quando chego da escola. O envelope, que já está aberto, foi endereçado à nossa família, na caligrafia arredondada de Bernie. Mera formalidade. Minha mãe está ajudando a planejar a cerimônia e meu pai vai fazer um discurso.

Uma homenagem a Connor. Merecida há muito tempo. Fico tão feliz por ele quanto meus pais devem estar. Mas dói, considerando como eles reagiram à notícia da CVU.

Não deveriam ter ficado felizes com aquilo também?

Levo o papel-cartão creme para o quarto, e o enfio no meu diário.

Após o jantar, digo que vou estudar com Paloma, mas na verdade Isaiah me convidou para comer sobremesa na casa dele. Não que meus pais fossem me proibir, só que a vozinha da minha consciência insiste que preciso ser leal. Não estou fazendo nada de errado — e *quero* ir à casa de Isaiah —, porém visitar um garoto que não é Beck me deixa um pouco inquieta.

E acho que meus pais ficariam do mesmo jeito.

As luzes estão acesas. A casa é modesta, interessante e convidativa, como Isaiah. Permaneço sentada no carro um minuto, reunindo ferramentas emocionais como uma criança arrancando flores de um jardim: crisântemo para sinceridade, dente-de-leão para educação, gerânio para benevolência, açafrão para boa vontade. Uso o retrovisor para afofar o cabelo escovado. Pesei mais na maquiagem do que quando vou à escola: duas camadas de rímel e gloss colorido, em vez de protetor labial.

Talvez eu queira me sentir bonita.
Talvez eu queira me sentir confiante.
Talvez eu queira um escudo, uma máscara, um disfarce.
Todas as alternativas.
Ou nenhuma delas.
Quem sou eu, sentada no carro, me embelezando diante da casa de um garoto?

Vou até a porta, pisando em desenhos a giz: estrelas-do-mar, golfinhos, tartarugas-marinhas, tubarões e um polvo marrom. Subo na varanda e toco a campainha. Quando a porta se abre, respiro fundo.

— Você parece que vai encarar o pelotão de fuzilamento — diz Isaiah, dando passagem.

— Eu sei. Desculpa. É... um pouco demais.

— Tudo bem. Come um pedaço de bolo. Se você odiar tudo, pode ir direto pra casa.

A cozinha de Marjorie é parecida com a nossa: armários brancos, eletrodomésticos de inox, trepadeiras no peitoril da janela acima da pia. Tem um bolo de chocolate em camadas com bastante cobertura, como se fosse parte da decoração.

Naya está empoleirada na banqueta junto à bancada. Deve ter uns nove anos e não demonstra estar muito feliz com a minha visita. Sua pele é ocre e seu cabelo escuro está preso em uma longa trança embutida. Seus olhos, de um tom desbotado de castanho, me avaliam com curiosidade e cautela. Eu me lembro de Marjorie daquela tarde terrível em novembro. Ela é mais velha que minha mãe e mais nova que minha avó. Suas tranças chegam à altura dos ombros. Usa um cardigã lavanda e óculos pendurados no pescoço por uma correntinha de pérolas.

— Lia — diz ela, dando a volta na ilha para me abraçar.
— Muito prazer.

Seu cheiro açucarado e veranil lembra algodão-doce. O cardigã de caxemira é macio. Deveria ser esquisito abraçar uma desconhecida em uma casa igualmente desconhecida, porém meus ossos param de tremer e os pensamentos intrusivos se calam.

Como Isaiah disse, Marjorie é um anjo.

Por cima do ombro dela, os olhos dele encontram os meus.

— Marjorie é fã de abraços à primeira vista.
— Bom, agora eu sei a quem você puxou.

Marjorie se afasta, com um sorriso radiante.

— Ele te abraçou cedo demais?
— Não exatamente, mas não fazia nem sessenta segundos que a gente se conhecia.

Marjorie ri, depois vai cortar o bolo na bancada.

— Isaiah disse que você foi aceita pela cvu. Que bela conquista!

Meus amigos têm sido muito legais em relação à cvu. E têm me apoiado muito. As meninas tentam me animar desde dezembro, e quando contei a Isaiah sobre a resposta da universidade, no fim da aula de cerâmica, seus olhos brilharam como supernovas. Marjorie é a primeira adulta que recebe a notícia com entusiasmo. Isso aquece meu coração. Eu poderia chorar só de pensar na maneira carinhosa como essa família encarou minha conquista, enquanto a minha própria família me desvaloriza.

Minha voz sai meio trêmula:

— Obrigada.

Marjorie sorri.

— Achamos que a maneira perfeita de comemorar seria com bolo de chocolate.

Isaiah deve sentir que estou meio instável emocionalmente, porque para ao lado da irmã adotiva e puxa a trança dela.

— Foi Naya que fez.

— Sério? — Fico feliz que ele tenha mudado de assunto. — Parece de uma confeitaria chique.

— Não é difícil — diz a menina, sem emoção.

— Pode não ser pra você — Marjorie acrescenta. — Mas cozinhar envolve leitura, matemática e ciência. Uma medida errada e o resultado é sopa de chocolate, em vez de um bolo lindo. Naya é uma gênia na cozinha.

Não duvido. Parece delicioso.

— Foi você que fez os desenhos a giz na entrada? — pergunto.

Naya confirma com a cabeça.

— Isaiah ajudou.

— São excelentes. Não sei se você sabe, mas também faço parte do clube de artes da escola.

— Lia é muito melhor do que eu no desenho.

— Até parece. O retrato que fiz parece ter sido desenhado sob ameaça e com a mão esquerda.

Naya de repente fica animada.

— O retrato pendurado no seu quarto?

Isaiah confirma com a cabeça e uma cara esquisita, que lembra mesmo meu desenho. Naya ri.

— Os olhos, o nariz e a boca ficaram totalmente fora do lugar!

Ele entorta ainda mais sua expressão.

— Ela capturou a minha essência.

Com aquelas brincadeiras, eu quase não fico pensando no fato de que Isaiah pendurou meu desenho em seu quarto, sem demonstrar constrangimento por eu ter descoberto.

— Se você desenha pessoas tão bem quanto desenha tartarugas e tubarões-martelo, me dá umas dicas — digo a Naya.

Ela sorri.

— Pode ser.

— Depois — diz Marjorie. — Vamos comer primeiro.

Recomeçando

DEZESSETE ANOS, TENNESSEE

Enquanto comemos, Marjorie me pergunta sobre a escola, a mudança da Virgínia e o que meus pais fazem. São perguntas normais, de uma mulher normal, em uma casa normal. Respondo como se já tivesse feito isso — conhecer a família de alguém em quem estou interessada — um monte de vezes. Só que nunca me imaginei recomeçando, porque não deveria ser assim, nem um pouco, de jeito nenhum.

Depois do bolo, Isaiah e Marjorie lavam a louça, enquanto Naya mantém a palavra e passa alguns minutos me ensinando a desenhar um olho realista, usando o espaço negativo para criar a ilusão do reflexo da luz. Por fim, ela sobe a escada correndo para estudar ortografia no quarto. Marjorie limpa a bancada da cozinha, e Isaiah olha para mim como quem pergunta: *Quer ir embora?*

Faço que não com a cabeça.

Estou… bem.

Ele sorri, depois diz a Marjorie:

— Vamos ficar um pouco lá em cima.

— Divirtam-se. Porta aberta?

Isaiah abre um sorriso irônico para mim. Deixo meu queixo cair, fingindo choque. O que Marjorie acha que vamos fazer com ela em casa?

— Porta aberta — Isaiah promete.

Enquanto o sigo pela escada, reparo na parede, coberta de porta-retratos. Reconheço Isaiah, claro, em várias fotos de vinte por vinte e cinco centímetros. Naya aparece uma vez só, o que faz sentido, porque está com Marjorie há menos tempo. E há fotografias de dezenas de pessoas, de idades diferentes — bebês gordinhos, crianças com as bochechas rosadas aprendendo a andar ou indo para a escola de topete, pré-adolescentes com aparelho nos dentes —, gêneros diferentes, raças diferentes, expressões diferentes, estilos diferentes.

— Faz tempo que Marjorie acolhe crianças — Isaiah explica, enquanto olho para os porta-retratos. — Ela pensa em todos nós como seus filhos, não importa quanto tempo ficamos ou o trabalho que damos.

— Pra onde foram os outros?

— Alguns voltaram para os pais. Outros foram adotados. Alguns já são adultos e saíram do sistema. Marjorie mantém contato com a maioria. Alguns vêm no fim do ano. Ela manda presentes de aniversário, ajuda com o necessário. Você sabe como é.

Na verdade, não.

Que privilégio ter tão pouco conhecimento sobre o sistema de acolhimento familiar.

Isaiah me conduz até a porta ao fim do corredor.

— Se tiver perguntas — diz ele, na entrada do quarto —, fica à vontade.

Eu me sento no chão, recostada na cama. Isaiah se junta a mim, estendendo as pernas sobre o tapete. O quarto está arrumado. O edredom verde e xadrez combina com a cortina, que está fechada. Na escrivaninha, tem um notebook fornecido pela escola, uma caneca com canetas e lápis de desenho e uma pilha de cadernos de esboços. De fato, o desenho que eu fiz está pendurado na parede. Tem uma estante repleta de livros de não ficção: histórias de aventura de Jon Krakauer, *Compaixão*, de Bryan Stevenson, e biografias de jogadores de basquete — Jordan, Bryant, Bird.

— Naya roubou minha coleção do Percy Jackson — diz ele, enquanto avalio as lombadas.

— Menina esperta. — Dou um chutinho no seu tênis, chamando a atenção para as estrelas cor-de-rosa que notei no dia em que nos conhecemos. — Foi ela que desenhou essas estrelinhas?

— Aham. Ela deixa desenhos como um rastro.

Abaixo a voz e pergunto:

— O que vai acontecer com ela?

Os lábios dele se franzem.

— A ideia é que Naya volte. Marjorie acha que a decisão oficial sai no mês que vem.

— Voltar pra família?

— Para a mãe, Gloria — diz Isaiah, baixinho.

Desconfio que ele não deveria estar me contando isso. Não é da minha conta, e deve haver regras de confidencialidade. De qualquer forma, fico feliz. Gostei de Naya. Espero que seu futuro seja promissor.

— Naya entrou no sistema por conta de negligência. Gloria é mãe solo e seu passado é terrível, mas ela está tentando. O problema é que, pra tentar, ela teve que deixar Naya sozinha em casa, enquanto acumulava um monte de trabalhos meia-boca. Não tô dizendo que tudo bem uma criança ficar sozinha à noite, mas o que uma mãe nessa posição pode fazer? Aí o Serviço de Proteção à Criança entrou na jogada, e Naya veio pra cá. Agora Gloria tá fazendo tudo certo. Aproveitando os serviços disponíveis, vindo visitar, aparecendo em todas as audiências. Ela ama Naya, e Naya quer ir pra casa. Só que às vezes os pais têm recaídas.

— Se isso acontecer, Marjorie vai adotar Naya?

— Duvido muito. Marjorie faz o que faz porque quer preservar as famílias, ajudar as crianças no curto prazo. Não tem interesse na maternidade definitiva.

— Mas e os seis anos que você passou com ela? — Como será que tem sido para Isaiah? Marjorie é incrível, mas ele já passou uma parte significativa da vida num limbo. Até eu sei que o acolhimento familiar deve ser temporário. Não era para ninguém passar anos nessa situação.

Isaiah dá de ombros.

— Meu caso é complicado. Toda regra tem exceção.

— Marjorie te adotaria?

— Não. Faço dezoito anos em outubro, nem teria sentido. Já decidimos tudo. Vou ficar por aqui no verão e posso voltar sempre que quiser.

Sei que estou fazendo perguntas demais. Antes, eu achava que era melhor mantê-lo à distância, fingir indiferença para me proteger. Agora que entrei no seu mundo, não consigo nem pensar em dar um passo atrás.

— E o que vai acontecer depois do verão? — pergunto.

— Vou viajar.

— E a faculdade?

— Talvez um dia. Primeiro, quero aventura.

Eu me recosto mais à cama, estupefata.

Nunca me ocorreu que a faculdade podia esperar.

— E o basquete? Deve ter um monte de olheiros atrás de você.

— Alguns. Mas basquete é um hobby. Uma válvula de escape. Marjorie me matriculou num time quando eu tinha treze anos e vivia furioso, e eu adorei. Só que não é meu futuro.

— E o que é?

— Não tenho ideia. Acho assustador demais pensar nisso.

Mas tenho um plano simples — diz Isaiah, com empolgação. — Quando a temporada acabar, vou arranjar um emprego e economizar pra comprar um carro. Marjorie recebe um auxílio mensal por me receber. Deveria cobrir uma parte dos gastos, mas ela vem guardando tudo pra mim. E fez o mesmo com as outras crianças, independentemente do tempo que ficaram aqui.

— Porque ela é um anjo. — Dou uma cotovelada de brincadeira nele.

Isaiah sorri.

— Exatamente. Já deve ter mais do que o suficiente pra eu me bancar por um ano. No fim do verão, vou fazer uma viagem de carro. Pra ver os quarenta e oito estados continentais.

— Nossa. — Fico surpresa com a grandiosidade desse objetivo tão inusitado. — Qual vai ser o primeiro?

— Não sei. Vou ver aonde a estrada me leva. Tipo *Na natureza selvagem*.

Franzo a testa. *Na natureza selvagem* termina em tragédia.

— Depois de um ano na estrada, talvez eu entre numa escola de artes ou procure um estágio. Ou me candidate a algumas universidades. O que parecer certo.

Não é realmente um plano. Um plano envolve um itinerário. Estratégia. Reservas. Discutir prós e contras. Listas de pendências anotadas em cadernos.

O que Isaiah tem é uma ideia, bem vaga e até confusa; otimista, mas errática.

No entanto, ele não se intimida.

No dia em que brincamos de arremesso perto de casa, Isaiah disse que pareço firme.

Mas *ele* é firme de verdade. Atravessar o país sozinho? Ver onde vai dar? Ter a fé, a confiança, de seguir o que parecer certo?

Não tenho palavras. Fico pensando em como ele toma suas decisões — acreditando no próprio instinto e coração — e fico remoendo meus planos milimetricamente calculados para o futuro.

Será que fiz tudo errado?

Vou ter que lidar com essa pergunta amanhã.

Esta noite, quero viver o momento. Uma vez na vida, deixo meu instinto me guiar, pego a mão de Isaiah e entrelaço nossos dedos. Fui encarregada de ditar o ritmo, e isto — segurar a mão dele, no calor e no silêncio do seu quarto — é um raio de luz para abandonar a tempestade de incerteza.

Ele se aproxima, encostando o braço no meu. Pega uma caneta da mesa de cabeceira e começa a desenhar na minha mão. Uma florzinha no indicador. Uma borboleta no mindinho. Uma bola de basquete na parte interna do meu pulso. Pegou esse costume de Naya, ou é ela que o imita?

— Nunca convidei ninguém pra vir aqui — diz Isaiah, desenhando um raio na minha palma. — Nem mesmo Trev.

— Por que não?

Sua voz soa grave como um trovão:

— A casa onde cresci era um pesadelo. E os primeiros lares que me acolheram não eram muito melhores. Por um tempão, a escola foi o único lugar onde eu me sentia seguro. Me acostumei a separar as coisas e nunca parei de fazer isso.

— Nossa, Isaiah. — Meu estômago se revira. — Nem consigo imaginar.

— Não quero que você imagine mesmo. A questão é que precisei de anos de terapia e muita paciência da parte de Marjorie, mas finalmente confio que meus relacionamentos são seguros. Que esta casa é segura. Que a vida que construí é sólida. E quero que você faça parte disso.

Ele para de desenhar e abre um sorriso fofo para mim. Eu me sinto tão bem-vinda, tão aconchegada, tão reconfortada na sua presença, no seu quarto, na sua casa, com as pessoas que constituem sua família...

Seria tão ruim desviar do caminho esburacado que venho trilhando?

Virar na direção de Isaiah, em vez de um futuro que não parece mais meu?

Seria tão errado me permitir me acomodar no mundo dele?

Último segundo

Ela aguardou por um convite oficial para vê-lo jogar.

E veio quando estavam sentados lado a lado com suas rodas de oleiro.

Ele fazia um vaso belíssimo.

Ela recomeçava o seu, porque a tentativa anterior havia se desfeito em suas mãos sujas de barro.

— Vamos jogar contra Rudolph — disse o garoto.
— Sexta à noite. Grandes rivais. Você vai?

Ele não tirou os olhos da argila, mas a esperançava brilhava fosforescente em sua voz.

— Tá — respondeu a garota, embora torcer por outro garoto seja mais um passo para longe do primeiro.

Dois dias depois, ela se apertou na arquibancada lotada, na companhia das amigas.

O jogo é rápido, empolgante.

Os jogadores são agressivos.

Ela não conhecia esse lado do garoto.

Está acostumada com seus olhares contemplativos, com suas mãos cobertas de argila.

Sua voz constante, seus olhos penetrantes.

Na quadra, ele é dinâmico, um líder, uma explosão de luz branca.

O garoto está sempre um passo à frente dos colegas de time, quilômetros à frente dos adversários.

Ainda assim, o jogo é apertado.

As solas de borracha guincham contra o piso de madeira polida.

Os jogadores arremessam, o público grita.

A liderança se alterna a cada posse de bola.

A garota e suas amigas ficam de pé, com as mãos no ar, gritando como se a vitória dependesse do quanto fazem barulho.

Ela grita o nome do garoto, porque a bola está com ele.

Restam segundos da partida.

Ele para de repente, no limite da linha dos três pontos.

A defesa do outro time não acompanha.

Ele arremessa.

No último segundo.

O tempo para enquanto a bola traça seu arco no ar.

Ela fecha os olhos, não aguenta.

Então ouve o couro da bola passar pelo náilon da cesta.

A torcida da East River vai à loucura.

Seus pés deixam o chão, a energia do ginásio toma conta.

Ela bate palma, comemora, abraça as amigas.

Fica <u>muito feliz</u> por ter ido.

Na quadra, o time comemora junto.

O garoto se transformou de novo e sorri, os olhos triunfantes.

Que então a encontram.

Ele a encara, de propósito, com intenção e intensidade.

Ela retribui o olhar.

Ele a enche de confiança, autonomia, desejo de sentir.

A visão dela se abranda.

A garota pensa em quando se conheceram, em como o beijou.

— Eu te sigo — ele havia dito no outro dia.

E ela acreditava que ele seguiria mesmo.

Caprichoso

DEZESSEIS ANOS, VIRGÍNIA

Beck se formou no ensino médio em uma tarde de sábado ensolarada, na EagleBank Arena, da Universidade George Mason. Meus pais e eu fomos à cerimônia com os Byrne. Quando Beck foi receber seu diploma no palco, pareceu tão crescido, tão realizado. Nossa comemoração o fez sorrir. Sorri também, e acenei, odiando o fim do verão, quando ele iria para a CVU.

Depois, enquanto aguardávamos por ele, minha mãe, Bernie, as gêmeas e eu tiramos selfies. Meu pai e Connor provavelmente ficaram felizes por não terem sido forçados a participar. Com a chegada dos formandos, mais fotos: Beck com Raj, Stephen e Wyatt. Beck com os pais, e com as irmãs, e comigo. Bernie insistiu que alguém tirasse uma foto do grupo todo.

Eu nunca tinha me sentido tão ardentemente feliz, tão completamente desolada.

O amor é confuso.

O coração é caprichoso.

O amadurecimento é um pé no saco.

A caminho do estacionamento, para irmos de carro jantar, alguém chamou Beck. Era Taryn, de beca e sandália plataforma.

Beck me segurou.

— A gente se encontra no Bellisimo! — Bernie gritou, conduzindo as gêmeas.

Eu poderia muito bem ter ido com meus pais ou com os Byrne, em vez de assistir àquela interação, porém Beck apertou minha mão e murmurou:

— Só um minuto.

Um minuto foi suficiente para Taryn abraçá-lo. Suficiente para dizer que tinha adorado sua companhia na equipe de atletismo e estava certa de que ele faria coisas incríveis. Suficiente para que elogiasse meu vestido azul, acinturado e rodado, frente única. Por um minuto inteiro, ela foi simpática.

Então Taryn disse:

— Espero que a gente consiga se ver no outono. A CVU fica a apenas uma hora da Universidade de Richmond.

Fiz uma careta. Não sabia que ela ia estudar lá. Portanto, estaria mais próxima geograficamente do meu namorado do que eu.

— Vai ser legal ver um rosto conhecido de vez em quando. — Taryn deu um beijo na bochecha dele e foi encontrar sua galera, ou voltar para o buraco de onde tinha saído.

A caminho do Bellisimo, Beck perguntou se eu estava bem.

— Tô *ótima*.

Ele não insistiu.

Durante o jantar, eu me esforcei para ser agradável.

Mas estava pirando por dentro.

Por fim, nossas famílias voltaram para casa. Beck e eu fomos à festa de formatura, o assunto da escola toda no último mês. Foi nos arredores de Fairfax County, na casa dos tios de alguém da turma de Beck, uma propriedade grande onde os formandos poderiam armar barracas e abrir barris de cerveja. Eu tinha dito aos meus pais que passaria a noite com Macy, o que era verdade, porque Macy estaria na festa também.

Beck e eu conseguimos armar uma barraca sem trocar mais de dez palavras, enquanto veículos roncavam, estacas eram fincadas e formandos gritavam e comemoravam. Quando entramos para desenrolar nossos sacos de dormir, ele enlaçou minha cintura.

— Você tá puta.
— Eu, não.
— Tá, sim. — Seus lábios roçavam meu pescoço, suas palavras faziam cócegas na minha pele. — Você é péssima em esconder sentimentos.

Provando seu ponto, ele enfiou os dedos no meu cabelo, deixando meu pescoço à mostra, e eu não consegui conter um suspiro apaixonado.

— Não sou, não.

Ele beijou minha orelha.

— Você tá brava porque vai passar dois anos presa naquela escola sem mim?

— Vai ser péssimo — admiti, tentando me conter enquanto sua boca mapeava meu pescoço. — Mas não fiquei brava por isso.

— Então o mau humor é porque escolheu aquela salada sem graça pro jantar, em vez de pedir carne, como eu.

Sorri contra minha vontade.

— A salada estava boa.

Seus lábios passaram pelo meu maxilar. Sua voz saiu baixa e segura:

— Tá... Então você tá brava porque Taryn quer me visitar no outono.

— *Não.*

Beck beijou minha boca mentirosa, recuando para olhar nos meus olhos.

— Eu ficaria com ciúme se estivesse no seu lugar, Lia. Puto, irritado e triste pra caralho.

Fiquei mole e me entreguei a ele.

— Mas você não precisa se sentir assim — Beck garantiu. — Sabe disso, né?

Fiz que sim com a cabeça. Beck era leal e honesto. Ele me amava, e não sentia nada por Taryn. Nunca tinha me dado motivo para duvidar. Ainda assim, em poucos minutos eu virei a rainha do drama. Devia me sentir segura. Então por que estávamos naquela barraca quando poderíamos estar festejando com nossos amigos?

— Vamos nos divertir um pouco — falei.

A diversão naquela noite envolvia música alta, centenas de pessoas e bebida à vontade.

— Talvez eu transe com Beck mais tarde — contei a Macy, toda soltinha.

Ela comemorou e tomou um gole de seu copo cheio — uma mistura alcoólica de pêssego com laranja, uma das muitas bebidas que a irmã mais velha de Wyatt, no último ano da Universidade Marymount, havia comprado para nós. Tudo muito melhor do que a cerveja de barril que a maioria do pessoal estava tomando.

— Na barraca?

— É. Não acha romântico?

— Seria se vocês estivessem no alto de uma montanha ou na praia... *sozinhos*.

Ela olhou para o gramado repleto de copos de plástico, iluminado por uma lua cheia sinistra. Os alto-falantes competiam entre si com batidas graves. O lugar estava lotado. Eu não sabia onde estavam os meninos e Beck, mas não me importava muito. Eu me divertia com Macy.

— É um lugar legal — insisti, enrolando as palavras.

— Nada a ver.
— Mas é a formatura.
— Do Beck. Não a sua.

Tomei um gole da minha bebida. Tinha um gosto doce de xarope de fruta. Uma delícia.

— Quero que seja uma noite especial pra ele.

Macy arqueou uma sobrancelha, me julgando.

— A sua primeira vez tem que ser especial pra *você*.
— Vai ser, sim, porque é com Beck.

Ela riu e bateu o copo no meu, num brinde.

— Pode ser em qualquer outro momento, porque é com Beck. Você é quem decide, claro, mas eu preferiria fazer sexo pela primeira vez numa cama. E, sinceramente — Macy fez um gesto para a multidão sem fim —, você quer que essa gente toda te ouça? Ou pior: que alguém interrompa?

— Ah, a gente não vai fazer barulho.

Ela riu.

— Claro que vai. Você tá gritando agora.

Bebi mais e pensei no que ela disse, porque era Macy, e ela queria meu bem. Então a puxei para perto, falando mais baixo — não que estivesse gritando antes.

— Acha mesmo que é melhor esperar?
— Sinceramente, eu esperaria se não estivesse cem por cento segura. Você tem o verão inteiro.
— E a eternidade — falei, propondo outro brinde.

Encontramos os meninos não muito longe de onde estávamos conversando. Raj e Stephen competiam para ver quem bebia cerveja mais rápido, enquanto Wyatt, Beck e um grupo de meninas da turma deles os incentivavam. Inclusive Taryn. Ela havia trocado o vestido de antes por short e regata e segurava um copo na mão, assim como suas amigas. Macy e eu ficamos por ali, fora da rodinha, bebendo sem nos intrometer na farra dos meninos.

Macy começou a descrever, em detalhes, a primeira vez dela com Wyatt. Se eu não tivesse bebido três quartos de uma garrafa de licor de malte, teria ficado vermelha dos pés à cabeça. Naquele estado, eu rolava de rir e anotava mentalmente algumas dicas. Olhei para Beck, que estava recusando sua vez na brincadeira. Ele segurava a mesma garrafa de cerveja light desde que havia se juntado aos amigos. Eu sabia que era a mesma porque tinha visto o rótulo mais cedo. Com certeza estava pegando leve para poder cuidar de mim, o que só me deixava com mais vontade de ignorar o conselho de Macy.

Dei um passo na direção de Beck enquanto ele juntava alguns copos vazios. Antes que eu entrasse na rodinha, Taryn pulou no colo dele e agarrou seu pescoço. Beck cambaleou, surpreso, e derramou um pouco de cerveja na tentativa de segurá-la. Ele a devolveu ao chão, soltando os braços assim que ela ficou de pé.

Mas os de Taryn permaneceram nele.

Agarrada em Beck igual a um bicho-preguiça, ela sussurrou no seu ouvido. Ele riu. Taryn também, jogando o queixo para trás. Então ela ficou na ponta dos pés, do jeito que tinha feito para dar um beijo na bochecha dele mais cedo. Estava mais próxima do que eu jamais me atreveria a ficar do namorado de alguém, quadril a quadril, bochecha a bochecha. Fiquei dividida entre ir embora e virar o resto da minha bebida no cabelo ridiculamente brilhante dela.

— Afe — Macy soltou, testemunhando a cena. — A substituta.

Os dois pareceram iniciar uma conversa. Ela continuava tocando em Beck, que não se afastava. Na verdade, ele até se inclinava para ouvir melhor, interessado. Beck já tinha me olhado daquele jeito milhares de vezes. Nunca imaginei que poderia ficar igualmente entusiasmado com outras garotas.

Deu vontade de vomitar.

Em vez disso, endireitei os ombros e descartei a bebida.

— Volta comigo? — pedi a Macy.

— Claro que sim — disse ela, zangada.

Minha amiga tinha zero tolerância com garotas que tentavam sacanear outras garotas.

Dei meia-volta. Lágrimas já se acumulavam nos meus olhos quando ouvi meu nome interromper o barulho da festa.

Beck estava atrás de mim, afastando Macy para pegar minha mão.

— Ei — disse ele, sem fôlego. — Aonde você vai?

— Que diferença faz? — Fiquei com vergonha quando minha voz falhou. Puxei minha mão de volta. — Você tá se divertindo bastante sem mim.

Beck olhou para Taryn, que nos observava à distância. E demonstrou estar arrependido.

— A gente tava só conversando.

— É. Eu vi.

— Ei, não faz assim.

Bufei.

— Como você se sentiria se me visse em cima de outro cara?

Beck olhou para Macy.

— Quanto ela bebeu?

Macy deu de ombros.

— Bastante.

— Eu estaria brava mesmo sóbria — retruquei.

Cambaleando, fui embora, com o estômago embrulhado.

Macy me seguiu.

Beck, não.

Algo real

DEZESSETE ANOS, TENNESSEE

As meninas e eu descemos a arquibancada, saboreando os resquícios da vitória.

Meu coração bate acelerado.

Estou com Isaiah.

No meio da comemoração, ele me procurou, um rosto entre centenas. Seus olhos se fixaram nos meus, e Isaiah sorriu. Naquele momento, meu coração fez algo que não fazia há um tempão.

Palpitou.

Dentro do ginásio, o ar é úmido, denso, almiscarado, fervilhante. Sinto calor e imagino que a maquiagem esteja escorrendo pelo meu rosto, mas nem me importo. Minha pele formiga, meus olhos perdem o foco, meu rabo de cavalo balança. Me sinto bem. Como não acontecia há mais de um ano.

Passamos ao saguão, cheio de vitrines com troféus e fotografias emolduradas, décadas de atletas do ano. Minha antiga escola tinha esse tipo de hall da fama. O retrato de Beck, tirado no outono do último ano, continua lá. Seu cabelo castanho-avermelhado complementa as folhas vermelhas e douradas das árvores. Sorriso atrevido, ombros largos, pele sardenta. Os pais dele têm a mesma foto pendurada em casa, em uma moldura de madeira escura.

Paro de repente, como se Beck fosse me segurar com uma mão fantasma.

Paloma para também e olha para mim. Desde a tarde, quando descobriu que entrou na USC, não consegue parar de sorrir. Mas agora faz cara de interrogação.

Procuro deixar tudo de lado: as lembranças, a sensação de obrigação, a culpa.

— Lia? Tudo bem?

Faço que sim com a cabeça, incerta.

Tudo bem estar tudo bem?

Depois que saímos, eu me sinto mais leve, com a mente menos confusa. É assim para mim. Os altos e baixos vêm e vão, lembretes repentinos do que perdi e do que encontrei. O vento do inverno envolve minhas amigas e eu, trazendo de volta a empolgação que a tristeza ameaçava extinguir.

Atravessamos o campus no escuro, com Meagan e Soph na frente, de mãos dadas. Comentamos o jogo: *Vocês viram quando...?* e *Nem acredito que...* e *Puta merda, que arremesso!*

Paloma confirma o plano para a noite:

— Vamos pra festa da Molly?

— Vamos — diz Meagan. — Quem dirige?

Ela e eu viemos de carona com Paloma. Sophia teve que nos encontrar aqui, porque o treino de vôlei terminou em cima da hora. Vamos todas dormir na casa dela, porque seus pais não ficam esperando acordados para verificar se não bebemos.

— Eu dirijo — diz ela. — A gente pega seu carro amanhã, Paloma.

A caminho do estacionamento, Meagan gira com os braços bem abertos. Sophia se junta a ela numa série de rodopios que faz ambas caírem na gargalhada. Paloma acaba rindo também, e me puxa para participarmos.

— Eu vi, no ginásio — diz ela, só para mim. — Isaiah. Depois que acabou. Ele te procurou na arquibancada.

Eu podia disfarçar. Só que, depois de meio ano de amizade, ela me conhecia bem.

— Acha mesmo que...?

Ela me corta, dando um sorriso.

— Acho. Acho mesmo.

Saímos do corredor entre dois prédios, Sophia e Meagan fazendo bagunça mais à frente, Paloma e eu rindo, porque, meu Deus do céu, tem algo rolando entre mim e Isaiah. Algo além de cerâmica e papinho. Algo além de perda e dificuldades. Algo novo e promissor. Algo real.

Ouço meu nome cortando a noite.

Dou meia-volta, puxando Paloma comigo. Passo os olhos pelo estacionamento, procurando quem gritou. Um ônibus escolar está pronto para sair, o escapamento soltando fumaça. Dá para ver os jogadores da East River através das janelas abertas, na maior barulheira.

Isaiah não está ali. E, sim, a alguns passos, com as mãos na cintura, a cabeça erguida, as costas eretas, os olhos em mim. Ele sorri e diz:

— Vem cá.

Que frio na barriga.

Paloma me dá um empurrãozinho.

Meagan faz um bico de beijo.

Sophia sorri e diz:

— A gente te espera no carro.

Meu coração transborda de amor pelas três.

Vou até Isaiah.

Crescendo

DEZESSETE ANOS, TENNESSEE

Isaiah vem avançando rápido pelo asfalto escuro. Quando poucos passos nos separam, ele abre os braços.

Esta noite, sou uma garota impulsiva, que vive no momento, que está começando a gostar de um garoto — outro garoto. Pulo nos braços dele e enlaço seu pescoço, largando a bagagem emocional de sempre.

Ele me segura, rindo, o cabelo molhado do banho, cheirando a zimbro e hortelã.

— Você foi incrível — digo.

Isaiah sorri.

— Que bom que você veio.

— Eu disse que viria.

— É, mas nem todo mundo cumpre as promessas.

Seguro seu rosto nas mãos.

— Eu cumpro — digo, baixinho.

Ele mantém os olhos fixos nos meus. Eu chego perto para identificar os muitos tons de castanho em seu olhar profundo.

Estou louca para beijá-lo, e acho que talvez...

Não. Isaiah me abraça forte, me reconfortando de uma maneira que eu não sabia que precisava.

A noite fica estranhamente silenciosa.

Quando eu me afasto, noto os outros jogadores nas janelas. Todos ficam boquiabertos — Trevor com um sorriso absolutamente satisfeito no rosto.

Um coro de urros.

Isaiah diz, com uma risadinha baixa:

— Esses bobões...

Sorrio.

— Eles estão torcendo por você.

— Querem um showzinho. — Isaiah revira os olhos. Então me solta, e eu o solto também, infelizmente. Meus pés encontram o chão e ele pega minha mão. — Você vai na festa da Molly?

— Aham. E você?

— Agora vou.

Garrafas de bebida se enfileiram no balcão da cozinha da casa vitoriana perto do rio. Molly providenciou latinhas de refrigerante e sacos de batatinha, fora salgadinhos em geral. Quando as meninas e eu chegamos, a anfitriã está fazendo jus ao título enquanto distribui os copos na cozinha. Ela me abraça. Somos amigas agora, por conta de Isaiah e Trev, o que me deixa feliz. Paloma, Megs e eu tomamos refrigerante com uma boa dose de vodca de baunilha. Sophia toma refrigerante puro, porque é a motorista da vez, quando fazemos um brinde a Paloma por ter conseguido entrar na USC.

Já estou na metade do segundo copo, fofocando com as meninas na sala de estar, quando de repente todo mundo começa a gritar e bater palmas na frente da casa.

— O time acabou de chegar — diz Meagan, imitando uma locutora, depois bate seu copo contra o meu. — Pronta?

Estou um pouco tonta e um pouco nervosa, mas graças ao efeito duradouro da vitória e à coragem dada pelo álcool, também fico confiante.

— Pronta.

— Qualquer coisa, estamos aqui — diz Paloma, como se os últimos seis meses não tivessem deixado isso claro.

Envolvo as meninas em um abraço motivado pela vodca de baunilha.

— Vou atrás dele.

Isaiah está na cozinha com alguns jogadores, incluindo Trev. Eles distribuem refrigerantes, comem salgadinhos e fazem a maior algazarra. Fico de lado, bebericando e vendo o garoto de quem gosto rir com os amigos. São todos bonitos, alegres e charmosos, porém Isaiah se destaca como uma fonte de luz, a lua cheia no céu estrelado.

Trevor me nota. Dá uma cotovelada na lateral da barriga do amigo.

Isaiah deixa a bebida de lado e atravessa a cozinha.

Largo meu copo também e me jogo nos seus braços, entrelaçando os dedos ao redor da sua lombar, descansando a cabeça no seu peitoral. Ele me abraça como no dia em que nos conhecemos e no estacionamento: como se me soltar fosse impensável.

A cozinha esvazia — provavelmente porque Isaiah e eu assustamos todo mundo com o abraço.

Ele se afasta para olhar nos meus olhos.

— Eu estava te esperando — digo, porque não consigo mais fingir.

Isaiah sorri. Segura meu copo. Olha para o conteúdo.

— Você precisa de mais.

Eu o sigo até o "bar". Escolho uma parte seca da bancada para me sentar enquanto ele cheira meu copo.

— Refrigerante Root Beer?

— Isso. — Aponto para a Smirnoff de Meagan. — E um pouco disso.

— Um drinque chique — Isaiah brinca, abrindo uma lata de refrigerante. Ele pega gelo no congelador e serve as bebidas, no caso da vodca, bem menos do que Megs. Depois de abrir três gavetas diferentes, Isaiah encontra os talheres, mistura bem com uma colher e me passa o copo.

Tomo um gole. A bebida desce fácil e doce.

— E você, não vai beber nada?

Isaiah aponta para a coca abandonada alguns minutos atrás.

— Não bebo álcool durante a temporada.

— Você é tão responsável.

Uma vez na vida, ficamos da mesma altura, já que estou sentada na bancada. Gosto de olhar diretamente em seus olhos.

Ele chega mais perto.

— Preciso ser assim. Não tenho escolha.

— Eu também era.

— E não é mais?

Ergo o drinque, dando de ombros.

— Sou menos. A Lia de antes com certeza não desperdiçaria uma hora de aula fazendo cerâmica, disso eu sei.

— Gosto da Lia de hoje — diz Isaiah, muito sério.

— Acho que tô começando a gostar dela também.

Sua atenção se concentra na minha boca, e ele franze a testa. Pisca várias vezes seguidas, depressa, como se tentasse desanuviar a mente.

— O que tá rolando aí? — pergunto.

Isaiah apoia uma mão no meu joelho. O calor de sua palma encontra o tecido da minha calça jeans.

— Tô pensando em te beijar. — Ele solta uma risada reticente. — Penso bastante nisso.

— E o que anda te impedindo?

Ele hesita, cruzando os braços.

— Não sei se você tá pronta.

— Você pode me perguntar.

Isaiah balança a cabeça.

— Não sei se devo. Você sente saudade dele. Com toda razão. Mas não quero te beijar me perguntando se você tá pensando nele. Me comparando com ele. Desejando que eu fosse ele.

— Eu nunca faria isso.

— Ele te chamava de Amelia?

— Às vezes.

Isaiah olha para minha mão direita, para o anel de ouro branco com duas pedras preciosas. Então toca meu dedo com cautela, como se queimasse.

— Foi ele que te deu isso?

— Sim.

— E você nunca tira?

— Tirei, depois que...

Um nó na minha garganta impede as palavras de saírem. Engulo em seco e faço questão de não desviar os olhos. Preciso me explicar, fazer com que entenda a mudança no simbolismo.

— Fiquei um tempão sem usar o anel. Ficar olhando era difícil demais. Uma lembrança do que perdi. Aí, em novembro, voltei a usar.

— Porque você ama o cara.

— Porque eu queria voltar a acreditar num futuro promissor.

— E aí você me conheceu — diz ele, baixinho.

— E aí eu te conheci — repito, saudosa.

Agarro a bainha de seu moletom para puxá-lo, até que Isaiah se acomoda no espaço entre meus joelhos. Eu poderia me inclinar e lhe dar um beijo, mas se ele quer conversar a respeito, se quer ter certeza, eu também quero.

— Também penso em te beijar — sussurro.

Ele pisca, virando a cabeça como Major faz quando tenta me entender.

— Desde quando?

— Desde o primeiro dia no clube de artes. Quando te desenhei. — Passo a ponta do dedo pela ponte do nariz dele. — Eu queria uma segunda chance. E te beijar do jeito certo, pelos motivos certos. Não estava pronta, mas ficava refletindo. Bastante. Sinceramente, isso me deixava muito assustada. Mas... também me dava esperança. — Afasto uma mecha de cabelo da sua testa, revelando a cicatriz, em contraste com sua pele negra. — Todas aquelas tardes na aula de cerâmica, aquele dia na quadra de basquete, aquela noite na sua casa... Não vai me dizer que não dei sinais...

Vejo um sorrisinho.

— Talvez.

— Mas...?

— Mas, pelo meu histórico, não tenho essa sorte.

Sorrio.

— Se você acha que é sorte chamar a atenção de uma menina que às vezes se sente triste pra caralho, mesmo que a vida esteja começando a melhorar pra ela, então você tem *muita*.

Isaiah descruza os braços para segurar meu rosto.

— Diz o que você quer.

Respondo sem pensar, dando um beijo nele.

Isaiah retribui, e é muito diferente da primeira vez, em novembro. Esta noite, somos doces e gentis, cuidadosos com a fragilidade do momento, feito uma bolha de sabão. Até que suas mãos descem pelo meu pescoço, e a cautela vai diminuindo devagar, nosso rosto corado e nossa respiração ofegante, intensa.

Se amar Beck era como a neve caindo serena, o que sinto por Isaiah é uma nevasca: me deixa desorientada e empolgada. Estremeço e me aninho em seus braços, decidida a enfrentar a tempestade.

Bola mágica

Beck me odiaria se soubesse?
  INCONCLUSIVO, TENTE DE NOVO.

Meus pais ficariam malucos se descobrissem?
  SEM DÚVIDA.

Bernie ficaria chateada?
  PODE CONTAR COM ISSO.

Estou fazendo a coisa certa?
  NÃO HÁ COMO SABER AGORA.

Sou uma pessoa horrível?
  MINHAS FONTES DIZEM QUE NÃO.

É melhor eu esquecer essa história de destino?
  NÃO DEVO DIZER AGORA.

Sem sentido

DEZESSEIS ANOS, VIRGÍNIA

Na manhã seguinte à festa de formatura de Beck, acordei em uma barraca, morrendo de vergonha e me sentindo péssima. Minhas lembranças estavam meio confusas, minha cabeça latejava e meu corpo se contorcia de vontade de vomitar. Meio tonta, engatinhei para abrir o zíper, pus a cabeça para fora e vomitei na terra um líquido rançoso cheirando a pêssego.

Uma mão apertou meu ombro, depois afastou meu cabelo, que caía no meu rosto suado.

Macy, sempre uma fofa.

— Que merda, Amelia — disse uma voz grogue, e não era da minha amiga. — Você tá bem?

Beck.

— Não — falei, chorando sobre meu próprio vômito. — Tô morrendo. Ou já morri, sei lá.

Ele riu e se ajoelhou.

— Amor — disse Beck, todo bonzinho.

— Acho que preciso vomitar outra vez.

Ele tirou o elástico do meu pulso para prender meu cabelo em um rabo de cavalo, depois ficou acariciando minhas costas enquanto eu esvaziava meu estômago, uma iniciante em termos de álcool. Quando não havia mais nada a botar para fora, Beck me passou os lenços que havia na minha mochila e me fez beber água até que minha pele não estivesse mais verde.

Já um pouquinho melhor, eu me deitei no saco de dormir, suada e fedida. Cobri o rosto com um braço para proteger os olhos da luz. Beck se deitou ao meu lado e ficou passando os dedos pela minha palma até que minha respiração voltasse ao normal.

— Você dormiu aqui? — perguntei, de olhos fechados.

— Dormi. Acho que cheguei uns quinze minutos depois daquela hora que você saiu.

Era difícil acreditar que haviam se passado apenas quinze minutos entre o chilique e o sono. A noite anterior parecia outra vida.

— Achei que Macy estivesse comigo. Imaginei que você não fosse querer passar a noite aqui, pelo meu comportamento.

— Lia. Não vou guardar rancor porque você ficou bêbada e acabou explodindo. Você estava... processando as coisas.

Abri os olhos e inclinei a cabeça para observar seu rosto sardento.

— Sei que você não gosta de Taryn, não desse jeito. Mas fico insegura. E sou meio imbecil.

— Você não é meio imbecil.

— Bom, Taryn deve me achar uma doida.

— Quem liga pro que ela acha?

Eu não ligava. Na verdade, não.

— O que *você* acha?

Beck acariciou meus dedos, então minha palma e meu pulso.

— Acho que não gosto que a gente brigue. Eu poderia ter lidado melhor com tudo ontem à noite. Mas você não tem motivo pra ficar insegura comigo.

Havia tensão em seu maxilar e dúvida em seus olhos.

— Você não confia em mim? — Beck perguntou.

— Sempre confiei.

— Não confia em nós?

Refleti brevemente. Se eu confiava nele, mas não confiava em nós, qual era o problema?

Eu.

O problema era eu.

Tentei criar coragem para pôr a constatação em palavras.

— Não sei quem sou sem você. Somos Beckett e Amelia desde sempre. Passamos dois anos juntos na escola, e agora você vai embora e eu vou ter que aprender a me virar sozinha... Tô me sentindo totalmente perdida.

— E acha que eu não tô? — ele perguntou, baixinho.

— Talvez esteja. Mas é você que vai embora.

— E você que vai ficar... é como se eu estivesse no Exército e fosse enviado ao exterior. — Sua cara se fechou. Havia uma tristeza enorme ali. — A gente pode dar um tempo.

Um suspiro estrangulado me escapou.

— Tipo *terminar*?

— Acho que sim. Até a gente se entender melhor. Não sei... talvez um pouco de espaço facilite as coisas pra você.

— É isso que você quer? Terminar?

— Nossa, não. Mas se é disso que você precisa, eu dou um jeito.

Uma sugestão sem sentido — completamente maluca. A ideia de ficar sem ele física *e* emocionalmente parecia intolerável. Eu *nunca* escolheria uma vida sem Beck.

— Não quero dar um tempo. Isso é o oposto do que eu quero.

Seus ombros relaxaram com o retorno da sua expressão bem-humorada de sempre.

— Então vou te levar pra cvu comigo. O que acha?
— Seria ótimo.
Ele beijou o topo da minha cabeça.
— Você está cheirando a vômito.
Dei risada, o que só fez minha cabeça girar. Fechei bem os olhos e, no escuro, fiz outra confissão:
— Eu estava planejando transar com você ontem à noite.
Beck gargalhou.
— Sério?
— Sério. Até… você sabe.
— Até eu estragar tudo?
— Até eu ficar bêbada demais.
Ele acariciou minha mão.
— Nossa primeira vez não deveria ser em uma barraca.
— Foi o que Macy disse!
Beck riu demais, depois me levou até o Toyota e me deixou ficar no banco do carona com todas as saídas do ar-
-condicionado viradas para o meu rosto, à medida que ele desarmava a barraca, arrumava tudo e colocava no carro.

Apesar da ressaca, eu sentia tanta alegria e sorte por existir no mundo com Beck.

Mensagens

PALOMA: Gente. A USC não aceitou o Liam na candidatura antecipada. Ele vai ter que esperar o prazo normal. ☹

MEAGAN: Que merda.

LIA: Sinto muito.

SOPHIA: Mas isso não quer dizer que ele não vai conseguir.

MEAGAN: Também não quer dizer que vai.

LIA: Qual é o plano B?

PALOMA: Ele ainda tá esperando as outras respostas.

SOPHIA: E o seu plano B?

MEAGAN: Ela não precisa de plano B. Foi aceita.

SOPHIA: Tá, mas... você toparia um lugar diferente?

PALOMA: Nossa, não. Sou 100% USC.

SOPHIA: Com certeza ele vai entrar depois.

LIA: Eu também acho. Mas você estudaria na USC mesmo sem Liam?

PALOMA: Claro. Ficaria chateada, mas não vou abrir mão dos meus sonhos por causa de um cara.

LIA: Soph, você estudaria na Austin Peay sem Megs?

SOPHIA: Estudaria. E você, Megs?

MEAGAN: Tenho direito de permanecer calada.

SOPHIA: Eu preferiria que você fosse. Não ia querer te segurar.

MEAGAN: Eu também. E você, Lia? Se as coisas fossem diferentes?

LIA: Se eu escolheria uma faculdade diferente de Beck?

PALOMA: É. Você chegou a pensar nisso?

LIA: Antes da gente ficar juntos.

MEAGAN: Ele pediu pra você tentar a CVU?

LIA: Aham, e eu queria estudar lá. Pensava que não conseguiria sobreviver longe dele. Mas agora...

SOPHIA: Mas agora?

LIA: Agora sei que consigo.

Defesas

DEZESSETE ANOS, TENNESSEE

No domingo à noite, encontro Isaiah na Over Easy, uma lanchonete no centro. É pequena e bem extravagante, com piso xadrez e capas de álbuns nas paredes. O lugar cheira a fritura e carne, e embora eu tenha jantado lasanha com meus pais depois de trocar mensagens com as meninas, minha barriga ronca quando me sento no banco à sua frente.

Pedimos refrigerantes, um pedaço de torta de mirtilo e outro de chess pie. Conto a Isaiah que minha amiga Macy, da Virgínia, não sabia o que era chess pie até conhecer Beck e eu — filhos de duas mulheres que tinham orgulho de ser do Mississippi —, e ele dá risada.

— Sua mãe...

Quando penso melhor, duvido que a mãe dele seja do tipo que cozinha.

Ele adivinha o que eu ia dizer:

— Você ia perguntar se minha mãe faz alguma torta?

Mexo no saleiro.

— Ou se cozinha, no geral.

— Não. E a sua?

Dou de ombros, porque não quero ficar me gabando disso.

— Ela cozinha, sim — Isaiah conclui. — Não precisa se sentir mal por isso, Lia. Marjorie tá sempre cozinhando. E Naya também. Mas minha infância... foi muito diferente da sua.

— Como você acha que foi minha infância?

Ele me olha como se eu tivesse feito uma pergunta perigosa. Dou um chutinho no seu pé.

— Fala sério. Tenta adivinhar três coisas da minha infância.

Em poucos segundos, ele começa a contar nos dedos:

— Você nunca teve que se preocupar com o que ia comer. Sempre tinha presentes debaixo da árvore de Natal da sua família. E seus pais te abraçavam, e ainda abraçam.

Me arrependo de ter perguntado.

De verdade.

Porque, se nossas infâncias foram diferentes, como Isaiah acabou de dizer, então ele se preocupava com o que ia comer, não ganhava presentes no Natal e seus pais não o abraçavam.

— Você cresceu como toda criança deveria crescer — diz Isaiah depois que a garçonete serve nossas bebidas. — Não começa a questionar se mereceu essa experiência.

Assinto, embora existam questionamentos.

— Você pode falar sobre isso, se quiser. O seu passado. Os seus pais. Qualquer coisa. Ou tudo — digo.

— Eu falo. Com profissionais de saúde mental.

Sorrio.

— Você pode falar *comigo*.

— Tá, mas não vou despejar meus traumas em cima de você.

Baixo os olhos para a mesa desgastada por décadas de clientes. A conversa ficou séria bem rápido, e eu analiso as próximas palavras com cuidado antes de encarar Isaiah.

— Eu aguento bastante coisa.

Isaiah pega minha mão.

— Eu sei. Mas tem outra coisa: se eu te contar como cresci e por que entrei no sistema, você vai passar a me ver... de um jeito diferente.

— Não vou, não.

— Lia. Você vai ficar com pena.
— Já tenho pena de você.

Ele se encolhe, e eu me sinto péssima, mas concluo o pensamento.

— Não preciso de detalhes para odiar o fato de seus pais não terem sido capazes de te oferecer o necessário. De todo meu coração, eu já queria que as coisas tivessem sido diferentes pra você. Saber da história não vai mudar isso.

Isaiah avalia minha expressão com cuidado.

— Por que é tão fácil confiar em você?

Ele encontrará uma confidente em você. E a fé retornará ao seu coração.

A emoção cresce em meu peito. Uma onda quebrando rumo à praia, ganhando velocidade, altura e intensidade, se curvando e tomando forma, as gotículas formando uma névoa fina e salgada, arco-íris no ar.

— Eu ia te perguntar a mesma coisa. Mas prefiro saber por que te tiraram dos seus pais.

Isaiah suspira, rendido.

— Por vários motivos. Eles eram dependentes químicos. Nossa casa era um depósito de lixo. Ninguém se importava com comida. Ou com higiene. Eu vivia faltando às aulas. Nunca levava material, autorizações e comida pra escola. Me criei sozinho, enquanto meus pais injetavam veneno nas veias.

Isaiah observa nossas mãos unidas. Quando volta a me encarar, seus olhos parecem vazios. Fico preocupada que ele tenha retornado à casa dos pais, ao estado mental da infância — um menino que sofria, mas sobrevivia.

— Eles me odiavam — Isaiah prossegue. — Eu era um obstáculo para a próxima dose. Quando me ofereciam alguma coisa, tipo café da manhã ou sapatos, ou mesmo se me diziam que horas eram, eu pagava caro se não demonstrasse gratidão.

— Pagava como? — pergunto baixinho.

Ele aponta para o próprio rosto.

— Meu nariz não é zoado porque fui uma criança desastrada.

Torto como uma trilha na floresta.

Meu coração sobe para a garganta, batendo forte e rápido demais. Sofro pensando no pequeno Isaiah, precisando de comida, atenção, afeto. Ferido pelas mãos que deveriam cuidar dele.

— Os professores são obrigados a relatar esse tipo de coisa. Precisam chamar o Serviço de Proteção à Criança quando o abuso é óbvio, tipo a criança ir pra escola com o ombro deslocado. Só que não me tiraram logo de casa. Isso envolve um longo processo, uma porrada de burocracia, e a intenção é sempre preservar a família. Alguém da assistência social aparecia em casa periodicamente. Meus pais ficaram sóbrios e conseguiram convencer os caras. Em seis meses, o caso foi fechado. Pouco depois, eles voltaram com o vício. Eu tinha oito anos, e aí minha mãe engravidou. Ela teve uma menina.

Um medo me invade.

A garçonete chega com as tortas. Nossas mãos se afastam enquanto ela põe os pratos, garfos e guardanapos no meio da mesa.

— Bom apetite — diz a garçonete, animada.

Não tenho mais fome nenhuma.

Isaiah ignora a mulher e os pratos. Há certa rigidez na sua postura. A expressão dele continua assustadoramente insensível.

Custa bastante exumar seu passado.

— Deram o nome de Emily. Ela sofria com cólicas. Só entendi o que era depois, quando Marjorie me explicou. Ela chorava o tempo todo. Meus pais costumavam estar drogados demais pra ligar, então eu que tentava acalmar a bebê, atender suas necessidades ou sei lá o quê. Mas nunca funcionava. Uma noite, dormi por umas oito horas seguidas, o que não acontecia desde que Emily tinha nascido. Acordei em pânico, com a sensação de que tinha algo errado. Encontrei a bebê no berço, quietinha. Imóvel. Parecendo uma boneca.

Engoli em seco, nauseada, com as bochechas pegando fogo.

— Seus pais...?

— Balançaram a bebê até ela parar de chorar. Depois desmaiaram de tão drogados. Ainda não sei se perceberam que Emily tinha morrido ou se nem se importavam.

Fui me sentar ao lado dele. Isaiah repousou uma mão na minha perna, e eu enlacei nossos braços e descansei a cabeça no seu ombro. Sua respiração estava curta. Incrivelmente forte, Isaiah era delicado atrás das defesas construídas quando era um garoto que queria apenas proteger a irmã mais nova.

— Quando você viu os dois pela última vez?

— No julgamento. Eu tinha dez anos e fui a testemunha da acusação. Eles ainda vão passar décadas presos. O mais bizarro é que, por bastante tempo, me senti culpado por ter delatado os dois.

— Não é bizarro, Isaiah. É normal. — Eu me ajeitei para olhar em seus olhos. — Você foi um bom irmão para Emily e agora é um bom irmão para Naya. Precisa reconhecer os fatos.

Isaiah sorri, porém a tristeza deixa claro que não está convencido disso.

— Tô falando sério. O que aconteceu poderia ter te tornado uma pessoa fria. Em vez disso, você é... pura *luz*.

Ele prende um cacho atrás da minha orelha.

— Essa foi a coisa mais legal que já me disseram.

Então ele repara nas sobremesas esquecidas, e nós as dividimos como duas pessoas que não passaram por um enorme sofrimento.

Rótulos

DEZESSETE ANOS, TENNESSEE

— Ele beija bem — diz Meagan, quando entro na biblioteca na manhã de segunda-feira. — Né?

Eu me sento na sua frente e ergo timidamente os ombros.

— Anda — diz Soph. — Desembucha.

— Ela não precisa falar se não quiser, gente — diz Paloma, sorrindo. — Mas talvez queira.

Sorrio também.

— Ele beija *muito* bem.

As risadas são altas, fazendo com que a bibliotecária diga "xiu" para a gente, com um revirar de olhos benevolente. Mais baixo, Sophia comenta:

— Você parece feliz.

— Tô feliz.

Paloma aperta minha mão.

— Você contou sobre ele pros seus pais?

— Ainda não.

Antes eu não guardava segredos, mas agora a lista não para de crescer. Não me sinto bem escondendo Isaiah, como se ele não fosse importante.

— Meus pais amavam Beck e são leais aos pais dele. Não sei se entenderiam.

— Só tem uma maneira de descobrir — diz Meagan.

— Eu sei. Vou contar em algum momento. Mas Isaiah e eu ainda nem definimos nosso relacionamento. Não quero incomodar meus pais com algo que pode ser casual.

— Não é casual — Sophia rebate.

— Mas não sei se estamos juntos de verdade.

— Vocês estão juntos de verdade — Meagan declara, convicta.

Dou de ombros.

— Bom, por ora, prefiro guardar Isaiah só pra mim.

— Então faz isso — diz Paloma, assentindo decidida.

Mais tarde, estou sentada na banqueta de sempre na aula de cerâmica. Vou dar início a um novo projeto: a casinha que consta no programa da disciplina. Já peguei argila, rolo e guias, sem começar, porque estou oferecendo apoio moral a Paloma enquanto ela escreve para Liam, que vem se comportando como o maior babaca do universo — palavras dela, não minhas.

— Ele continua chateado por ainda não ter sido aceito — diz Paloma.

— Dá pra entender.

— Claro, mas ele quer que eu fique sofrendo junto. Você não acha que tenho o direito de comemorar o fato de já ter sido aceita?

— Todo o direito. Ele ainda vem na semana do saco cheio?

— Esse é o plano. Mas agora tudo tá meio no ar, sabe?

Ofereço um sorriso solidário.

— Sei, sim.

O celular dela vibra com uma mensagem. Paloma olha feio para a tela.

— Juro por Deus — murmura. — Parece que namoro uma criança — diz exasperada. — Se ele estivesse aqui, se a gente pudesse conversar direito, seria muito mais fácil.

Estendo o braço para jogar seu rabo de cavalo para trás.

— Relacionamentos à distância são sempre difíceis.

Ela digita furiosamente com os polegares.

— *Liam* é difícil.

— Ele não sabe a sorte que tem — uma voz sábia comenta.

Isaiah. Absorvo o perfume de zimbro e hortelã, minha pele faiscando de ansiedade.

— Oi — diz ele.

— Oi. — O simples cumprimento faz seu rosto se iluminar.

A mão quente de Isaiah toca meu pescoço, e ele se inclina para me beijar, como se fosse a coisa mais natural do mundo.

Paloma pigarreia.

Ela guarda o celular na mochila, ergue as sobrancelhas e comenta:

— Casual, é?

O sinal toca à medida que ela sai da mesa para buscar a casa em que começou a trabalhar na semana passada.

Isaiah se senta ao meu lado, cutucando minha argila disforme.

— Casual?

— As meninas queriam o status atualizado do nosso relacionamento hoje de manhã.

Seus lábios formam um sorriso incerto.

— E você disse que é casual?

— Eu disse que ainda não conversamos sobre isso.

Isaiah segura a base da minha banqueta para me puxar para perto.

— Isso é um lance casual pra você? — ele pergunta, baixinho.

Quando estou com ele, é como se eu segurasse meu coração nas mãos, ainda batendo. Isaiah me deixa mais feliz do que parecia ser possível no último ano. Ele faz com que eu acredite que talvez seja capaz de recomeçar. Só que tenho medo — *morro de medo* — do desconhecido. Como meus pais vão reagir? Como Bernie e Connor vão reagir? Como eu e ele vamos sobreviver à saída da escola?

Admitir a seriedade dos meus sentimentos por Isaiah seria uma despedida definitiva de Beck?

— Não sou do tipo casual — confesso.

— Nem eu. — Seus ombros relaxam. — Acha que a gente precisa de, tipo... um rótulo?

Estou entrando em território desconhecido. Beck e eu nunca tivemos esse tipo de conversa. Havia certeza. E reciprocidade. Com Isaiah, não faltam dúvidas. Mas gosto que ele esteja perguntando. Gosto que dê tanto quanto recebe.

— Não odeio a ideia de um rótulo.

Ele tira uma caneta da mochila. Estende a palma aberta e olha nos meus olhos. Ofereço a mão para ganhar um desenho.

— Então, eu gosto muito de você e... você gosta um pouco de mim.

— Gosto mais do que um pouco.

Isaiah sorri, concentrado no inseto alado que está rabiscando no meu pulso.

— E se eu disser que você é minha namorada?

— Então vou dizer que você é meu namorado.

Ele ergue os olhos e sorrimos juntos até que, ao fundo, vejo Paloma voltar para a mesa.

— Vamos ter companhia — digo —, então é melhor ir lá buscar seu projeto, ou vai presenciar a fofoca sobre o status do nosso relacionamento.

Isaiah faz que sim com a cabeça ao finalizar a antena curvada da libélula que desenha. Tampa a caneta e se levanta, passando uma mão pelo meu ombro ao deixar a mesa.

— E aí? — diz Paloma, se acomodando na banqueta.

— Vocês tinham razão — digo, enquanto ela tira o plástico da argila. — Não é casual.

Paloma sorri, satisfeita.

— Divido a mesa com vocês dois há tempo suficiente pra já saber disso.

Encontro

Quando o semestre começou, o armário da sala era utilitário, escuro, empoeirado.

Agora é o mundo maravilhoso das tentações.

Um toque do pé dela, um aceno de cabeça dele, uma piscadinha brincalhona.

Tudo o que ela precisa fazer é encontrar os olhos dele.

Ele se levanta primeiro e abre caminho casualmente, oferece à professora um sorriso inocente.

Poderia até entrelaçar as mãos atrás das costas e assobiar, a garota pensa, esforçando-se para não rir enquanto se junta a ele.

Nunca passa de alguns minutos.

O modo como ele desperta seus sentidos, a intensidade com que ela o deseja — mesmo quando já o tem — a deixa sem fôlego.

Ele vale o risco de ser flagrada.

Ele pega suas mãos e a beija na boca.

Ele a acende como uma tocha.

Ela o puxa até os fundos, escondidos pela porta parcialmente fechada, então acende o fogo dele também.

Ele penteia o cabelo dela para trás e diz:

— Acho que eu faria isso pra sempre.

Areia escorrendo

DEZESSEIS ANOS, VIRGÍNIA

Eu visualizava meu último verão com Beck como grãos de areia passando por um vidro afunilado.

No fim de junho, fomos à Rehoboth Beach com os Byrne, onde alugamos uma casa de praia. Beck e eu passávamos os dias brincando na água com as irmãs dele, e as noites caminhando pela orla. Comíamos sanduíches de manteiga de amendoim e mel sob o sol do meio-dia e patas de caranguejos frescos à noite, depois tomávamos sorvete artesanal como sobremesa. Voltamos a Rosebell bronzeados e felizes.

Um dia, no início de julho, acordamos supercedo e fomos a Williamsburg. Quando o Busch Gardens abriu, éramos os primeiros da fila. Andamos nas nossas montanhas-russas preferidas, fizemos carinho nos cavalos e comemos salsicha alemã e massa frita. Ficamos até a hora de fechar. No Toyota, a caminho de casa, agarrei a mão de Beck, de repente preocupada com o tempo se esgotando.

Enquanto o verão voava, nós corríamos para riscar itens da nossa lista do que fazer na capital antes de Beck ir para a faculdade. Passeamos pela região das embaixadas, comemos biscoito recheado na Ted's Bulletin e visitamos a ilha Theodore Roosevelt. Levamos Norah e Mae a parques em toda a cidade. Brincamos de jogos de tabuleiro com meus pais.

Fomos a festas com Raj, Stephen, Wyatt e Macy. Sem falar nas lanchonetes diferentes e nas maratonas de filmes de pijama.

Até que, em um sábado úmido de agosto, nosso tempo acabou.

Fui até os Byrne me despedir. A caminhonete de Connor estava na frente, carregada de caixas de papelão, plásticos e algumas malas. Eu sabia o que havia em cada uma, porque tinha passado a semana anterior ajudando Beck a arrumar as coisas. Estava tudo ali: roupas, tênis, faixas elásticas, a barra fixa para instalar no batente. As toalhas de banho limpas e a roupa de cama nova selecionadas por Bernie, porque o filho não estava nem aí para edredons. Beck escolheu levar uma dúzia de romances preferidos, que eu duvidava que ele encontraria tempo para reler. Fora cadernos, canetas, calculadora gráfica. Um notebook novo. Porta-retratos com fotos de sua família, dele, de mim. Os pertences dobrados, enrolados em plástico-bolha e encaixotados, uma vida inteirinha enfiada na caçamba de uma caminhonete.

Tive que desviar os olhos. A visão das coisas prontas para viajar mais de cento e sessenta quilômetros na direção sudoeste, onde seriam descarregadas no quarto de um alojamento que seria seu novo lar — *o novo lar de Beck* — me dava vontade de chorar.

Entrei na casa. Connor, Bernie e as gêmeas falavam na cozinha sobre o que escolheram para comer na viagem. Os cinco Byrne iam a Charlottesville: Beck e o pai na caminhonete, Bernie e as meninas na Subaru. O Toyota ficaria para trás. Segundo Beck, estacionar no campus era impossível. Eu tinha sido convidada a ir junto, e até queria, mas os Byrne estavam sofrendo com a mudança tanto quanto eu. Não pareceu certo me intrometer na despedida da família. Além do mais, ao colocar um mísero pé no dormitório, teria que ser arrastada para fora, me debatendo e aos berros.

Enquanto Norah gritava que queria uva-passa, Mae lutava por bolachinhas salgadas e os pais mediavam a discussão sem muita energia, eu desci ao porão.

Beck estava sentado na cama, segurando o celular.

— Ia te mandar uma mensagem agora mesmo — disse ele, sorrindo para mim. — A gente já vai sair.

Comecei a chorar.

Ele veio me abraçar.

— Nossa, Amelia. Não quero que você fique triste.

Permiti que Beck me abraçasse até que acabassem as lágrimas. Então recuei, limpando as olheiras de rímel com a alça da minha regata. Respirei fundo para me recompor, porque não queria que ele fosse para Charlottesville pensando que havia me deixado arrasada.

— Tudo bem. Eu tô bem. Tô *perfeita*.

— Mentirosa.

— Sério, Beck. De verdade. Fico muito feliz que seu sonho vai se realizar.

— *Nosso* sonho. — Ele deu um beijo na minha testa. — Se eu ainda não deixei claro, vou sentir saudade de você o tempo todo.

— Beck! — Connor chamou lá de cima. — Tá na hora de ir!

Na rua, Bernie enxugava as lágrimas enquanto acomodava as gêmeas nas cadeirinhas. Connor, que não era dos mais sentimentais, jogava para o alto a chave da caminhonete.

Bernie deixou Norah e Mae na SUV ligada e veio passar um braço sobre meus ombros e outro sobre os ombros do filho. Ainda estava chorando.

— Nossa, mãe — disse Beck. — A gente vai se ver em algumas horas.

— Você vai entender um dia, quando seus bebês alçarem voo.

Os olhos de Beck procuraram os meus. Eu imaginava a cena: nós dois em algumas décadas, diante de uma casa parecida com a dos Byrne, enquanto um filhote deixava o ninho. Mordi o lábio, tentando ser forte naquele que eu tinha certeza de que seria o pior dia do meu ano.

— Não vamos ficar segurando a Lia — disse Beck.

Bernie assentiu e me deu um abraço apertado.

— A gente vai sobreviver, meu bem.

— Eu sei. Cuidado na estrada.

Ela apertou meu ombro antes de subir na Subaru. Connor já estava na caminhonete, com o motor ligado. Beck me puxou; eu o abracei como se fosse a última chance, torcendo ao máximo para que nosso tempo separados passasse voando.

Quando nos afastamos, ele estava fungando.

— De repente tá parecendo real.

— Beckett. Não seja mole agora.

— Não. A gente se vê logo?

— Loguinho.

Então ele foi embora na caminhonete, de casa e do meu mundo.

Fraude

DEZESSETE ANOS, TENNESSEE

Numa tarde de sábado, meus pais saem juntos pela primeira vez em um século.

— Vamos ver um filme e depois jantar — diz meu pai, amarrando os cadarços do tênis Adidas. — Não quer mesmo vir junto?

— Certeza absoluta. — Mesmo que eles não tivessem escolhido uma comédia romântica e um bistrô cheio de mesinhas só para dois, eu jamais ficaria de vela.

De qualquer maneira, tenho um date também.

Minha mãe desce a escada aos pulinhos. Usa um vestido florido, tênis Veja branco e uma jaqueta jeans que pegou emprestada do meu guarda-roupa. Fez escova no cabelo cor de areia e parece feliz e animada.

— Meu Deus, Cam — diz ela, olhando para os tênis velhíssimos. — Você vai mesmo com isso?

Meu pai olha para mim.

— Você gosta, né, Millie?

— Adoro.

Dou uma olhada no relógio. Se eles não saírem logo, vou me atrasar.

— Na próxima mudança esses tênis vão pra pilha de doações — diz minha mãe.

— De jeito nenhum! — ele retruca, horrorizado.

Minha mãe dá de ombros com exagero.

— Você sabe como é a confusão das mudanças. Às vezes as coisas se perdem...

— Não sobrou nenhuma camiseta da minha fraternidade — meu pai lamenta, como se elas fossem um tesouro valioso.

— Deixa pra lá — digo, dando um tapinha no ombro dele e o conduzindo até a porta. — Vocês vão perder o filme se não andarem logo. Divirtam-se.

Da varanda, fico vendo os dois entrarem no carro. Meu pai diz algo à minha mãe. Ela sorri e abaixa a cabeça, o que me faz pensar que foi um elogio, talvez até um flerte. Então vão embora, como costumavam fazer quando morávamos na Virgínia, antes de Beck morrer, antes que as complicações dominassem nossa vida.

Engulo em seco o gosto amargo da culpa.

Eles não partiriam com tanta tranquilidade se soubessem dos meus segredos.

Encho as tigelas de Major com água e comida, visto um casaco e passo protetor labial, rumo à quadra de basquete.

Isaiah está lá com Trevor e Molly. Eles estão se alternando no arremesso, de brincadeira. De muito longe, Trevor faz uma cesta de três pontos, e Molly dá um beijo na bochecha dele. Então Isaiah, incomodado com o lance de sorte do amigo, se transforma ao me ver. Ele vem correndo, pega minha mão e me gira.

— Como é que você fica tão gata de roupa de academia? — Isaiah pergunta.

Dou risada. Estou usando legging cinza-escura, tênis Nike preto e casaco de moletom azul-claro com capuz. Abaixo o zíper para mostrar o que tenho por baixo: uma camiseta do time de basquete da escola que acabei de comprar.

— Se vou ser namorada de um craque do basquete, acho que o look precisa ser compatível.

Ele acaricia minha bochecha, e então me beija. Fico quentinha por dentro com o beijo. Ao fim, Isaiah desce a mão do maxilar para o meu pescoço, até que seus dedos encontram a gola da minha camiseta. Baixinho, ele diz:

— Amei.

Sou inundada por uma onda de emoções. É a primeira vez que Isaiah usa esse termo. Foi só um comentário sobre minha camiseta, ainda que ele pudesse ter empregado uma dezena de outros verbos. A escolha e o momento parecem um ponto de virada, algo que vou remoer antes de pegar no sono esta noite — e de que ainda vou me lembrar quando acordar amanhã.

Será que Isaiah está se apaixonando? Quando nossos olhos se encontram, os dele ficam dançando. Quando Isaiah fala comigo, sua voz é doce. Quando nos tocamos, seu corpo desarma, como imagino que deve acontecer quando relaxa depois de um longo dia. Isso não é amor? O conforto encontrado em outra pessoa?

Às vezes, acho que posso estar me apaixonando também. Mas também penso que sou uma fraude, e me preocupo em estar prejudicando esse garoto, ao oferecer apenas uma parte do todo.

Não sei se sou capaz de amar alguém como amei Beck.

Na ponta dos pés, beijo Isaiah. Ele me agarra. Sinto meu coração pesar até ficar leve como uma pluma.

Amor.

Talvez… É possível. E se?

— Isaiah! — Trevor grita. — Vamos jogar ou não?

Isaiah se afasta, revirando os olhos.

— Vamos jogar.

Ficamos um tempo na quadra, os meninos em disputas animadas, jogando a bola para mim e para Molly quando estamos atentas para conseguir segurá-la. Ao errar um arremesso por um triz, Molly corre para Trevor e pula de mochilinha nas suas costas. Ele segura as pernas dela, rindo.

— Você prometeu que a gente ia tomar sorvete quando terminasse aqui — diz ela. — Isso deveria ser...

— Agora — Trev concorda, se dirigindo a mim e Isaiah. — Vamos todos?

— Vão na frente — diz Isaiah.

Sem tirar os olhos do casal que se afasta, pergunto:

— Você não gosta de sorvete?

— Gosto, mas prefiro cookie.

— Eu também. — Dou uma conferida no relógio. Meus pais devem estar saindo do cinema, mas ainda vão ao restaurante, o que significa que resta mais de uma hora para mim. — Quer ir à Buttercup Bakery? Podemos buscar meu carro em casa.

Ele põe a bola embaixo do braço, segura minha mão e vamos embora.

Perto de casa, um sedã prata vira a esquina adiante. Mal presto atenção, de tão encantada com a risada e o calor de Isaiah. O carro desacelera à nossa frente. Ainda assim, demoro a processar aquilo.

É o Volvo da minha mãe. Ela está no banco do carona, meu pai ao volante.

Meu coração despenca.

Meu pai para ao nosso lado.

Abaixa o vidro.

Levanta os óculos escuros, os olhos cortantes.

Minha mãe fica em choque.

Solto a mão de Isaiah.

— Lia — diz meu pai.

— Achei que vocês iam jantar — digo, em tom monótono.

— E fomos — diz minha mãe, enquanto seus olhos se alternam entre mim e Isaiah.

Eu me afasto um pouco dele.

— Não tinha mais ingressos, então comemos mais cedo. — Meu pai pigarreia. — Não vai apresentar seu... amigo?

Olho para a cara fechada de Isaiah.

— Isaiah — consigo dizer. — Meus pais, Cam e Hannah.

— Coronel e sra. Graham — meu pai me corrige, e sinto que vou vomitar. Ele *nunca* sugeriu que meus amigos deveriam chamá-los de maneira tão formal. Da primeira vez que Paloma, Meagan e Soph vieram em casa, meu pai foi supercasual e simpático, e Beck sempre chamou meus pais pelo nome.

— Muito prazer. Lia e eu estávamos só...

— A gente se encontrou no parque — interrompo. — E Isaiah me acompanhou até em casa.

Ele me encara. Eu esperava confusão ou preocupação, talvez até raiva. Mas sua expressão vazia é muito pior.

— Isso — diz Isaiah, sem titubear, então aponta para a casa. — E agora que estamos aqui... que *você* está aqui, eu já vou indo.

Ele olha por cima da minha cabeça. Fica abrindo e fechando a mão que antes segurava a minha, provavelmente um reflexo de ansiedade.

Acho que eu faria isso pra sempre, Isaiah disse no outro dia.

— Falou, Lia. — Hoje ele se despede, indiferente.

E volta pela calçada, sozinho, com a bola de basquete debaixo do braço.

Mágoa

DEZESSETE ANOS, TENNESSEE

Ver Isaiah indo embora faz coisas terríveis com meu coração. E só piora quando penso nas consequências. Ele vai ligar para Marjorie e pedir uma carona. Vai se recolher na segurança do quarto. E vai ficar se sentindo um merda.

Por minha causa.

Atravesso o gramado até a porta da frente. Major vem correndo na minha direção, cheio de amor e carinho. Desvio direto para a sala de jantar. Sentada à mesa, fico aguardando meus pais enquanto olho para o quebra-cabeças incompleto, um arranjo de suculentas verdes.

Imagino que vamos brigar.

Quero brigar.

Já encaixei três peças quando eles entram.

Meu pai está agitado.

Minha mãe nem olha para mim.

Eles deixam as chaves, os telefones e as carteiras no aparador.

Meu pai diz:

— Não estamos bravos, Lia.

Não acredito nele.

Minhas amigas tinham razão. Eu devia ter contado sobre Isaiah. Seria difícil, mas isto — a mágoa de Isaiah, o choque dos meus pais — é muito pior.

— Só ficamos… surpresos — meu pai prossegue. — E confusos.

Minha mãe puxa o ar profundamente, trêmula.

— Quem é ele?

Não gosto de como os dois pairam sobre mim. Preferiria que se sentassem. Gostaria de ser tratada de igual para igual.

— É da escola. Fazemos aula de cerâmica juntos.

— Ele é… — A voz da minha mãe falha. Ela fica em silêncio, tentando se recompor. — Vocês estavam de mãos dadas.

Não faço ideia do que dizer. Sim, a gente estava de mãos dadas.

É tão ruim assim?

Parte de mim fica aliviada por eles terem descoberto. Outra parte gostaria de poder manter Isaiah só para mim, indefinidamente. E uma terceira está com vontade de entrar em combustão até que eu vire uma pilha de cinzas a ser varrida pelo vento.

Quem são meus pais para me interrogar por andar pela calçada com um garoto? Eu tinha quinze anos da primeira vez que me viram beijar Beck, e ficaram empolgadíssimos. Ao longo de meses, vinham falando sobre a necessidade de eu me curar, seguir em frente, trilhar meu próprio caminho. Ao testemunhar exatamente isso, revelavam sua hipocrisia.

Minha mãe se aproxima da cristaleira, onde o vaso que fiz no mês passado é exibido com orgulho. Parece a Torre de Pisa de tão torto. Meu pai se senta à mesa. Entrelaça as mãos e se dirige a mim como se eu fosse um soldado da sua tropa.

— O relacionamento de vocês é sério?

Respiro uma vez e penso em mentir. Não consigo. Não depois de já ter diminuído a importância de Isaiah lá fora.

— É um jeito de se dizer.

— Por que nunca ouvimos falar dele?

— Por causa disso. — Minha rispidez deixa os dois de queixo caído. — Porque vocês estão me olhando como se eu tivesse feito algo horrível. Como se estivesse renunciando ao meu destino. Eu sabia que isso ia acontecer.

— Lia... — minha mãe começa a dizer.

— Não tô fazendo nada de errado. Eu só quero... dar outra chance à vida. Vocês estão enganados se acham que não me sinto culpada quando estou com Isaiah. Ficam se iludindo por pensar que parei de sentir saudade de Beck. Acreditam que só sou capaz de amar uma pessoa?... Bom, talvez não me conheçam nem um pouco.

Os olhos do meu pai se enchem de lágrimas.

As mãos da minha mãe se unem, como em uma prece, e seu rosto adquire rugas de infelicidade.

— Só temos medo de que seja cedo demais...

— Não cabe a vocês decidir — retruco. — Vocês perderam o direito de ter uma opinião cinco minutos atrás quando trataram Isaiah daquele jeito... Que humilhação. Nem imagino como ele tá se sentindo.

Minha mãe dá um passo adiante.

— Desculpa. A gente sente muito.

Meu pai concorda com a cabeça.

— Vamos dar um jeito. Da próxima vez que ele vier, vamos consertar tudo.

Penso na mágoa que Isaiah deve ter sentido na calçada.

Não tenho certeza de que vai haver uma próxima vez.

Meus pais o magoaram, porém eu agi ainda pior.

Deixei que ele fosse embora.

Queda livre

DEZESSETE ANOS, TENNESSEE

Aguardo até domingo à tarde para mandar uma mensagem a Isaiah.

E aí, tá fazendo o quê?

Perguntei na maior cara de pau, porque não faço ideia de como reconstruir a ponte que derrubei ontem.

Em geral, ele responde rápido, mas demora quase meia hora dessa vez.

Nada.

Arrasada, mando um textão para Paloma, resumindo a minha burrada colossal. Enquanto Meagan e Soph vivem em uma bolha de felicidade e doçura, Paloma e Liam discutem bastante. Eles batem boca sobre questões importantes e triviais, porém são muito leais. Paloma é a melhor pessoa para me ajudar a encurtar a distância que criei.

Ela me liga depressa.

— Vocês têm que conversar cara a cara.

— E se Isaiah não quiser falar comigo?

— Então Isaiah não é quem você pensou que ele fosse.

— Paloma. — Um nó de preocupação está alojado na minha garganta. — E se eu tiver estragado tudo?

A resposta vem com uma compaixão que só faz eu me sentir ainda mais culpada:

— Então eu te ajudo a recolher os cacos.

Segunda-feira, na escola, meu estômago se revira. Meu horário só coincide com o de Isaiah na última aula, e quando chego à sala da sra. Robbins sinto meu corpo vibrando de ansiedade. Isaiah entra depois do sinal, roubando a chance de uma conversa.

Paloma me oferece um gesto solidário.

A professora nos lembra dos próximos prazos, depois nos deixa trabalhar individualmente.

— Vou continuar meu vaso. — Paloma olha para mim e acena com o queixo na direção de Isaiah, rumo às rodas de oleiro.

Ele também se levanta. Antes que possa se afastar, pego sua mão.

— Pode me ajudar a escolher um esmalte pro meu projeto?

A desconfiança é evidente em seus olhos escuros — Isaiah suspeita das minhas intenções —, mas acaba vindo comigo. Encosto a porta do armário, como fizemos todas as vezes em que entramos aqui juntos, me preparando para encará-lo.

Sua apatia me assusta.

— Estraguei tudo. — Vinha ensaiando esse discurso desde sábado à noite. — Agi como se você não fosse importante, o que não só é errado como também é o oposto do que sinto. Nunca tive que apresentar um garoto aos meus pais. Já seria esquisito em condições normais, mas na minha situação... na *nossa* situação... é pior. Ainda estou tentando me virar, e provavelmente vou cometer novos erros, mas tô aprendendo. E me esforçando. Eu juro que nunca mais vou te tratar daquele jeito.

Sua expressão é indecifrável.

— Você ficou pensando nisso o fim de semana todo?

— Pois é. Queria que a gente conversasse ontem, mas você não pareceu a fim.

— Não mesmo. — Isaiah me encara com tanta intensidade que preciso me segurar para não desviar o rosto. — Sua atitude foi bem zoada.

— Eu sei.

— Não vou fingir que entendo.

— Não espero que finja.

— Mas obrigado por ter pedido desculpa.

— É sério.

— Eu sei. Então... acabou? Nossa primeira briga?

Percebo um toque de humor em sua voz.

— Acho que sim. — Arrisco um sorriso. — Que tal ser a última também?

Isaiah descansa a bochecha no topo da minha cabeça. Eu suspiro, aliviando a ansiedade gigantesca que havia tomado conta de mim. Nas últimas semanas, mergulhei de cabeça no nosso relacionamento. Se Isaiah resolver me deixar — se eu o afastar de novo —, estou ferrada. Vai ser como se eu tivesse saltado sem paraquedas, em queda livre rumo à terra implacável.

— Não desiste de mim — sussurrei no algodão do seu moletom.

Isaiah me beija rapidamente, mas com bastante desejo. Então se afasta um pouco, como se a distância fosse uma necessidade, mais do que uma vontade. Ele acaricia meus braços, me prendendo no presente.

— Lia, mesmo que quisesse, eu não conseguiria.

Sorte grande

DEZESSEIS ANOS, VIRGÍNIA

Em outubro do meu segundo ano de ensino médio, meus pais me deixaram ir para Charlottesville com Connor, Bernie e as gêmeas. A princípio, os dois relutaram. Eu tinha dezesseis anos, era a única filha deles, podia ser bastante inocente e blá-blá-blá. Com certeza só conseguiam pensar em barris de cerveja e no tipo de farra em que eles próprios se metiam na faculdade. Tentei mostrar que encarava a viagem mais como uma visita à CVU do que um fim de semana sem muita supervisão com meu namorado, o que não era uma invenção completa.

    O outono se revelou bastante desafiador. Eu estava ocupada em Rosebell, me matando de estudar, atuando na coordenação do voluntariado e como vice-presidente do clube de francês, e passava o tempo livre com Macy, que virou minha vice-melhor amiga na ausência de Beck. Ele também estava ocupado, se situando em seu primeiro ano de faculdade. As disciplinas eram puxadas, e os treinos mais ainda. Além das aulas, Beck ia na academia, ficava na biblioteca ou com seu colega de quarto, James, que devia ter a agenda muito mais tranquila, porque ia a festas todo santo dia da semana.

    Às vezes, Beck parecia rabugento e sobrecarregado. Às vezes, eu comprava briga só para chamar sua atenção. Nos piores dias, eu me perguntava se havia sido um erro tentar manter o relacionamento vivo.

Saímos de Rosebell na sexta à tarde, ao fim das minhas aulas e do expediente de Connor. Ao longo do caminho inteiro, sentada no banco de trás da Subaru de Bernie enquanto as gêmeas viam filmes nos iPads no banco do meio, eu morri de ansiedade. Tinha passado um único fim de semana com Beck desde o início da faculdade, quando ele voltou para casa de carona a fim de comemorar seu aniversário. Eu queria que meu tempo na CVU fosse como aquele fim de semana: incrível.

E estava certa disso. Connor, Bernie e as gêmeas iam ao jogo de futebol americano no sábado, quando conheceríamos o campus e comeríamos todos juntos, porém logo voltariam para o hotel. Até onde meus pais sabiam, eu ficaria no dormitório do terceiro andar com a namorada de James, Trish, longe de qualquer pênis. A verdade era que James passaria o fim de semana com a namorada enquanto eu ficaria com Beck.

Quando chegamos, ele nos esperava na rua.

As gêmeas saíram da SUV para abraçá-lo na calçada. Bernie e Connor as seguiram. Não tive pressa, e aproveitei para esticar as pernas enquanto Beck abraçava a mãe e depois o pai. Enquanto Norah e Mae brincavam de pega-pega no gramado próximo, e Bernie e Connor tentavam impedir que elas trombassem com os alunos, fui ao encontro de Beck, que me recebeu de braços abertos. Ele enterrou o rosto no meu cabelo e inspirou fundo, como na primeira vez que dançamos, no baile. Como se tentasse gravar o momento nos mínimos detalhes.

Minhas preocupações perderam a importância.

Beck e eu estávamos juntos outra vez.

Connor e Bernie nos levaram a uma pizzaria. Beck ficou respondendo a um interrogatório sobre a faculdade, além de ajudar as irmãs a ligarem os pontos no cardápio infantil. Por baixo da mesa, sua mão encontrou meu joelho, subindo lentamente para o quadril. Quanto mais tempo passávamos ali, mais rápido meu coração batia. Quando Connor sugeriu pedirmos uma pizza doce também, eu quase explodi.

Os Byrne nos deixaram no campus e foram para o hotel. Beck e eu começamos a nos beijar já no elevador vazio, sem enrolação. Depois de tanto tempo separados, depois de tanto tempo com a família dele, discrição não era uma preocupação nossa.

Mesmo com as costas contra a parede arranhada do elevador e Beck beijando meu pescoço, consegui sussurrar:

— Vai ser hoje, tá bom?

Ele ficou me encarando.

— Tem certeza? — perguntou, a voz rouca.

Enfiei os dedos no cabelo dele.

— Absoluta.

As portas do elevador se abriram com um *tim!*

Beck sorriu, pegando minha mala pela alça e segurando minha mão. Atravessamos o corredor, eu com um friozinho na barriga o tempo todo. Ele se atrapalhou um pouco com a chave. Tínhamos feito tantas chamadas de vídeo que nem parecia novidade o quartinho com duas camas estreitas e uma TV desproporcionalmente grande.

O que estranhei foi a presença de James, revirando uma gaveta.

Embora já tivéssemos conversado um pouco nas ligações dos últimos meses, Beck nos apresentou a contragosto. James sorriu e continuou enfiando calças de moletom e desodorante na mochila. Deve ter notado o mau humor do colega de quarto.

— Já tô indo. Só precisava pegar umas coisas antes de ir pra Trish.

Beck continuou de cara feia.

— Você não deveria chegar nem perto desse quarto o fim de semana inteiro. *Anda.*

— Calma, cara! Só quero evitar qualquer interrupção.

Contive uma risada e me sentei à escrivaninha de Beck, que eu imaginava que tivesse sido arrumada por causa da minha visita. Ele murmurou, impaciente:

— Esse cara... puta que pariu.

— Bom te conhecer, Lia — disse James, fechando a mochila.

— O prazer é meu.

Ele abriu um sorrisinho para Beck, depois falou para mim, muito sério:

— Vou deixar o prazer pra vocês mesmo.

Beck pegou um par de meias enroladas da escrivaninha de James, bem mais desarrumada, e atirou nas costas dele. James saiu pela porta, com um sorriso malicioso.

Depois de me mostrar o lugar das malas, Beck me acompanhou até o banheiro do corredor e ficou de guarda enquanto eu lavava o rosto e escovava os dentes. Então voltou comigo até o quarto, onde eu teria privacidade para me vestir, e foi tomar um banho.

Já com o pijama que havia comprado especialmente para aquela visita — um shortinho preto com uma regatinha com detalhes em renda que faria minha mãe *cair morta* —, explorei o espaço de Beck. Seus lençóis eram de linho cinza, grossos e macios. Seu notebook estava na escrivaninha, junto com alguns livros e cadernos, uma caneca do Exército cheia de canetas e lápis, um porta-retrato com uma foto de Norah e Mae vestidas como a Rapunzel e um dinossauro, respectivamente, e outro com uma foto de nós dois na Tidal Basin. O frigobar continha garrafas de água e refrigerantes com cafeína; as prateleiras estavam lotadas de proteína em pó e barrinhas energéticas. James tinha uma porção de pôsteres esportivos na parede da sua cama — New York Mets, New York Giants, New York Knicks —, enquanto Beck havia escolhido uma tapeçaria em preto e branco.

Quando ele voltou, usava calça de moletom e uma das muitas camisetas da CVU que havia comprado ao ser aprovado. Seu cabelo úmido enrolava na nuca, e ele exalava um perfume familiar, aquele que eu associava com Beck e com os momentos mais felizes da minha vida.

Sua mão ainda estava na maçaneta, mantendo a porta entreaberta, quando seus olhos se fixaram em mim. Beck pareceu perdido por um momento, como se não tivesse certeza de que tinha entrado no quarto certo, então sua expressão ficou desacreditada, como se uma garota na sua cama fosse uma sorte enorme e incompreensível.

— Tudo bem aí? — perguntei.

Ele sacudiu a cabeça.

— Acho que sim.

— Se importa de fechar a porta?

Beck abriu um sorriso. E trancou a fechadura.

— James tem a chave?

— Eu mato esse cara se ele aparecer aqui antes de domingo à noite — disse Beck, vindo na minha direção.

Dei risada.

— Eu ajudo.

Eu me afastei para abrir espaço para Beck na cama. Ele se curvou para me abraçar, um parêntese diante da minha vírgula.

— Você foi muito boa pra mim nos últimos meses. Sei que tenho sido um namorado de merda, mas a faculdade é muito difícil, sem falar no arremesso de peso. Ficar longe de você é ruim pra caralho. Mas as coisas vão ficar mais fáceis. Tudo vai melhorar. Você sabe disso, né?

— Sei. E você não é um namorado de merda, Beck. Você é minha pessoa preferida no mundo.

Ele sorriu, depois me beijou de um jeito que senti até na alma.

Enlacei seu pescoço enquanto suas mãos passeavam. Logo, meu pijama tão lindo foi ao chão. Assim como a calça dele. Beck pegou uma camisinha na gaveta da escrivaninha. Embora já tivéssemos falado sobre proteção e eu confiasse na pílula que tomava, ele era um cara precavido.

E então aconteceu, Beck e eu, juntos da única maneira sem precedentes.

Eu havia lido artigos pragmáticos de revistas, textos picantes de blogs e romances açucarados, resultando numa visão relativamente holística do sexo. Macy tinha feito um relato sem censura e perturbador da sua primeira vez com Wyatt. Eu havia assistido a *American Pie*, *Lady Bird* e *Show de vizinha*. Sabia que devia baixar as expectativas, contar com falta de jeito, embaraço e desconforto, deixar de lado a ideia de fogos de artifício. Mas estar com Beck era mais do que alertas, conselhos e anatomia. Tinha a ver com o jeito como seu olhar procurava o meu, como ele cuidava do meu bem-estar, como murmurava seu amor. Ele entrelaçou nossos dedos. Beijou minhas têmporas, minhas clavículas, minha boca. E então vieram os fogos de artifício, porque Beck era atencioso e determinado, e nunca fazia nada pela metade.

Aí ficamos deitados na cama, ouvindo os sons do alojamento: música abafada, portas batendo, gritos ocasionais. Com seus braços me envolvendo, sua respiração ritmada no meu ombro, fiquei pensando no que ele tinha admitido mais cedo: ficar longe de mim era difícil. Sua sinceridade me deixava segura, assim como a consciência de que meus desafios também eram os desafios dele. Era mesmo árduo fazer um relacionamento funcionar à distância, com pouco tempo juntos, mas estávamos tentando. Beck podia ser sem noção e eu podia ser egocêntrica. Nós dois presumíamos coisas e às vezes não conseguíamos ser racionais.

No entanto, eu nunca o havia amado tanto como naquele momento.

Eu me aconcheguei em seu peito e, mais uma vez, escolhi Beck.

Arrasado

DEZESSETE ANOS, TENNESSEE

— Eu posso dar uma passada na sua casa? — Isaiah pergunta, a voz nitidamente tensa mesmo ao telefone.

É quase meia-noite de um dia de semana. Eu estava terminando a lição de casa no quarto, me esforçando para não pescar, mas agora estou mais do que desperta.

Ninguém liga tão tarde com *boas* notícias.

Analiso minhas opções rapidamente. Meus pais foram deitar há um tempo, mas não sei se já estão dormindo. Apesar da promessa de que iam se redimir com Isaiah na primeira oportunidade, duvido que gostariam que ele aparecesse a uma hora dessas. Major está sonhando na minha cama, mas vai latir se ouvir uma voz desconhecida em casa.

— Eu te encontro lá fora — digo a Isaiah.

Estou de calça de flanela e regata. Calço chinelos e pego uma blusa no guarda-roupa. É um moletom de gola redonda da Universidade do Mississippi, que já usei tantas vezes que as mangas estão cheias de bolinhas, mas é quentinho e tenho apego. Passo uma escova pelo cabelo e verifico meu reflexo no espelho da escrivaninha: já estive melhor.

Quando endireito o corpo, uma foto de Beck chama a minha atenção. Fui eu que tirei, no último ano dele na escola. Beck tinha acabado de sair de um treino e suas bochechas ainda estavam coradas. Ele sorria, por ter quebrado seu próprio recorde. Sinto a onda de tristeza com que já me acostumei. No entanto, em vez de ganhar força, ela se dissipa.

Quantos dias faz que ele morreu?

Nem sei mais.

Um dia, você vai parar de contar há quanto tempo ele se foi.

Ponho a mão no coração.

Protegido pela caixa torácica, bem ali, ele bate com ritmo. Mas por que não está doendo?

Não vai ser tão difícil pra sempre, Meagan disse em novembro.

Na ponta dos pés, desço a escada. Saio pela porta de trás e dou a volta até a entrada. Adiante, faróis cortam a escuridão. É a SUV de Marjorie. Ouço as solas dos chinelos batendo no concreto quando corro até a calçada.

No carro, Isaiah se estica para abrir a porta do carona. O time perdeu por uma cesta. O jogo foi em uma escola particular cara ao sul de Nashville, e eles precisavam vencer para passar para as eliminatórias. Imagino que a visita à meia-noite tem a ver com a derrota e o fim da temporada.

— Seus pais vão me odiar de verdade se te pegarem saindo escondida porque eu pedi — Isaiah comenta quando entro no veículo, longe do frio.

Ele está com a barba levemente por fazer e olheiras. Toco sua bochecha, que parece uma lixa.

— Eles não vão ficar sabendo. Sinto muito pelo jogo.

Isaiah dá de ombros.

— Não importa.

— Não?

— Bom, importa, mas aconteceu outra coisa. — Ele suspira e tamborila no volante. — Marjorie veio conversar comigo depois que Naya foi para a cama. A audiência é na sexta. Não tem motivo pra arrastarem mais o caso. Ela vai pra casa.

— Ah, Isaiah... Sinto muito.

De quase todos os ângulos, a notícia é boa. A família vai ser reunida. É a melhor opção para Naya e a mãe. Porém, já faz mais de um ano que Isaiah é seu irmão mais velho. A despedida vai deixá-lo arrasado.

— Fico feliz por elas — Isaiah comenta, e eu acredito nele, apesar da voz falhada. — Não sei por que a surpresa. O objetivo sempre foi Naya voltar pra mãe. A decisão tem o apoio da assistente social e de Marjorie, ainda que ela vá ficar triste com a partida.

— Isso... Não sei bem o que dizer.

Isaiah balança a cabeça, os olhos baixos.

— Vou sentir muita saudade.

— Eu sei. Mas nada te impede de visitar.

— Talvez Gloria impeça. Ter um filho tirado de casa, pra ser cuidado por uma pessoa desconhecida enquanto você se recupera, carrega um grande estigma. Eu não ficaria surpreso se a mãe de Naya não me quisesse por perto, lembrando de tudo o que deu errado. E não posso culpar a mulher por querer começar do zero.

Me compadeço por ele. Outra perda. Ponho a mão em seu braço.

— Que merda.

Isaiah ri, e o som, que lembra uma pedra batendo na água, toca meu coração.

— Obrigado por ter me deixado vir aqui. Marjorie e eu choramos bastante, o que já ajudou. Mas estar com você... nunca tive alguém assim, sabe?

Uma válvula se abre no meu peito, liberando um calor que viaja até a ponta das minhas orelhas, dos meus dedos das mãos e dos pés. Sei o que ele quer dizer: alguém que é a primeira pessoa que você pensa quando algo dá muito certo ou muito errado. Alguém que faz você sentir que talvez corra tudo bem, mesmo no meio de uma crise.

Eu tive uma pessoa assim. Depois, me recusei a acreditar que poderia haver outra.

Porém, mais gente acabou me encontrando.

Paloma, Meagan, Sophia.

Isaiah.

— Fico feliz por ser a sua pessoa — sussurro.

Ele abre um sorriso triste, passando os dedos pelo meu cabelo.

— Espero que, um dia, você me deixe ser a sua pessoa também.

Esculturas de cera

DEZESSETE ANOS, TENNESSEE

Quando chego em casa na tarde de quinta-feira, depois de passar uma hora tomando chocolate quente e comendo doces com as meninas na Buttercup Bakery, encontro meu pai cortando a grama na frente de casa. Minha mãe está cheia de energia, arrumando a sala, dobrando a roupa lavada, fracionando a ração de Major e preparando marmitas para esquentar no micro-ondas.

Eles vão para a Virgínia amanhã. Major vai passar alguns dias com a vice-comandante do meu pai, que vem se oferecendo para cuidar do nosso cachorro desde que o conheceu, no outono passado. Vou ficar sozinha de sexta à noite até quinta à tarde. Sinceramente, mal posso esperar.

Quando a noite cai, vou até o quarto dos meus pais perguntar sobre o jantar. Meu pai terminou com a jardinagem e está arrumando a mala. Minha mãe poderia estar se planejando para passar semanas em um transatlântico, a julgar pelas pilhas de sapatos, roupas e itens de higiene.

— Eu já ia pedir uma pizza — diz meu pai, enfiando um par de sapatos sociais pretos na mala. Ele tem que ir de uniforme, porque vai discursar na cerimônia. Vai ter o privilégio de ficar diante dos familiares, mentores e colegas do homenageado e dizer um milhão de coisas maravilhosas sobre seu melhor amigo.

Quase sinto vontade de ir também.

Minha mãe me observa.

— Você ainda pode mudar de ideia, se quiser. — Ela para ao dobrar mais uma calça. — Ainda dá tempo de comprar a passagem.

— Ah, não. Mas obrigada.

— Tem certeza? — meu pai pergunta. — Podemos passar na George Mason. Talvez até dê pra fazer uma visita.

Ele acha que estou esperando para descobrir se fui aceita na George Mason.

Sinto o rosto esquentar.

— Será que não dá tempo de ir até Charlottesville, Cam? — diz minha mãe. — Seria legal se Lia tivesse outra chance de ver o campus.

— Podemos fazer um bate-volta — meu pai responde, generoso.

— Não preciso passar na cvu. — Por um momento, o rosto dos meus pais se enche de esperança. — Vou me mudar pra lá no próximo semestre. Já paguei a taxa de matrícula.

Meu pai deixa uma camisa cair.

— O quê?

É minha última chance. Eles vão ficar furiosos, mas vão passar alguns dias fora. Até voltarem, as coisas já vão ter esfriado.

Não que isso importe.

Afinal, já era.

— Optei pela candidatura antecipada com compromisso. Tinha um prazo pra pagar a taxa de matrícula, e foi o que eu fiz.

— Mas você ainda não recebeu as outras respostas — diz minha mãe, chocada.

Eles não precisam saber que só me inscrevi na cvu. Eu poderia continuar com essa mentira. Ou agir com alguma integridade. Explicar as escolhas que me conduziram a um futuro na Commonwealth of Virginia University.

Um futuro que nem sei mais se quero.

— E não vou receber, porque só me inscrevi na cvu.

O rosto do meu pai fica pálido.

Minha mãe se senta na cama.

As costas dele se endireitam perfeitamente.

As mãos dela seguram os joelhos.

Como se fosse terrível ser aceita pela minha primeira opção.

— Como teve coragem, Lia? — minha mãe pergunta.

O rosto do meu pai se contorce, ultrajado.

— Nem sei mais quem você é.

Ele não grita. Ela não chora.

A expressão de ambos é inflexível, abatida pelo choque. Parece que foram esculpidos em cera.

— Pro seu quarto — diz meu pai. Quando não me movo, ele olha bem nos meus olhos e diz, firme: — *Agora*.

Baunilha

DEZESSEIS ANOS, VIRGÍNIA

Ao longo dos anos, Beck e eu discutimos por conta das coisas mais idiotas.

Qual filme assistir.
Qual era o melhor animal de estimação.
Quem era mais forte.
Qual era o melhor brinquedo do Busch Gardens.
Se Plutão era um planeta.
Se o Pluto era da mesma espécie que o Pateta.

Quando éramos pequenos, quase saímos no tapa ao brigar por quem era mais parecido com um GI Joe, meu pai ou o dele, o que nossas famílias acharam divertidíssimo.

Também tivemos discussões sérias. Discussões que moldaram a mim e a ele — que moldaram a *nós*. Discussões que, nos momentos mais pesados, pareciam batalhas monumentais.

Alguns dias antes de Beck vir da CVU para o feriado de Ação de Graças, ele me ligou, precisando de apoio. Disputava acirradamente com James: qual sabor de sorvete era o melhor do mundo?

— Beck gosta de baunilha! — James gritou. — Você sabia disso, Lia? Baunilha!

— É a única coisa que ele pede — falei, me encolhendo na cama. — Sem calda, sem granulado. No copinho, nunca na casquinha.

Beck riu, inabalável, e James grunhiu, como se a falta de personalidade daquela preferência provocasse dor física.

— Não consigo acreditar. *Baunilha*. Qual é seu sabor preferido, Lia?

— Ela gosta de pralinê — disse Beck, sem hesitar. — Na casquinha.

— Uma escolha respeitável. Sua namorada é bem mais interessante que você.

— Para com isso — Beck respondeu, em um tom leve. E para mim: — Acredita que ele tá enchendo meu saco por causa disso?

— Coitadinho — falei, enfiada debaixo do edredom, mas querendo estar lá para oferecer seu sorvete sem graça e tirar a lamentação da sua voz com um beijo.

— Baunilha! — James repetiu. — Por quê?

— Porque baunilha é sempre uma delícia — Beck falou como se fosse óbvio. — Não vou experimentar algo novo só pra me decepcionar depois.

James começou a listar sabores, como se eu e Beck nunca tivéssemos entrado numa sorveteria.

— Brownie, chiclete, coco queimado...

Fiquei ouvindo a discussão como ruído de fundo, porque estava focada no que Beck havia dito antes: *Não vou experimentar algo novo só pra me decepcionar depois.*

Será que aquilo se referia a mim?

Uma escolha segura?

James desistiu e foi a uma festa de fraternidade. Beck passou alguns minutos me contando sobre a prova daquela tarde. Ele estava certo de que tinha ido bem, embora o treino depois tenha sido ruim. Então quis saber sobre meu dia.

Mas acabei perguntando:

— Sou sorvete de baunilha?

Ele riu, meio sem querer.
— Quê?
— Sou como sorvete de baunilha pra você?
— Que papo é esse?
— Beckett. Você tá comigo porque tem medo de experimentar algo novo?

Ele riu outra vez, embora estivesse irritado, sem achar graça. Eu o visualizei sentado na cama, passando uma mão pelo rosto.

— Acho que essa é a pergunta mais absurda que você já fez.
— Você não disse que não.
— Porque me recuso a responder a algo tão absurdo. — Beck bufou. — Se você é sorvete de baunilha... Pelo amor de Deus, Lia.

Em três súbitos segundos, a conversa descontraída virou uma discussão.

A culpa era minha — eu sabia que sim. Tinha sido implicante sem um bom motivo. Mas fiquei brava por ele não me tranquilizar. Por não ter dito: *Você é o oposto de sorvete de baunilha. Você é divertida e empolgante.* Então, fui incapaz de segurar as palavras.

— Sou uma escolha segura, admite. Você poderia encontrar uma garota que é como sorvete de menta com chocolate. Mas, em vez de arriscar, se contenta comigo, uma garota que nunca decepciona.

Beck grunhiu.

— Você tá me insultando.
— *Eu* tô *te* insultando?
— Claro, porra. É essa a pessoa que você acha que eu sou? Um covarde que se contenta com qualquer coisa porque morre de medo de se aventurar?
— Talvez eu nem saiba quem você é — retruquei, na defensiva.

Ele soltou um longo suspiro.

— Não posso entrar nessa hoje. Tenho outra prova amanhã de manhã e duas horas de treino.

— Bom saber a posição que ocupo na sua lista de prioridades.

— Caramba, Lia. Você não podia esperar o fim de semana pra comprar briga?

— Não tô comprando bri...

Ele desligou.

Passei a noite acordada, consumida pelo arrependimento. Eu tinha provocado Beck. Pior ainda: não sabia por quê. Talvez andasse me sentindo negligenciada, com tudo o que estava acontecendo na bolha da cvu. Talvez andasse me sentindo sozinha, buscando qualquer tipo de atenção, como uma criança. Talvez estivesse projetando minhas próprias inseguranças. Não era como se eu me arriscasse. Em vez de fazer escolhas importantes, ou difíceis, confiava em uma previsão do futuro mais antiga que eu.

Talvez estivesse testando Beck — testando o destino.

Independentemente da circunstância, me sentia péssima.

A manhã toda, fiquei com os nervos à flor da pele, inquieta na casa vazia. Na Rosebell, não havia aula na semana do feriado de Ação de Graças. Meu pai estava passando dez dias no Havaí, a trabalho. Minha mãe vinha ralando mais que de costume, por conta da época de provas. Macy estava sempre com Wyatt. As horas passaram sem nenhuma mensagem de Beck, e eu mesma estava envergonhada demais para falar com ele, então decidi sair para almoçar.

Deixei o restaurante com a barriga cheia, mas me sentindo igualmente péssima.

Quando cheguei em casa, havia uma caixa de papelão na varanda. Endereçada a mim e com adesivos dizendo *Perecível!* e *Manter no congelador!* Peguei uma tesoura na gaveta da cozinha. Cortei a fita da embalagem, notando o nome do remetente: Scoop and Savor, uma sorveteria artesanal em Richmond. Encontrei um cooler com seis potes. Tirei um a um, formando duas pilhas na bancada. Meu sorriso só aumentava à medida que eu lia as etiquetas: lavanda com mel, chocolate com pedaços de brownie, pera com goiaba e pralinê de castanha de caju, creme com cookies e avelã, caramelo com sal marinho e marshmallow e... fava de baunilha.

No fundo da caixa, tinha um cartão. Um bilhete escrito em uma caligrafia caprichada.

Amelia,

E daí se você for sorvete de baunilha? É o meu sabor preferido. Sempre vou te escolher.

Beck

Eu que comecei aquela briga. Questionei sua devoção. Deixei que ele passasse a noite toda pensando que eu duvidava do seu comprometimento. Eu o obriguei a suportar uma prova e um treino pensando que não tinha certeza quanto a ele, quanto a nós.

Enquanto Beck gastou uma pequena fortuna comprando sorvete e mandando rapidíssimo até minha casa.

Liguei para ele

Tocou várias vezes.

— Oi — disse Beck finalmente, com voz de sono.

— Oi. Te acordei, né?

— Tudo bem. E aí?

— Só queria te pedir desculpa. Sou um pé no saco, Beck. E você é a melhor pessoa que eu conheço. Te amo. Te amo muito.

Ele riu.

— Recebeu o sorvete? — perguntou, meio grogue.

— Recebi o sorvete. Vamos tomar juntos no fim de semana?

— Por que acha que mandei um de baunilha?

Sorri.

— Você parece cansado. Tá tudo bem?

— Melhor agora que você ligou.

— Volta a dormir. Me liga depois.

— Tá bom. Te amo, Amelia Graham.

— Também te amo, Beckett Byrne.

Contra a corrente

DEZESSETE ANOS, TENNESSEE

Recebi ordens para ir direto da escola para casa na sexta à tarde, o que é detestável.

Isaiah não foi à aula de cerâmica e não respondeu nenhuma mensagem. Não paro de pensar na audiência e em Naya. Queria poder ir à casa dele, porém meus pais, que me dirigiram um total de dez palavras desde a confissão de ontem à noite, têm um voo hoje, e aparentemente pouca tolerância.

— Nada de sair da cidade — diz meu pai, pegando a carteira e as chaves na bancada da cozinha.

— Nada de receber amigos — minha mãe acrescenta.

— Nada de bebida — meu pai continua.

Ela fica boquiaberta.

— Lia não bebe, Cam.

O olhar dele é desconfiado, diferentemente do dela, em que ainda há certa confiança em mim.

— Sempre mande notícias de manhã — diz meu pai.

— E de noite.

— Nada de garotos.

Então... estou de castigo, mas sem supervisão.

Por mim tudo bem.

Lá fora, o céu está coberto por nuvens carregadas. Enquanto meus pais seguem com suas malas de rodinha e de alça, um trovão sacode a casa.

Minha mãe estremece.

— A gente adiaria a viagem se pudesse — ela pondera.

— Você tem sorte de não te obrigarmos a ir junto — diz meu pai, com a mão na maçaneta.

Eles só conseguiriam me botar no avião depois de uma bela dose de tranquilizantes. É inacreditável que achem que têm tanto poder. Os dois acreditam que podem influenciar minha escolha de faculdade, com quem eu saio e onde passo a semana do saco cheio.

Falta menos de uma semana para eu fazer dezoito anos.

— Divirtam-se na Virgínia — murmuro, indo até a escada.

Estou quase chegando no quarto quando fecham a porta da frente. Ouço com clareza o barulho da tranca. Então fico completamente apreensiva.

Eu deveria ter me despedido.

Deveria ter dito que os amava.

Não é como se eu não soubesse que é possível perder alguém querido num piscar de olhos.

No dia em que Beck morreu, minha mãe chegou em casa trazendo frango com amêndoas, arroz frito e rolinhos-primavera. Estava de ótimo humor. Era a véspera do Dia de Ação de Graças, ia nevar e meu pai estava voltando do Havaí. Ele já tinha desembarcado na conexão, e chegaria ao aeroporto de Washington logo cedo pela manhã.

Enquanto jantávamos, pensei em Beck. Horas haviam se passado desde a ligação para agradecer pelo sorvete. Eu estava um pouco incomodada com sua voz ao telefone: cansada, como se fosse ficar doente. Porém, Beck tinha tido uma semana acadêmica puxada, fora a programação de treinos sempre intensa. Ele não devia ter dormido bem na noite anterior. Como poderia?

Eu estava tentando não me preocupar quando o celular da minha mãe tocou.

Foi uma ligação surreal, como o momento logo antes de pegar no sono, quando tudo soa abafado, os músculos relaxam, as pálpebras pesam. Eu me lembro do medo na expressão dela. Do modo como ficou completamente pálida. Eu me lembro de como minha mãe se jogou em uma cadeira, como se suas pernas não tivessem forças. Eu me lembro das lágrimas se acumulando em seus olhos enquanto ela ouvia Bernie, palavras indistintas e tom histérico.

Minha mãe levou uma mão ao peito e disse:

— Estou indo. Chego em dez minutos.

Ela olhou nos meus olhos. Balançou a cabeça, abalada, e senti um aperto no peito.

Beck.

Então deu a volta na mesa assim que encerrou a ligação. Me pôs de pé e me abraçou.

— Beck está no hospital. Bernie e Connor vão a Charlottesville e precisam que eu fique com as gêmeas.

— Vou pra Charlottesville com eles.

— Você vem comigo. Norah e Mae precisam de você.

— *Beck* precisa de mim.

— Você não pode ir, Lia. Bernie disse... — Ela levou a mão à boca, contendo um soluço. Em meio às lágrimas, concluiu: — Ela disse que é sério.

Se eu estivesse no hospital, Beck moveria montanhas para me encontrar.

Endireitei as costas, imaginando que podia fazer minha mãe mudar de ideia.

— Mais um motivo para eu ir. Vou sozinha de carro.

— De jeito nenhum!

Estremeci, sentindo o pânico subir pela garganta.

Ela voltou a olhar nos meus olhos.

— Desculpa. Desculpa, filha. Contaria mais detalhes se soubesse. Eu deixaria você ir a Charlottesville se fizesse sentido. Mas não posso deixar que pegue a estrada a esta hora, não nessa situação, e vai nevar. Vamos comigo pra casa dos Byrne. As meninas precisam da gente. É o melhor que você pode fazer por Beck.

Fiquei imensamente confusa.

Fazia menos de seis horas que eu havia falado com meu namorado.

Ele estava bem.

Me liga depois, eu disse.

E ele respondeu: *Te amo, Amelia Graham*.

Beck morreu fazendo a coisa mais segura possível: cochilando na porra da própria cama.

Hoje, meus pais vão pegar um avião, em grande altitude, e seguir para a Costa Leste. Se houver um acidente, se eles *morrerem*, e nossa última interação tiver sido aquele sarcasmo, eu nunca vou me recuperar.

Estou prestes a correr escada abaixo para pedir desculpa, para ser totalmente sincera, dizendo *Sinto muito, sinto muito por tudo*, quando ouço a batida da porta do carro. Pela janela, vejo minha mãe no banco do carona do Volvo. Meu pai está carregando o porta-malas. Parece destruído, como se alguém tivesse pisado em seu coração com botas pesadas. Ele dá a volta e entra atrás do volante.

Meu estômago se revira de culpa.

Nuvens cinza-escuras pairam sobre a vizinhança, lançando sombras roxas. Um raio corta o céu; em menos de cinco segundos, um trovão ressoa.

Meu pai liga o motor e sai com o carro.

Eles vão embora.

Para a Virgínia.
Sem mim.

Lá fora, a chuva cai sobre o rio Hollow, mas aqui dentro está tudo assustadoramente quieto. Faz apenas algumas horas que minha família foi embora, porém já sinto falta do barulho das unhas de Major no piso de madeira, dos podcasts de história que meu pai sempre ouve, da movimentação da minha mãe na cozinha.

Ela mandou uma mensagem ao embarcar. Graças a uma breve trégua da tempestade, o avião logo ia decolar.

Eu deveria estar com eles.

Repito a ideia em voz alta.

— Eu sobreviveria a uma viagem à Virgínia — digo, hesitante. — Poderia abraçar Bernie, Connor e as gêmeas. Poderia assistir à cerimônia de Connor. Poderia estar presente por Beck.

Ele iria querer que eu fosse. Iria querer que eu fizesse um monte de coisa: confiasse no meu instinto, me arriscasse, corresse atrás dos meus sonhos.

Mas estou à deriva.

Até um peixe morto pode nadar com a corrente, meu pai costuma dizer.

Eu *poderia* ir à Virgínia.

E não apenas em teoria. Eu poderia fazer a mala. Poderia dirigir a noite toda. Poderia chegar a Rosebell — verifico as horas — amanhã bem cedinho.

Eu poderia nadar contra a corrente.

A tempestade volta a ganhar força. Vai ser péssimo se a luz cair.

A bola mágica na escrivaninha chama minha atenção. Eu já consultei aquilo tantas vezes, sei que há apenas vinte respostas. Dez a favor, cinco contra e cinco irritantemente vagas. Se eu fizer a pergunta que não sai da minha cabeça, tenho maiores chances de receber algum tipo de "sim". Porém, não quero que um brinquedo tome essa decisão por mim.

Sei o que preciso fazer.

Diante do guarda-roupa, de repente fico animada para pegar a estrada. O ar esfria, como se houvesse uma rajada de vento. Meus braços se arrepiam, e a janela castigada pela chuva continua fechada. Tudo está nos eixos. A não ser... pelo quadro de cortiça. Tem um retângulo exposto, o espaço negativo deixado por uma foto caída.

Eu pego a imagem. O mar de rostos sorrindo para mim me deixa pasma. Os Byrne e os Graham, reunidos no meu aniversário de dezesseis anos — em outra vida. Estou no meio, radiante, usando um vestidinho e uma faixa de "feliz aniversário". Beck segura minha mão, rindo. As gêmeas aparecem borradas em primeiro plano, brincando de girar. Nossos pais estão nas pontas, os meus ao meu lado, Connor e Bernie ao lado de Beck.

Nós oito juntos, como foi previsto.

Só que essa previsão estava errada.

Ou talvez não.

Beck e eu passamos dezesseis anos maravilhosos juntos. Ele me ensinou a viver com compaixão. Com zelo. Me mostrou como manter o bom humor nas piores situações. Graças a Beck, aprendi a florescer em qualquer solo.

Ele me amou incondicionalmente.

Porém, destino e eternidade não são a mesma coisa.

Interpretei errado o que a vidente disse à minha mãe muito tempo atrás, e isso deixou cicatrizes em mim.

De qualquer maneira, a cada dia que passa, estou melhor do que antes.

Tudo o que posso dizer é que seu coração vai se curar.
Passo um dedo pelo rosto sorridente de Beck.
Estou fazendo a coisa certa.

Rendição

DEZESSETE ANOS, TENNESSEE

Dirijo debaixo da chuva com minha bagagem no porta-malas do Jetta e os nervos à flor da pele, torcendo para que Isaiah esteja em casa. Preciso vê-lo antes de partir.

Ao atender a porta, Marjorie se esforça para sorrir.

— Nossa, você está toda molhada. — Ela acena para que eu entre. — Isaiah não avisou que você viria.

— Ele não está me esperando — admito. — Espero que não tenha problema.

— Imagina. — Seus olhos estão vermelhos e inchados, e ela tem um lenço enfiado na manga, como minha avó quando assistia a um filme triste. — O dia hoje foi difícil. Ele vai ficar feliz em te ver. Pode ir lá.

Subo as escadas até a porta fechada do quarto de Isaiah. Bato de leve.

— Oi? — diz ele, com a voz entrecortada.

— Oi. Sou eu.

Em um segundo, a porta se abre.

Isaiah me conduz até a cama, e eu me sento ao seu lado. Ele se debruça com os cotovelos nos joelhos, o rosto nas mãos, e solta um suspiro pesado. Estou encharcada da chuva, mas o abraço. Isaiah respira fundo, a inspiração curta e a expiração trêmula. Ficamos sentados na cama, abrigados entre as paredes da casa, até que a tempestade vá para o leste e a tensão no corpo dele diminua um pouco. Ele volta a suspirar, mais tranquilo agora, e me dou conta do motivo: confia em mim para ajudá-lo a superar as dificuldades.

Isaiah endireita o corpo e passa uma mão pelo rosto. Olha nos meus olhos e diz, como se eu tivesse acabado de chegar:

— Oi.

Passo os dedos pelo rosto dele, pela testa, pelo maxilar, pela bochecha quente, desejando ter um elixir, um amuleto, qualquer coisa para aliviar sua dor. Agora, mais do que nunca, compreendo o significado de *agridoce*. A volta de Naya à própria família é o resultado ideal para ela e a mãe, ao mesmo tempo que é um duro golpe no irmão de consideração.

— Quero dizer algo profundo, mas não sei se vai ajudar — falo.

— Pior que não. Nossa, foi horrível ver Naya ir embora.

— Você é um ótimo irmão.

Ele fica desolado.

— Não sou mais.

— É, sim — insisto, firme. — Não faz isso. Não diminua a influência que teve sobre ela, ou o efeito que ela teve em você. Perder alguém não apaga a marca no nosso coração.

Isaiah assente, fechando os olhos.

Acho que ele compreende que não é uma resposta genérica.

Vai ficando tarde. Tenho dez horas de viagem pela frente, fora o obstáculo da tempestade.

— Vou viajar.

Seus olhos se abrem na mesma hora.

— São só alguns dias — explico rapidamente. — Vou pra Virgínia. Preciso fazer isso, e se não pegar a estrada agora vou acabar arregando.

— Espera. Você vai dirigindo? Sozinha?
— Não tem problema.
— Lia... Seus pais deixaram?
— Eles não sabem. Estão no avião. Eu disse que não queria ir, mas mudei de ideia. É que... nem eu mesma entendo muito bem, mas vou me arrepender se não for agora mesmo. Com certeza.

Ele inclina a cabeça, oferecendo reprovação e empatia na mesma medida. Percebo que acredita que é loucura partir nessa jornada sozinha no meio da noite, porém a solidariedade é palpável.

— Entendo você querer resolver as coisas. Entendo mesmo. Mas são, sei lá, uns mil quilômetros? É longe demais. E se cansar de dirigir?
— Tomo um energético — digo, sem emoção.

Não cheguei a considerar as possibilidades.
— E se você se perder?
— Tenho GPS.
— E se o pneu furar?
— Eu troco. Meu pai me ensinou.

Isaiah dá um sorriso, sinal de que eu disse algo inesperado. Mas ele ainda não terminou.

— Odeio a ideia de você ir tão longe sozinha. Mil coisas podem dar errado.

Começo a ter dúvidas. Quero ir à Virgínia — *preciso* ir à Virgínia —, porém não gostaria de deixar Isaiah preocupado. O fardo do meu bem-estar não deve recair sobre ele.

Não me peça pra ficar, por favor, penso.

Isaiah diz meu nome, quase implorando, e eu fico receosa.
— Me deixa ir com você.

Antes e depois

DEZESSETE ANOS, TENNESSEE

Em menos de dez minutos, estamos colocando as coisas de Isaiah no porta-malas do Jetta.

Marjorie se despede na entrada, parcialmente coberta pelo guarda-chuva.

Não ficou muito animada com a partida, porém ouviu os motivos. Depois foi à cozinha separar comida e garrafas de água. Ela o abraçou, enfiando um maço de dinheiro no bolso da jaqueta dele.

— Só pra garantir. — Deu um beijo na bochecha de nós dois.

Eu dirijo primeiro. Isaiah fica em silêncio, olhando pela janela enquanto a noite tempestuosa passa voando. Não tenho energia para sustentar uma conversa. Fico pensando na última vez em que peguei essa estrada, na direção contrária. Em como estava desanimada, ainda que segura dos próximos passos. Agora é o oposto: fico otimista, na maior parte do tempo genuinamente feliz, porém o futuro é um buraco negro: vasto, misterioso e assustador. Assim, a música preenche o silêncio, graças a uma playlist que Paloma fez para mim quando mandei uma mensagem sobre a viagem de última hora, me desculpando por não poder conhecer Liam.

Pouco depois de Knoxville, paramos para abastecer. Faz frio e está desconfortavelmente úmido. Tem uns caras esquisitos de bobeira perto das bombas. Vou fazer xixi, depois compro bala e chiclete para a gente. Enquanto pago com o cartão de débito, vejo Isaiah recostado no porta-malas, de braços cruzados para se proteger do vento, aguardando o tanque encher. Seu cabelo está todo bagunçado e sua jaqueta está aberta, deixando a camiseta do time de basquete à mostra. Isaiah deve sentir o meu olhar, porque ergue o queixo na direção da lojinha de conveniência iluminada. Ele sorri para mim, apesar de tudo.

Isaiah é um ser humano exemplar. Um herói valente.

Sinto meu coração quentinho.

Preciso de um segundo...

... uma palavra nomeia o sentimento: *amor*.

Guardo a bala e o chiclete no bolso, corro para contornar o carro e ir até onde ele está. Isaiah me olha com cara de interrogação antes que eu me jogue, enfiando os braços por baixo de sua jaqueta para abraçá-lo. Ele ri e me abraça de volta. Não me solta nem depois que ouvimos a bomba do tanque parar automaticamente.

Passei a vida toda amando Beck. Era algo involuntário, como respirar. Como piscar. Com Isaiah, é diferente. Meus sentimentos são ponderados e conscientes, mas nem por isso menos especiais.

Meu coração está deixando o antes para dar um salto confiante rumo ao depois.

— Tudo bem? — Isaiah pergunta no meu ouvido.

Faço que sim com a cabeça, relutando em me afastar.

Ele ocupa o banco do motorista, e eu descanso no do carona. Isaiah pega as balas, virando na I-40 e depois na I-80.

— Como tá aí? — pergunto, no intervalo entre as músicas.

— Tudo certo. Feliz por estar com você.

— E… mais nada?

Ele dá de ombros.

— É só mais um obstáculo que vou superar.

— Você é muito incrível. Sabe disso, né?

Isaiah sorri para mim, retomando a concentração na estrada. Ele dirige com as mãos na posição dez para as duas, como meu pai me ensinou. Assim que virou o piloto, abaixou a música. Quer se manter alerta, talvez por causa do tempo ruim, talvez porque não dirige todo dia, talvez porque se preocupa com a carga. Independentemente do motivo, nunca me senti tão segura.

— Você devia dormir — ele sugere, perto de Kingsport.

— Tô ansiosa demais.

— Essa viagem… é bem importante, né?

Eu expliquei sobre a aposentadoria de Connor enquanto Isaiah enfiava roupas, sapatos e uma escova de dente na mala. Ele não fez muitas perguntas, mas fiquei com a impressão de que compreendia que aquilo envolvia mais do que aplaudir um amigo da família por fazer uma mudança na carreira.

— A gente se mudou de repente no verão passado — conto agora. — Quer dizer, fazia meses que eu sabia que viríamos pro Tennessee, mas quando olho pra trás é como se um dia eu morasse na Virgínia e, do nada, estivesse atravessando o estado no carro com meus pais. — Aponto o polegar na direção oposta. — Eu fugi das despedidas importantes. Deixei um monte de coisa pendente. Provavelmente até desfiz alguns laços — admito, pensando em Macy. — Me convenci de que estava fazendo a coisa certa ao cortar contato de repente. Facilitando tudo para todos. Mas comecei a perceber que fiz isso porque era mais fácil pra mim. Não pensei em mais ninguém.

— É um saco ver as coisas em retrospectiva.

— Pois é. — Dou um suspiro melancólico. — Isso tem acabado comigo.

— A gente não sai da nossa cabeça, revive as partes boas e fica obcecado pelas partes ruins. Nesse sentido, somos parecidos. Da primeira vez que a gente se beijou, passei semanas sem conseguir pensar em mais nada.

Cubro a cabeça com o capuz, para disfarçar as bochechas imediatamente vermelhas.

— Quero mesmo saber se o beijo foi uma das partes boas ou ruins?

Isaiah segura minha mão.

— Foi uma das partes boas, Lia. Foi uma parte boa pra caralho.

Me sinto uma traidora só de perguntar em voz alta, mas não consigo evitar:

— Você já teve *certeza absoluta* de uma decisão e, do nada, começou a se perguntar se não estava cometendo um dos maiores erros da sua vida?

— Você não tem certeza se quer estudar na cvu — diz Isaiah, como se tivesse passado os últimos minutos dentro da minha cabeça. — Qual é o problema? Não quer decepcionar seus pais?

Solto uma risada irônica.

— Meus pais *adorariam* que eu não fosse pra cvu.

— Então o que tá te prendendo lá?

— Bom, eu assumi um compromisso.

— E daí? Você não vai ser presa se não aparecer no primeiro dia.

— Tá, mas haveria consequências.

— É, do mesmo jeito que se você escolhesse um futuro que não condiz com a sua vontade. O que mais?

Engulo em seco.

— Beck.

Isaiah solta minha mão para segurar o volante. Porque a chuva apertou. Ou porque não quer me tocar enquanto falo do meu primeiro amor.

Na fatídica noite, minha mãe e eu ficamos na casa dos Byrne com Norah e Mae, que estavam dormindo quando chegamos.

Pouco depois da meia-noite, Connor ligou para avisar que Beck tinha morrido. Entrei num estado de choque assustador. Foi como se eu tivesse sido enterrada viva.

Escuridão, solidão, desesperança.

Minha mãe me ofereceu conforto de todas as maneiras possíveis, mas eu fiquei inconsolável.

Acabei subindo para o quarto dele. A luz estava apagada, e eu deixei assim. Meus olhos logo se adaptaram. O edredom era macio. Não havia nada sobre a escrivaninha. Nem pó na mesa de cabeceira. O quarto cheirava a sabão Tide, a Beck.

Eu me joguei na cama e afundei o rosto no travesseiro. Puxei o edredom até cobrir a cabeça. Meu corpo todo doía, porém a dor era mais excruciante atrás das costelas. Desesperada, eu tentava imaginar que ele estava comigo, respirando no meu cabelo, sussurrando que me amava, que me queria, que não conseguia imaginar um mundo sem mim. Chorei em silêncio, o tipo de choro convulsivo e torturante que faz os músculos se contraírem e a cabeça latejar. Por fim, quando o sol já nascia, caí exausta em um sono repleto de pesadelos que foi encerrado de repente ao som de passos descendo a escada.

Eu me sentei imediatamente, esfregando os olhos e pigarreando.

Meu peito se apertava de angústia.

Pela luz que entrava através da persiana fechada, já era dia, mas eu só queria voltar para debaixo das cobertas e mergulhar no sofrimento.

Mãozinhas bateram à porta.

Norah e Mae.

Eu me desemaranhei dos lençóis e obriguei meus pés a atravessarem o quarto. Do lado de fora, encontrei dois rostinhos idênticos, emoldurados por cachos loiro-avermelhados. Elas usavam pijamas iguais e tinham o mesmo sorriso. Engoli em seco, pensando em como essa expressão ia se desfazer quando descobrissem sobre o irmão.

— Te achei — disse Norah, como se as duas tivessem de fato procurado por mim.

— Por que sua mãe tá dormindo no sofá? — Mae perguntou.

Eu me esforcei para simular tranquilidade.

— Ela deve estar cansada.

— Por que sua voz tá assim? — Norah perguntou.

Limpei a garganta.

— Acho que tô ficando gripada.

Mae ergueu uma sobrancelha, desconfiada.

— Você não pode ficar no quarto de Beck com a porta fechada.

Fui sentar sobre o edredom revirado.

— Isso só vale quando Beck tá junto.

— Você dormiu aqui? — Norah perguntou.

— Dormi, sim. Eu não deveria fazer isso, mas por que não deitamos juntas mais um pouquinho?

Mae franziu a testa.

— Beck não gosta que a gente entre aqui quando ele não tá em casa.

— Acho que Beck não vai ligar — falei baixinho.

As duas se entreolharam, se comunicando daquele jeito especial e silencioso, depois se deitaram comigo. Passei os dedos pelos cachos delas, enquanto lágrimas escorriam por meu rosto.

Queria dormir e nunca mais acordar, como ele.

Agora, digo a Isaiah, por cima do barulho da chuva e dos limpadores de para-brisa:

— Beck estudou na CVU. Ele queria que eu fosse pra lá também quando me formasse. Charlottesville seria o início da nossa vida de casal. Depois da morte dele, continuei pensando que a CVU era o meu lugar. Achei que devia a Beck dar continuidade ao nosso plano, ainda que nunca tivesse sido o *meu* plano. Mas passei a enxergar que a menina que se inscreveu na CVU, e em nenhum outro lugar, estava perseguindo um fantasma.

Ele fica em silêncio, absorvendo a confissão. Desconfortável, eu avalio seu perfil: a testa sem rugas, o nariz imperfeito, os lábios volumosos, o queixo forte.

É o rosto de um guerreiro.

Finalmente, Isaiah escolhe as palavras com cuidado:

— Talvez você não esteja perseguindo um fantasma. E, sim, a pessoa que era quando estava com ele.

Aquela Lia, a Lia de antes, se foi. Está morta e enterrada, como seu primeiro amor, seu melhor amigo.

— Talvez — digo, apenas.

— E se você não for pra CVU?

— Então não vou pra faculdade.

Afirmo como se fosse o mais retumbante fracasso.

— Tá — diz Isaiah, e soa como *E daí?*. — Então você não vai pra faculdade no semestre que vem. Talvez até depois. Você poderia tirar um ano sabático. O que faria?

— Nunca pensei nisso.

Ele me encara, com os olhos brilhando à meia-luz.

— Talvez seja hora de começar a pensar.

Alternativas para a faculdade

1. voluntariado
2. mochilão (medo!)
3. curso técnico (do quê?)
4. curso livre (do quê? cosmetologia?)
5. estágio
6. trabalhar como vendedora
7. au pair (talvez)
8. escrever... alguma coisa
9. jovem-aprendiz (diferente de estágio?)
10. licença de corretora (dá dinheiro e não precisa de diploma!)
11. professora
12. alistamento (o que meu pai diria?)
13. vidente (*chorrindo*)

Voltar atrás

DEZESSETE ANOS, VIRGÍNIA

Acordo ouvindo meu nome.

Ao abrir os olhos, dou de cara com o para-brisa salpicado de insetos. O motor continua ligado, mas o Jetta está parado, e um vento quente sopra da ventilação. Endireito o corpo e fecho o diário, que caiu de cabeça para baixo sobre minhas pernas quando peguei no sono.

Estamos em um estacionamento, parados de ré numa vaga de onde dá para ver saída, a uns vinte metros de distância. O céu amanhece limpo.

— Onde estamos? — pergunto, prendendo um rabo de cavalo.

— Promete não ficar brava?

— Não. — Estranho sua expressão, ao mesmo tempo convencida e esperançosa.

De repente, sinto que fui atirada em uma piscina gelada. Estamos na Commonwealth of Virginia University.

Isaiah fez uma parada na cvu.

— Podemos ir embora se quiser — diz ele, soando preocupado. — Você estava dormindo quando saí da estrada. Parecia um anjo, não quis te acordar. Mas pensei que, se você desse uma volta no campus, se sentisse a atmosfera agora, talvez chegasse a uma conclusão.

Mantenho os olhos fixos na saída do estacionamento. Não sei o que dizer. Não sei nem se consigo encará-lo.

Em silêncio, desço do carro. Estico as pernas, a coluna, os braços. Então saio andando.

Logo constato que estacionamos perto da livraria. As calçadas estão vazias e o ar, úmido de orvalho. Não estou mais desorientada, apenas perdida.

Estou em Charlottesville.

E agora?

Dá uma volta, Amelia.

Estou no meio do campus. O estádio de futebol americano fica a sudoeste, o hospital a sudeste. A maior parte dos prédios com salas de aula e auditórios estão ao norte. Se virasse à direita, daria com a Academic Plaza, as construções de mármore e o gramado pitoresco. À esquerda, chegaria ao antigo dormitório de Beck.

Então viro à direita.

Passo por alguns alojamentos e pelo prédio de admissões antes de chegar à Academic Plaza. Pela hora, tudo está tranquilo. Da beira do gramado, olho para o coração da CVU: as calçadas vazias, a grama verde, as construções de tijolinhos aparentes, as flâmulas azuis e vermelhas penduradas nos postes de iluminação. O campus tem um espírito erudito inegável, e gosto disso.

Na minha última visita, Beck fez um tour comigo, para matar o tempo até encontrarmos sua família no estádio. Paramos bem aqui, sentados na grama e cercados de alunos, parentes e ex-alunos que tinham vindo para o jogo.

— Mais dois anos — disse Beck, passando um braço sobre meus ombros.

Eu me recostei nele.

— Mal posso esperar.

Na época, eu estava certa do futuro: tardes na biblioteca, fins de semana comendo pizza e indo a festas, noites encolhida na cama pequena demais do quarto de Beck.

Dezoito meses depois, levo uma vida que eu nunca teria imaginado.

Não sei quem sou sem você, eu disse na manhã depois da formatura dele.

Ainda não sei.

Mas estou começando a gostar da minha nova versão: Lia, independente de Beck.

Estou começando a acreditar que ela vai ficar bem.

Penso em James, que pediu transferência para concluir o segundo ano na Virginia Tech.

Agora entendo por que ele não conseguiu ficar aqui.

Pássaros cantam, motores roncam, alunos saem para a calçada.

— A cvu tá acordando, e eu também.

Deixo o gramado e vou para um banco. Fico sentada por poucos minutos quando Isaiah me oferece um copo de papel tampado.

— Mocha?

— Obrigada — digo, aceitando. — E o seu?

— Tomei no lugar mesmo. Queria te dar um tempinho.

Dou um gole. Está quente para caramba e tem bastante chocolate, exatamente como eu teria pedido.

Quando abaixo o copo, Isaiah pergunta:

— Quer mais?

— Café?

— Tempo — diz ele, sorrindo.

Balanço a cabeça. É suficiente.

Isaiah olha para o gramado, pensativo. Deixou um espaço enorme entre nós. Não pode ser agradável ficar me vendo de luto por um futuro impossível. O que o motivou a dirigir durante a noite e me trazer a Charlottesville? Por que ele comprou um café para mim e está sentado em uma universidade onde jamais estudaria?

A única coisa que sei é que fico grata por tê-lo ao meu lado.

— Da última vez que estive aqui, foi com Beck. Fiz uma visita no outono do primeiro ano dele, mais ou menos um mês antes da morte. Quando voltei a Rosebell, não tinha nenhuma dúvida: queria estudar aqui.

— Parece uma ótima universidade — Isaiah comenta.

— Pois é. Mas não acho que seja o lugar certo pra mim agora.

Ele olha nos meus olhos.

— Não?

— Até hoje de manhã, eu não conseguia admitir isso nem pra mim mesma. Sem Beck, a cvu se tornou... um *fardo*. Ele não ia querer que eu estudasse nesse lugar me sentindo assim. — Soltei uma risada seca. — Agora que caí na real, é tarde demais pra voltar atrás.

Isaiah balança a cabeça.

— Nunca é tarde demais.

— Fiz como você sugeriu. Ontem à noite, no carro. Pensei em alternativas.

— E?

— Tenho várias opções, na verdade.

Ele se levanta e me puxa.

— Me conta tudo enquanto a gente procura um lugar pra comer.

Incondicional

DEZESSETE ANOS, VIRGÍNIA

A viagem de Charlottesville ao norte da Virgínia passa num piscar de olhos.

Eu dirijo e insisto que Isaiah durma um pouco. Ele reclina o banco do carona e fecha os olhos, mas não sei se chega a pegar no sono. De qualquer maneira, a música me faz companhia: o restante da playlist de Paloma e outra que eu e Macy costumávamos ouvir quando éramos próximas.

Em Fredericksburg, paro de novo para abastecer. Deixo Isaiah no carro e corro até a lojinha de conveniência para comprar refrigerante. Na fila, mando algumas mensagens que me deixam receosa.

Primeiro, para meus pais. Envio um **Tudo bem aí?** no nosso grupo. Recebo um emoji de positivo do meu pai, seguido por uma foto: minha mãe, Norah e Mae à mesa da cozinha dos Byrne, cercadas de giz de cera, cola e purpurina, mostrando suas obras de arte com um sorriso no rosto.

Fofas demais — mal consigo esperar para vê-las.

Com mais um pingo de coragem, escrevo a mensagem que venho rascunhando mentalmente desde que Isaiah e eu pegamos a estrada ontem à noite.

> Oi, Macy. Sei que é péssimo entrar em contato só agora, quando preciso de um favor, mas... preciso

de um favor. Estou a caminho com um amigo e fiquei pensando se a gente não poderia dormir algumas noites aí, se você e Wyatt não se importarem com a companhia. Se não der, sem problema nenhum. Eu penso em outra coisa. Mas estou com saudade e adoraria te ver. Me fala, tá?

Releio minhas palavras, me sentindo babaca por pedir ajuda depois de tanto tempo a uma garota que abandonei, só que não tenho mais a quem recorrer. Quando decidi fazer a viagem, a ideia era ficar com os Byrne, mas quando Isaiah pediu para vir junto, eu soube que seria demais. Podemos ir para um hotel — tenho um cartão de crédito para emergências —, mas eu ficaria péssima se a reserva saísse do bolso dos meus pais.

No caixa, meu celular vibra.

Vocês podem ficar o quanto quiserem, amiga.

Sinto um quentinho no coração.

Macy manda o endereço. Eles estão morando em um apartamento perto da Universidade George Mason.

Suspiro aliviada.

Macy e Wyatt têm um capacho, o que me parece muito adulto. Diz *Só volte com um mandado*, mas ainda assim é um capacho. Tem uma espécie de palmeira num vaso debaixo da campainha. Tento pensar nos meus amigos cuidando dela, mas a Macy e o Wyatt que conheço são alunos do ensino médio. Ela gostava de drinques com gosto de fruta, calças boca de sino e violino. E poucas coisas o agradavam mais do que fazer uma sala cheia de gente rir. O casal que mora aqui é composto de dois universitários que pagam as próprias contas, fazem compras e talvez até tenham um armário para a roupa de cama. Estão vivendo o seu felizes para sempre.

É o tipo de fantasia que eu costumava alimentar, com Beck.

Ouço música: Haim, a banda preferida de Macy.

Fico nostálgica na mesma hora.

Isaiah pigarreia.

— Tocamos a campainha?

— Claro — digo, sem me mexer.

Com um sorriso consolador, ele toma a atitude.

A música é interrompida.

Passos se aproximam.

Meu coração martela minha caixa torácica.

Voltei para a escola duas semanas depois do Dia de Ação de Graças. Dezesseis dias após ter perdido Beck. Meus pais queriam que eu ficasse para o Natal. Praticamente me imploraram. Mas não importava se eu ia em dezembro, janeiro, maio ou dali a décadas. Voltar seria péssimo de qualquer maneira.

Sobrevivi à primeira metade do primeiro dia sem grandes incidentes. Recebi muitos olhares de pena. Os mais corajosos me ofereciam seus pêsames. Todos os professores frisaram que eu não precisava me preocupar com a matéria atrasada. Tolerei essas coisas, porque já eram esperadas.

A verdadeira surpresa foi o memorial no saguão do ginásio da escola. Alguém — provavelmente do setor administrativo ou da equipe de saúde mental — tinha mandado ampliar a foto de Beck do anuário. Ela estava exposta em um cavalete, cercada por flores, bichos de pelúcia e parafernália da equipe de atletismo. Velas eletrônicas piscavam, e havia pilhas de cartas e cartões até os vestiários, aonde fui ao notar aquilo.

O saguão pareceu esvaziar comigo parada ali, olhando para o rosto do meu namorado: seus olhos verde-militar, seu sorriso vivaz, seu cabelo acobreado. O sinal tocou. Eu estava atrasada para a aula de educação física, mas não me importava. Enquanto contemplava as lembranças deixadas para ele, eu me ajoelhei, sofrendo sozinha...

... até uma voz chamar meu nome.

Macy.

A gente não se falava desde o funeral. Ela mandou mensagem e ligou. Chegou a passar na minha casa na semana anterior, um dia depois de eu ter surrupiado as revistas de mulher pelada do quarto de Beck. Eu disse à minha mãe que não queria companhia. Ela ficou tentando me convencer do contrário, até que eu me sentei na cama e gritei para ser deixada em paz. Seus olhos se encheram de lágrimas. Minha mãe me obedeceu e mandou Macy embora. Passei o resto da tarde debaixo das cobertas.

Ali na escola, eu devia parecer igualmente arrasada, porque Macy se agachou ao meu lado e apontou para o memorial.

— Estão trazendo coisas desde que deram a notícia. Wyatt e eu devíamos ter te preparado. — Ela passou um braço por cima dos meus ombros. — Desculpa.

Eu não queria que Macy me pedisse desculpas.

Queria que ela me fizesse rir.

Queria que me desse uma bronca.

Queria que trouxesse Beck de volta e restaurasse a vida que eu conhecia.

Sua pena só fazia com que eu me sentisse ainda pior.

Eu me afastei, de pé.

— Não posso fazer isso, Macy.

Ela ficou confusa.

Eu não queria ouvi-la falar de Wyatt. Não queria ser lembrada do que ela possuía e eu tinha perdido. Minha inveja era absurda e injusta, mas muito presente.

— É muito difícil estar com você. Lembra demais o passado. Me faz querer acreditar que tá tudo bem. Que a qualquer momento meu celular vai tocar, e vai ser ele, e eu... não consigo.

— Lia, só tô tentando ajudar.

— Mas você não tem como ajudar. Não tem nada que possa fazer pra consertar isso, pra me consertar.

— Não quero *consertar* você.

— Quer, sim. E tá se esforçando demais.

Macy assentiu, mas dava para ver que não tinha entendido.

— Desculpa — disse ela outra vez. — Vou te dar mais espaço. Me manda uma mensagem amanhã. Ou na semana que vem. Quando quiser. Pode contar comigo. Com Wyatt também. A gente vai estar aqui sempre que você precisar.

A gente.

Meu estômago se revirou, ressentimento vindo à minha boca.

— Não — falei, firme. — Preciso que vocês saiam da minha vida. Você e Wyatt.

Ela nem acreditava.

— Lia...

Dei as costas.

E fui embora.

Macy também havia perdido Beck, mas em vez de ser uma fonte de conforto para ela, em vez de agir como *amiga*, eu a expulsei da minha vida.

Agora, me sinto febril, como naquele dia no saguão do ginásio. Isaiah deve notar minhas bochechas vermelhas, porque dá um aperto rápido na minha mão, um sinal de apoio. Assim que a porta se abre, ele me solta.

Macy.

Ela deixou o cabelo crescer abaixo dos ombros. Pôs um piercing de argolinha no nariz, mas continua ostentando óculos de armação grossa e um sorriso com uma fresta entre os dentes.

— Oi, Macy.

Ela vem me abraçar, rindo.

— Quanto tempo!

E abraça Isaiah também. Mas não demonstra se fica surpresa pela companhia ser um garoto. Ela nos leva para dentro.

— Wyatt chega logo mais — diz.

Macy nos mostra a sala de estar com mobília diferentona, a cozinha pequena com uma mesa para dois e o quarto do casal, com mesas de cabeceira que não combinam e almofadas com capa de pele falsa. O quarto de hóspedes é minúsculo e conta apenas com um futom, mas nem consigo acreditar que meus amigos têm um quarto de hóspedes. Deixamos nossas malas num canto, depois voltamos para a sala, onde Macy se revela uma excelente anfitriã servindo uma tábua de queijos.

Sorrio enquanto ela deixa cheddar, pepper jack, brie, torradinhas e uvas na mesa de centro.

— Você não precisava ter se dado ao trabalho, Macy.

— Claro que precisava. Vocês fizeram uma viagem superlonga. Agora comam.

Isaiah não precisa ouvir duas vezes. Enquanto Macy me conta sobre a faculdade — ela está cursando comunicação —, ele faz sanduíches de queijo com torrada, e de vez em quando me passa um pouco. Devoro, tentando não derrubar migalhas no sofá.

Não demora muito para Wyatt chegar, gritando de alegria, e me abraçar como se tivesse me visto ontem. Ele ajuda Isaiah a limpar a tábua e inicia uma conversa sobre os times da capital. Não sei por que fico surpresa com os dois se dando bem. Wyatt é animado e Isaiah é simpático, é claro que eles vão ficar amigos. Sorrio ao escutar os dois se aprofundarem nas vantagens e desvantagens do Washington Wizards em comparação com o Memphis Grizzlies.

Macy acena com a cabeça na direção da cozinha.

Eu a sigo.

— Fico tão feliz por você ter vindo — diz ela, assim que entramos. — Você não faz ideia da saudade que senti.

Vou direto ao ponto, me retratando como devia ter feito antes de me mudar:

— Desculpa, Macy. Por tudo. O modo como te tratei... as coisas que te disse naquele dia na escola. Foi da boca pra fora. De verdade. Entenderia se você não quisesse me ver nunca mais.

— Você estava na pior. Todos nós estávamos.

— Tá, mas te obriguei a se virar sozinha.

— Não tem um jeito certo de lidar com a situação — diz ela, simpática. — Confia em mim: fiz várias cagadas no processo. Wyatt sofreu muito. Ele ainda fica mal às vezes. Beck era incomparável. Uma estrela do caralho. Perder um amigo... se já foi horrível pra mim, nem imagino como foi pra você.

Assinto e seguro sua mão.

— Mas se eu tiver uma chance, vou ser uma amiga melhor.

— Eu sei. — Ela sorri. — Por que não compensa me contando tudo que rolou esse tempo todo? Começando pela história de como você conheceu o gatinho que tá sentado na minha sala agora.

Balançando

DEZESSETE ANOS, VIRGÍNIA

Na noite de sábado, depois de comer poke com Macy e Wyatt e tomar um banho quente que mal alivia as dores das dez horas de estrada, abro a porta do quarto de hóspedes e me deparo com Isaiah. Ele tomou banho antes de mim, e agora está sentado na beirada do futom, usando short e uma camiseta amassada.

Isaiah me lança um sorriso.

— Eu não estava esperando companhia quando fiz a mala. — De repente, fico muito consciente das minhas roupas: regatinha canelada e calça de moletom larga.

— O que você traria em vez disso?

Baixo os olhos para meu pijama e dou de ombros.

— Provavelmente a mesma coisa.

Seu sorriso aumenta.

— Que bom.

Guardo a nécessaire na mala, depois fico enrolando, nervosa demais para encará-lo. Passei a noite com um único menino até hoje, e analisei, planejei e fantasiei dormir com Beck por anos antes de irmos para a cama. Não foi igualmente pensado Isaiah e eu dividirmos um futom coberto por um lençol.

Ouço o piso ranger atrás de mim.

Passos cruzando o carpete.

O peito de Isaiah toca minhas costas de leve, e ele afasta minhas mãos da mala. Depois passa as palmas suavemente pelos meus braços. Começo a relaxar com a massagem no pescoço, nos ombros, pulsos e dedos. Fecho os olhos e me acomodo contra seu tronco, ficando extasiada em questão de minutos. Quando sou envolvida num abraço, solto um suspiro. Eu me sinto prestes a derreter e voar ao mesmo tempo. Então penso em como o dia deve ter sido difícil para Isaiah. Ele acabou de perder Naya, mas mergulhou na dor do meu passado, na vida que eu costumava dividir com outra pessoa.

Isaiah puxa minha mão, nos colocando frente a frente. Com voz de sono, diz:

— Não me importo de dormir no chão. Ou no sofá.

— Não. Não precisa.

— Tem certeza?

Eu me esforço para separar minhas necessidades e esperanças da tempestade de emoções na minha cabeça.

— Acho que sim — digo, pouco convincente.

— Posso ficar do meu lado da cama, se você quiser.

Avalio os contornos de seu rosto, o nariz torto, o sorriso incerto. O contato visual demora.

A alma dele oferecerá à sua um segundo par.

Então, minhas necessidades e esperanças se unem, e vejo claramente. Isaiah e eu, virando a página. Isaiah e eu, escrevendo um romance só nosso.

Suas mãos sobem pelas minhas costas, nossa respiração fica sincronizada.

Vou até o futom, puxo as cobertas e me sento.

— Quero que você deite comigo, Isaiah, e não quero que fique só do seu lado da cama.

Conversamos aos sussurros, tarde da noite.
Isaiah me conta sobre as cidades que vai conhecer no ano que vem. Os marcos históricos que vai visitar. As estradas pelas quais vai passar: Pacific Coast Highway, Rota 66, Great River Road.
— Você pode vir junto — diz ele, me puxando mais para perto.
Penso na agência de au pair que descobri ontem à noite na internet, enquanto ele dirigia. Penso na empolgação ao considerar os diferentes países que poderia escolher: Alemanha, África do Sul, Austrália — Austrália! Eu poderia passar um ano inteiro fora. Poderia fazer amigos, ganhar dinheiro e explorar o país dos meus sonhos.
Parece perfeito.
Assim como um ano na estrada com Isaiah.
— Pensa nisso — ele murmura. — Seria uma aventura. Uma aventura só nossa.

Saindo dos trilhos

DEZESSETE ANOS, VIRGÍNIA

Isaiah, Macy, Wyatt e eu passamos o domingo vendo filmes e comendo pipoca com manteiga feita no micro-ondas. Pedimos pizza no jantar, depois Wyatt e Isaiah começam a jogar *Madden NFL* no Xbox. Macy já tinha combinado de encontrar alguns amigos para estudar, e eu mando uma mensagem para Paloma, perguntando sobre a chegada de Liam a River Hollow. Ela responde rápido, confirmando que os dois estão superbem, e fico feliz. Com certa relutância, acabo mandando uma mensagem para meus pais, dizendo que tenho ficado em casa e me alimentado bem, a maior mentira.

Sinto medo do nosso reencontro amanhã na cerimônia, quando eles vão saber que não sou confiável.

Isaiah e eu vamos logo para a cama, porque vou ter que acordar cedo. Estou ansiosa para que o que rolou se repita, e a coisa já está se encaminhando até que ele se afasta.

— Que horas precisamos sair amanhã?

Para Mount Vernon.

Para a cerimônia de aposentadoria de Connor.

Ele acha... que vai comigo?

— *Eu* preciso sair às sete e quinze.

Estamos os dois no travesseiro dele, os rostos bem próximos. Sua surpresa é nítida.

— Você não quer que eu vá?

Eu me apresso para amenizar a dor em seu rosto.

— Não é isso. Não achei que você fosse querer ir. Não seria esquisito?

Ele se senta.

— Não sei, Lia. Seria?

— Meus pais vão estar lá.

— E não gostam de mim.

— Eles não te conhecem — corrijo.

Isaiah solta um ruído irritado.

Eu também me sento. Ajeito a regata e aliso o cabelo enquanto penso em argumentos razoáveis que não o magoem ainda mais.

Tudo o que consigo dizer é:

— Os pais de Beck vão estar lá.

— Jura?

Eu apoio uma palma em suas costas.

— Quero que você conheça meus pais. E que conheça Bernie e Connor.

— Quer mesmo?

— Quero, Isaiah. Só que amanhã não é o melhor momento.

— Não vai ter nenhum outro momento. Vamos pra casa na terça. Depois da formatura, vou passar um ano fora. E você, quem sabe?

Recolho a mão e sussurro:

— Não sei o que você quer que eu diga.

Ele olha nos meus olhos.

— Quero que você diga que superou o cara. Pode ser babaquice da minha parte, mas, nossa... se você não tiver superado, o que eu tô fazendo? Quero que diga que eu sou importante. Que se importa comigo. Que vamos seguir em frente juntos. Quero que você chame isso pelo que é.

— Como assim? — pergunto. — O que é?

— Você sabe. Você *sabe* que estou apaixonado. Mas não reconhece, não se permite sentir o mesmo. Você me mantém a certa distância, assim sua consciência não sai dos trilhos.

— Isso não é justo.

— Pois é — diz ele, infeliz. — Tô sabendo.

Aperto os dentes, tão frustrada que perco a capacidade de falar. Como Isaiah se atreve a dizer isso — *estou apaixonado* — e me insultar na sequência? Como se atreve a me pressionar, e depois concluir com *Tô sabendo*? Como se atreve a fazer com que eu me sinta amada e igualmente furiosa?

Eu visualizo o quebra-cabeça do nosso relacionamento, montado a duras penas, sendo empurrado da beira de um precipício, aterrissando com um baque devastador e espalhando as peças, a imagem irreconhecível.

Eu também o amo, de uma maneira que me sobrecarrega, fazendo com que eu sinta que estou a um beijo de me perder de novo.

Eu me permiti ser levada pelo meu amor por Beck. Ele nunca me pediu para mudar, para me sacrificar; nem precisou. Eu me entreguei. Deixei meus objetivos e sonhos de lado por vontade própria, e fiquei feliz. Talvez tivesse valido a pena, se Beck e eu fôssemos envelhecer juntos, talvez eu nunca chegasse a duvidar. Porém, agora sei bem demais que me entregar a outro relacionamento, a outro garoto, mesmo um garoto tão altruísta e legal como Isaiah, invalidaria um processo de dezoito meses de cura, de redescoberta de quem eu sou.

— Lembra o que você me prometeu na aula de cerâmica da semana passada? — ele pergunta, a voz meio embargada.

Eu disse que nunca mais o trataria mal.

E não é isso que estou fazendo.

Contendo meus sentimentos, eu sou gentil. Mantendo

distância, ofereço consideração. Indo à cerimônia de Connor sozinha, poupo Isaiah do estresse, do desconforto, da mágoa.

Estou tentando fazer a coisa certa, por ele e por mim. Só que tentar me explicar... Fico com medo de parecer relutante. Invento desculpas. Evito ser vulnerável.

Isaiah volta a se deitar, na beirada do futom, chateado com meu silêncio.

Eu me encolho, tomada pela tristeza.

Não posso levá-lo a Mount Vernon, de jeito nenhum.

Mensagens

LIA: Isaiah me odeia.

PALOMA: Até parece.

LIA: Estraguei tudo. Magoei o garoto.

MEAGAN: Então conserta as coisas.

LIA: Não sei como. Ele acha que não superei Beck.

SOPHIA: Poxa. ☹ Cadê ele?

LIA: Na cama.

PALOMA: E você?

LIA: Na cama.

SOPHIA: A mesma cama?

MEAGAN: Claro que sim.

LIA: Ele tá dormindo. A gente brigou. Ele disse umas coisas bem duras. E verdadeiras. Eu disse umas coisas erradas. O que eu faço?

PALOMA: Acorda o cara. Diz o que sente.

SOPHIA: Não acorda. Deixa ele dormir e esquecer.

MEAGAN: Acorda. Aí faz uma sedução que ele te perdoa.

LIA: Só você pra me fazer rir, Megs.

MEAGAN: Falando sério agora. Conversa amanhã, depois da cerimônia. Ele vai estar mais calmo, e você já vai ter passado por um lance dificílimo. Vai ser melhor.

PALOMA: Arrasou no conselho, Meagan.

SOPHIA: Um dos milhões de motivos por que amo essa garota.

PALOMA: Eu também.

MEAGAN: Lia? Você continua aí?

LIA: Sim. E se eu não for pra faculdade?

SOPHIA: Nunca?

LIA: Sei lá. E se eu tirar um ano sabático?

PALOMA: Boa!

MEAGAN: Apoio total.

SOPHIA: Mas e a CVU?

LIA: Mudei de ideia.

SOPHIA: Vai pra Austin Peay comigo e com Megs. Você pode começar no outro semestre.

PALOMA: Não, tira o ano inteiro! O que você faria?

LIA: Isaiah quer que eu atravesse o país com ele.

SOPHIA: Uau.

MEAGAN: Você gosta da ideia?

LIA: Muito. Mas tenho outras ideias também.

PALOMA: Tipo?

LIA: Trabalhar como au pair... na Austrália.

MEAGAN: Demais.

SOPHIA: Nossa. Muito legal.

PALOMA: A gente pode te visitar?

LIA: Claro.

SOPHIA: E Isaiah? E a viagem?

LIA: Talvez a Virgínia seja o nosso fim.

PALOMA: Não.

SOPHIA: De jeito nenhum. Mas isso não significa que você é obrigada a viajar com ele.

MEAGAN: É. Tira um ano pra você. Se encontra primeiro.

PALOMA: Vocês vão sobreviver.

LIA: Acha mesmo?

PALOMA: Com certeza. Você e Isaiah são os maiorais.

LIA: Falando nisso, as coisas continuam de boa com Liam?

PALOMA: Super. Ele saiu da lista de espera.

LIA: Quê?! Ele vai estudar na USC?

PALOMA: Comigo <3

MEAGAN: Toda apaixonadinha.

PALOMA: Ei!

MEAGAN: Relaxa, eu também.

SOPHIA: Awn!

LIA: Saudade de vocês.

SOPHIA: Saudade de você também!

PALOMA: A gente se vê quarta, no seu aniversário! Na Buttercup Bakery?

LIA: Fechou.

MEAGAN: Depois conta como foi aí.

PALOMA: Estamos aqui se precisar, amiga.

Alçando voo

DEZESSETE ANOS, VIRGÍNIA

Após uma noite de sono agitado, o despertador toca antes do nascer do sol.

A cerimônia de Connor. Às oito da manhã. Em Mount Vernon, a antiga residência de George Washington.

Tomo banho e ponho um vestido de manga comprida cor de vinho, meia-calça com losangos e botas marrons de cano curto. Então seco o cabelo e o prendo num rabo de cavalo arrumado. Faço uma maquiagem rápida, com o intuito de aparentar estar mais descansada do que me sinto.

Estou pegando a chave, o celular e minha bolsa na cozinha quando Isaiah surge na entrada, com cara de sono.

— Que horas você volta?

— Umas onze?

Eu passo uma mão por seu cabelo desgrenhado. Não estou brava como ontem à noite. Ao falar com as meninas, fiquei pensando… Isaiah não quer se intrometer na cerimônia de aposentadoria de Connor; só quer que eu deseje sua presença lá.

Ajeito meu vestido e pergunto:

— Você tá bem?

Ele balança a cabeça.

— Tô… sei lá. Tentando? Mas hoje o importante é você, sua família e a família dele. Não vou estragar tudo.

Isaiah nunca fala o nome de Beck. Não sei bem como se sente a respeito.

— Te mando uma mensagem na saída.
— Tá. — Ele baixa os olhos. — Dirija com cuidado.
— Isaiah.

Ele ergue o queixo, com frieza e o maxilar tensionado.
— Termina o que você veio fazer. A gente conversa depois.

Faz friozinho, porque ainda é cedo, mas o céu está aberto e o sol brilha forte. O dia perfeito para um evento desses.

Na estrada, logo fico presa no trânsito. Mudo de faixa o tempo todo, inquieta, tentando ganhar tempo, porém assim que entro numa pista melhor, o carro da frente pisa no freio. O relógio se aproxima das oito horas, até alcançá-la e continuar andando.

Quando consigo estacionar, estou superestressada. Faz anos que não venho a Mount Vernon. Passo pelo centro de visitantes e atravesso o Upper Garden correndo, na direção do Bowling Green, o gramado amplo diante da construção imponente. Chego no meio da cerimônia.

Meu pai discursa perante dezenas de pessoas, com seu uniforme de gala, sobre os anos do nobre serviço altruísta de Connor. Espero nos fundos, perto de um aglomerado de árvores, conseguindo ouvir porém não a ponto de causar uma interrupção. Vejo Bernie e as gêmeas, na primeira fileira, além de minha mãe e dos pais de Connor. Minha mãe está ao lado de Bernie, seu cabelo dourado à luz da manhã.

Só de olhar para essas pessoas que tanto amo, dá vontade de chorar.

Meu pai encerra seu discurso:
— É uma honra ter servido esta grande nação com você,

Connor, porém o meu maior privilégio no último quarto de século foi ser seu amigo.

Sinto uma onda de gratidão. Há muito tempo, a vida dos Byrne e dos Graham está interligada. Poder contar uns com os outros é uma tremenda sorte.

Se Beck estivesse aqui, eu pegaria sua mão.

Antes de discursar também, Connor aceita uma série de medalhas e certificados, com um sorriso ao mesmo tempo respeitável e travesso, muito parecido com o do filho.

Meu pobre coração...

Connor pigarreia ao fazer uma retrospectiva da carreira militar. Ele fala dos pais, seus primeiros apoiadores. Fala de Bernie, seu grande amor. Fala dos Graham, a família que escolheu. Fala das filhas, mensageiras da felicidade.

E fala de Beck.

— Meu filho mais velho não está mais conosco. Essa realidade ainda é insuportável. Foi em grande parte por conta de sua partida que escolhi deixar o Exército. Minha família precisa de mim... por inteiro. — Ele fica em silêncio, permitindo que a tristeza se dissipe com um suspiro. — Fora que estou velho e acabado demais, não vou mais conseguir fazer flexões no teste físico.

As pessoas dão risada. Além do cabelo castanho-avermelhado, Beck e o pai compartilhavam de uma leveza, um talento para a comédia. Sou grata por isso, porque fiquei esse tempo todo à beira das lágrimas.

— Agradeço por terem vindo hoje — Connor prossegue —, quer tenham enfrentado o trânsito da interestadual ou vindo de avião. Seu apoio confirma minha decisão de me aposentar. Seus rostos sorridentes me trazem conforto e muita felicidade. É curioso: quando sobrevivemos a uma dor profunda, as novas alegrias parecem muito maiores.

Um grito oco ecoa pela propriedade histórica.

Todos olhamos para cima, uma águia nos sobrevoando, as penas brancas de sua cabeça em forte contraste com o céu cobalto.

Ela grita novamente, mergulhando, se exibindo e exalando confiança.

Minha pele inteirinha se arrepia.

Beck está conosco.

Sempre estará.

Meus olhos retornam à cerimônia, e percebo uma mudança na expressão de Connor. Ele está estupefato — não olha mais para a águia. Fica olhando diretamente para mim. Talvez esteja processando a visão, para não registrar minha presença como uma miragem. Um sorriso se abre em seu rosto.

Bernie compreende o motivo da alegria do marido.

Está boquiaberta.

Minha mãe também.

Com uma mão, meu pai protege os olhos do sol, olhando onde estou a contraluz.

Em um uníssono perfeito, as gêmeas gritam:

— Lia!

Antes que Bernie possa segurá-las, elas atravessam o gramado correndo, rumo aos meus braços abertos.

Norah e Mae permanecem comigo até que a cerimônia seja oficialmente encerrada.

A águia paira por perto, mergulhando e se alçando no céu.

Connor precisa falar com os convidados, porém meus pais e Bernie vêm até onde estou com as gêmeas. Bernie me abraça antes de me passar para minha mãe. Ela também me abraça forte, acariciando meu cabelo. Então chega a vez do meu pai.

— Era pra você ter ficado em casa.

Por um segundo, acho que está bravo, mas logo vejo o carinho em seus olhos.

— Como você...? — minha mãe começa a perguntar.

— Vim dirigindo, na sexta à noite. Saí logo depois do avião de vocês. Eu... não podia perder isso.

Infringi as regras. Menti. Nossa dinâmica nunca sofreu tanto. Porém, torço para que me perdoem.

Minha mãe enlaça meus ombros.

— Tô tão feliz que você veio.

— Eu também — diz meu pai.

— Onde você dormiu? — Bernie pergunta, enquanto as gêmeas correm à nossa volta.

— Perto da George Mason, na casa de Macy e Wyatt.

Meu pai bagunça meu cabelo.

— Não consigo acreditar que você veio de carro sozinha.

Engulo em seco, torcendo para que seu bom humor sobreviva.

— Na verdade, Isaiah veio comigo.

Se meu pai fica bravo, não demonstra. Olho para Bernie, tentando descobrir se ela reconhece o nome, se minha mãe contou sobre o novo garoto em minha vida. Identifico dor em seu rosto, mas também aceitação. Ela oferece seus braços, e eu me entrego, desejando não ter passado um ano e meio evitando esse afeto.

— Que bom que você não estava sozinha — Bernie sussurra.

Ela sempre foi totalmente sincera comigo.

— Tá chateada?

— Não, meu bem. Imaginava que um dia você fosse seguir com a vida. O que você e Beck tiveram foi extraordinário. Seu próximo amor também vai ser.

Assinto, à beira das lágrimas de novo.

Ela sorri.

— Só quero que você seja feliz. Beck também ia querer. Ele ia querer que você vivesse, Lia. E que você amasse.

A águia faz um *CÁ* ressonante que corta a tranquilidade da manhã.

Acompanhamos seu mergulho sobre a propriedade, as asas bem abertas, o bico apontado na direção do rio Potomac.

Então ela desaparece, em meio ao brilho do sol da primavera.

Mudança

DEZESSETE ANOS, VIRGÍNIA

Os convidados se reúnem em um restaurante chamado Café Americana, para tomar brunch. Bernie e Connor reservaram uma sala. O bufê serve quiches, folhados, réchauds com ovos, salsicha e bacon, e travessas cheias de frutas. Fico atrás dos meus pais na fila. Ponho no prato abacaxi, bacon e um pão doce com cobertura de glacê, depois nos dirigimos a uma mesa vazia. Os Byrne estão sentados ali perto, com a avó materna e os dois avós paternos de Beck.

Meu pai me deixa comer uma fatia de bacon antes de perguntar:

— O que... — ele pigarreia — ... Isaiah ficou fazendo hoje de manhã?

Espeto um pedaço de abacaxi com o garfo.

— Ele tá me esperando na casa de Macy e Wyatt.

Minha mãe sorri.

— Foi legal da parte dele ter vindo com você.

— Também acho — diz meu pai. — E que bom que você tomou essa decisão. Sua presença na cerimônia facilitou suportar a ausência de Beck. Não só pra mim e pra sua mãe, mas principalmente pros Byrne. Não seria certo nenhum dos dois não estar lá.

É verdade. A águia sobrevoando Mount Vernon foi como uma confirmação de que vir para a Virgínia havia sido o certo a fazer. Depois de testemunhar a alegria dos Byrne com minha chegada, sei que devia ter feito uma visita antes, porém tenho orgulho de mim por ter aparecido quando era mais importante.

— Eu queria que Connor e Bernie soubessem o quanto me importo com eles. Queria que Mae e Norah soubessem o quanto amo as duas.

— Eles sabem — diz minha mãe.

— E amo vocês também. Não tenho demonstrado isso ultimamente, mas é verdade.

Minha mãe vem me abraçar, cheirando a jasmim e amaciante. Ela me aperta por mais tempo do que o esperado, então se ajeita e enxuga uma lágrima com o guardanapo.

— Quando estivermos de volta — diz meu pai —, queremos que Isaiah dê uma passada em casa. Ele só pode ser um bom garoto por te apoiar nessa viagem. Um bom amigo. Vamos conhecê-lo direito.

— Tá bom. — Depois de ontem à noite, eu não tenho certeza de que ele ainda vai querer alguma coisa comigo, muito menos ser legal com meus pais.

Por outro lado, hoje posso ser diferente. Posso começar a reparar meus relacionamentos. Posso voltar à rota. Olho primeiro nos olhos da minha mãe, depois nos do meu pai.

— Tem mais uma coisa que eu queria dizer... não quero mais estudar na CVU.

Meu pai solta o ar, aliviado.

Minha mãe pergunta:

— Por que a mudança?

— No caminho, Isaiah e eu paramos em Charlottesville. O campus sem Beck... não é igual. E nunca vai ser. Me arrependi da candidatura com compromisso. Estraguei tudo. Acabei com meu futuro, provavelmente.

— Não, filha — diz minha mãe. — Tudo tem conserto. Meu pai assente.

— Vamos entrar em contato com a CVU e explicar a situação.

— Mas o dinheiro...

Ele faz uma careta.

— Prefiro perder o dinheiro a deixar você naquele campus, sabendo que não vai ser feliz. Não se preocupe com a grana, Millie. Se concentre nos próximos passos. Depois da formatura. Depois do verão.

— Não vai ser uma faculdade. — Vendo como sua expressão se desfaz e minha mãe fica chocada, acrescento: — Ainda não. Preciso resolver algumas questões, só ser eu mesma por um tempo. Preciso de uma aventura.

Os dois se entreolham. Acreditam que a educação é importante. Sempre imaginaram que eu faria faculdade. Talvez digam que preciso estudar em algum lugar, criando mais conflito.

Mas talvez eles me apoiem. Talvez confiem em mim para abrir um novo caminho.

Acabo encontrando aprovação em seus olhos quando se voltam para mim.

— Que tipo de aventura? — meu pai pergunta, e meu coração se enche de amor.

— Ainda não sei. Só sei que quero fazer mais. Ver mais. *Ser* mais.

— Posso aceitar isso — diz minha mãe.

Meu pai abre um sorriso sensato.

— Não sou contra.

— Contra o quê? — Connor pergunta, dando um tapinha no ombro do amigo. Bernie se junta a nós, ocupando a cadeira ao lado da minha mãe, enquanto as gêmeas terminam de comer com os avós.

— Lia vai viver uma aventura — minha mãe anuncia. — Depois da formatura.

— Ah, um ano sabático! — diz Bernie. — Eu bem que queria que tivéssemos feito isso, Hannah. Imagine só as encrencas em que teríamos nos metido.

Connor ri. Meu pai também, revirando os olhos.

— Agora é tarde. — Minha mãe sorri. — Vamos ter que viver através da nossa garota.

— Isso! E depois a cvu. Que legal!

— Sobre a cvu — digo, torcendo para Bernie e Connor serem tão compreensivos quanto meus pais. — Eu... não conseguiria estudar lá. Não sem Beck.

Connor puxa meu rabo de cavalo.

— Faça o que é melhor pra você.

— Claro — Bernie concorda. — Estamos do seu lado, não importa qual seja a faculdade. Desde que não escolha a Mississippi State.

Meu pai acha graça.

— Ela é uma garota esperta.

Como de costume, eles se entregam às lembranças do tempo na Universidade do Mississippi.

Eu me ajeito na cadeira, entusiasmada com o futuro à minha frente pela primeira vez em muitos, muitos meses.

National Mall

DEZESSETE ANOS, WASHINGTON D.C.

Depois do brunch, levo Isaiah para Washington D.C.

Porque ele veio até aqui, e precisa ver o que nossa capital tem a oferecer.

Porque, se eu sobreviver a um passeio pelo National Mall, vou sobreviver a qualquer coisa.

Porque devo uma explicação a ele.

E um pedido de desculpa.

Pegamos o metrô, descemos na L'Enfant Plaza e caminhamos até a Tidal Basin. O dia esquentou, e as cerejeiras estão carregadas de botões cor-de-rosa. Passeamos pelos caminhos movimentados, contornamos a água e passamos pelo Jefferson Memorial, onde um nó se forma na minha garganta.

Respiro para suportar o pior e sigo em frente.

Damos uma olhada no FDR Memorial, um dos preferidos do meu pai, então seguimos para o Martin Luther King Jr. Memorial. Isaiah o observa com reverência. Está quieto — sei que não esqueceu a noite passada —, porém fico grata por ele ter aceitado o passeio turístico. Não consigo imaginar como seria retornar pela primeira vez ao National Mall com outra pessoa.

Nós nos aproximamos do Lincoln Memorial, melancólicos.

Eu consigo: vou subir a escadaria até o fim.

Estou bem, com certeza.

Depois de alguns degraus, já começo a duvidar.

Eu me viro para o espelho d'água, respirando com dificuldade.

Gosto de você pra caralho, Beck disse antes do beijo, quando reivindicamos nosso destino.

Eu me assusto ao ser tocada no ombro.

— Tudo bem?

Faço que sim com a cabeça, embora nada esteja bem. *Eu não estou bem.*

— Quer continuar subindo?

— Vai sozinho — digo.

— Sem você?

A última coisa que quero é que ele continue sozinho, porém meu corpo se rebela.

Meus pulmões parecem lentos.

Meus músculos tremem.

Minha visão escurece.

Assinto de novo, decepcionada comigo mesma. *Puta* comigo mesma. Então me sento em um degrau frio e duro para acompanhar o progresso de Isaiah com os olhos. Já na metade do caminho até a estátua, ele espia por cima do ombro. Nossos olhares se encontram. Isaiah ergue a mão esquerda num aceno fraco. Sorrio para incentivá-lo, a respiração normal de novo.

Ele volta a subir.

Uma família me chama a atenção: dois homens de mãos dadas, um menino e uma menina mais ou menos da mesma idade, salvo uma pequena diferença de altura. Os dois brincam perto da água, e o pai mais corpulento fica tentando segurar os dois, que riem, cheios de energia. Eles brincam como Beck e eu na infância: livres, radiantes.

Então eu ouço, bem baixinho, no meu ouvido: *Vai, Amelia. Brinca. Ama. Viva.*

E faço uma promessa...

Vou abraçar meu novo destino.

Eu me volto na direção de Isaiah, só que ele desapareceu, no alto do memorial.

Nem fico pensativa: subo os degraus correndo, desviando dos turistas, concentrada no topo. Quando chego, estou eufórica, minha coragem recém-descoberta é tão sólida quanto o mármore sob meus pés.

Isaiah é apenas um entre muitos em torno da estátua de Lincoln, observando o rosto esculpido do presidente. Eu me aproximo com passos rápidos e confiantes, até encontrar suas costas e envolvê-lo com os braços. Sinto que Isaiah se assusta, mas assim que entrelaço os dedos e encaixo a bochecha no meio das suas omoplatas, ele solta um suspiro, as costelas se contraindo e os pulmões se esvaziando. Depois me puxa junto ao peito. Sinto seu coração batendo sob o moletom e o casaco. O meu bate forte também. Ficamos assim um longo tempo, montando nosso quebra-cabeça juntos, em silêncio.

Isaiah enfim se afasta para me olhar.

— O que mudou?

— Finalmente fiz as pazes com o que eu quero.

Ele sorri, então me conduz na direção do sol, degraus abaixo.

De mãos dadas, damos a volta no espelho d'água, parando no Washington Monument, onde sentamos num trecho de grama, com vista para a direção de onde viemos.

Isaiah tinha razão: eu estava sendo cuidadosa, com meu coração e com o dele.

Relutava em confiar, tanto em mim quanto nele.

Em vez de valorizar o passado, deixava que ele me controlasse.

— Desculpa por ontem à noite — diz Isaiah, antes que eu tenha a chance de compartilhar o que descobri. — Eu não deveria ter pedido para ir à cerimônia. E não deveria ter dito tanta merda, mas fiquei com ciúme. Sei que é zoado. Como posso ficar ressentido por um cara que nem pode competir comigo?

— Mas não é uma competição. Nunca foi.

— Eu sei. Ele... *Beck*... sempre vai ser parte da sua história, e não respeitei isso. Não te culpo por estar brava.

— Não tô brava. Não mais. Mas você precisa entender que nunca vou esquecer Beck. Ele foi minha infância. Meu melhor amigo. Meu primeiro amor.

— Eu entendo. E tô começando a entender... que tenho que agradecer a ele por quem você é hoje.

Sorrio.

— Ele gostaria de você, se tivesse te conhecido.

Isaiah gira o anel no meu dedo.

— Não sei, não.

— Eu, sim. Quando ele morreu, achei que tinha perdido a chance de ser feliz. Como isso seria possível, em um mundo sem Beck? Sei que ele teria gostado de você, porque você me mostrou que a capacidade de amar do meu coração é infinita. Tem espaço pras lembranças de Beck e pras lembranças que a gente vai criar.

Os olhos dele brilham de esperança.

— O que você quer dizer com isso?

Entrelaço nossos dedos.

— Em algum momento, me apaixonei por você.

Ele sorri.

— Eu me apaixonei logo no primeiro dia.

Dou risada.

— Quando chorei na sua camiseta, depois te ataquei enquanto você esperava a carona? Você devia ter fugido na hora.

— Então eu não estaria aqui, com uma garota que faz o futuro parecer muito menos assustador. Eu falei sério, Lia. Minha viagem pode ser a *nossa* viagem.

Balanço a cabeça.

— Não. Por mais que eu queira ir junto, preciso passar o próximo ano vivendo por mim.

— Você vai pro outro lado do mundo, né?

Sorrio e empurro o ombro dele de leve com o meu.

— Espero que sim.

Isaiah abre minha mão e, com o indicador, desenha um coração na minha palma. Arregaçando minha manga até o cotovelo, traça uma série de corações pelo braço. Quando acaba o espaço, ele diz, baixinho:

— E depois de um ano? Quando acabarem as aventuras?

— Então podemos começar uma nova aventura. Juntos.

Ele segura meu queixo e passa o polegar pelo meu lábio inferior antes de beijá-lo.

— Juntos — Isaiah sussurra.

Epílogo
Previsto

UM ANO ANTES

Alguns meses depois da morte de Beck, botei na cabeça que precisava consultar uma vidente.

Aos dezessete anos, minha mãe teve seu futuro previsto, um futuro que se tornou uma bússola, profetizando os eventos mais significativos da própria vida. Agora, eu confiava que uma previsão reconquistaria o foco perdido com a partida de Beck — com a perda do meu destino.

Fuçando na internet, encontrei uma vidente em Arlington. Ela se chamava Jasmine e, pelo menos na foto do site, não parecia perigosa. Marquei uma consulta em uma tarde fria no início de março. Levei uma eternidade para chegar lá. Quando me vi diante da fachada — *Leituras da Jasmine* —, estava megatensa.

Um sininho tocou quando empurrei a porta. Havia uma salinha que me fez questionar se minha mãe tinha ficado nervosa antes do seu atendimento, tantos anos antes.

Uma porta nos fundos se abriu, revelando uma mulher. Nos filmes, videntes usam mantos, uma série de pulseiras metálicas, cabelos com tranças elaboradas. Mas Jasmine poderia estar indo ao mercado, de calça cáqui, blusa de tricô e botas marrons. Maquiagem leve e cabelo castanho solto. Ela me olhou de cima a baixo antes de abrir um sorriso.

— Lia Graham?

Confirmei com a cabeça.

— Você não parece uma vidente.

Seu sorriso de repente ficou confuso.

— Você não parece alguém precisando de uma leitura.

— É uma observação casual ou uma conclusão profissional?

Ela ergueu uma sobrancelha.

— Vamos pra minha sala?

Eu a segui até um espaço não muito diferente do consultório da psicóloga que vinha me atendendo: havia uma escrivaninha, um sofá, uma estante cheia de livros, trepadeiras. Nada de mapas celestes, búzios ou ossos. Nada de incensos ou cartas de tarô.

Jasmine apontou para o sofá. Eu me sentei.

Ela relaxou na poltrona a minha frente.

— Bom, Lia, o que você quer saber?

Hesitante, eu me enrolei:

— Acho que... eu só... preciso saber o que devo fazer. Sabe? Com... a minha vida.

Ela olhou para mim, em silêncio, por um longo tempo. Seria de se esperar certa inquietação, mas o que senti foi uma exposição absoluta e um desconforto profundo, como se ela revirasse todos os meus segredos. Mas não desviei os olhos. Devia ser importante continuar vulnerável.

— Você sofreu uma perda. — Seu tom era bastante profissional.

— É tão óbvio?

Jasmine abriu um sorrisinho contido.

— Você está... perdida. Mas isso não vai durar pra sempre.

— Promete? — digo, numa tentativa boba de fazer graça.

— A perda é recente — ela prosseguiu, seca.

— Faz noventa e nove dias.

— Ele era importante pra você. Suas vidas estavam interligadas.

Meus olhos começaram a arder, minha vista embaçou.

— Ainda sinto que estão — falei, baixinho.

— Você não esperava que ele morresse.

— Não.

— E agora... sua alma perdeu seu espelho.

A mulher de quem falei, o espelho da sua alma, dará à luz a pessoa destinada à sua filha.

Um arrepio percorreu o meu corpo inteiro.

Entrelacei as mãos, tentando conter as lágrimas.

Ao encarar minha óbvia tristeza, Jasmine disse, num tom mais gentil:

— Sinto muito.

Assenti, com medo de ficar descontrolada se abrisse a boca.

— Minha impressão é de que você está buscando algo específico — ela prosseguiu. — Você me perguntou o que deve fazer com sua vida, e... eu não sei. Você vai enfrentar escolhas, inclusive escolhas difíceis, que vão parecer ainda mais difíceis porque você agora tem uma compreensão única da fragilidade humana. Às vezes, vai fazer a escolha errada. Às vezes, vai fazer a escolha certa, porém o resultado não será o esperado. De qualquer maneira, as escolhas são todas suas.

Eu me ajeitei no sofá, meio frustrada.

— Mas você deveria ler meu futuro.

Você deveria me ajudar, pensei, desesperada.

Jasmine se debruçou, apoiando os cotovelos nos joelhos.

— Sou uma guia, e não uma coreógrafa. Tudo o que posso dizer é que seu coração vai se curar. Um dia, você vai parar de contar há quanto tempo ele se foi. Um dia, vai rir sem duvidar do seu direito de ficar alegre. Um dia, vai pensar nele e, em vez de sentir que não consegue respirar, que não consegue *existir*, vai ser aquecida pelo brilho das memórias.

Balancei a cabeça, incapaz de imaginar esses cenários.

— Um dia — disse ela, com a sinceridade de uma promessa —, você vai amar de novo. E vai valorizar esse amor, porque sabe quão volúvel é o para sempre.

Jasmine se levantou. Eu me levantei também, relutante. Rumo à saída, fiquei irritada com a perda de tempo, furiosa por continuar sem saber do meu futuro.

Eu queria destino.

Queria magia.

Queria esperança.

À porta, a mulher me surpreendeu com um abraço, tão longo e desconcertante quanto o olhar que ela me dirigiu quando me sentei na sua sala. Nos seus braços calorosos, meu corpo começou a sentir o que meu cérebro não tinha ferramentas para registrar: uma mudança, uma corrente elétrica viajando em circuito fechado entre nós. Minha pele esfriou, meus antebraços se arrepiaram, e minha nuca também.

Sua voz soou urgente no meu ouvido, suave e segura:

— Ele vai aparecer quando você menos esperar. Braços e pernas compridos, cabelo preto, uma cicatriz aparente e outra mais profunda, o nariz torto como uma trilha na floresta. Ele encontrará uma confidente em você. E a fé retornará ao seu coração. Ele te abraçará como estou abraçando agora, e se você deixar... a alma dele oferecerá à sua um segundo par.

Quando Jasmine se afastou, seu olhar ficou distante, sua boca formando uma linha solene. Ela abriu a porta e, se despedindo com um aceno, deixou que eu saísse para o dia frio.

Meu coração, congelado e sombrio há tantas semanas, ficou balançado, depois se inflamou.

Um novo futuro havia sido prometido para mim.

História geográfica
de Amelia Graham

Idade: 0, 1, 2
   Posto de serviço: Fort Drum
      Localização: Evans Mills, Nova York
         (Localização dos Byrne: Fort Riley,
         Junction City, Kansas)

Idade: 3, 4, 5
   Posto de serviço: Fort Bragg
      Localização: Spring Lake, Carolina do Norte
         (Localização dos Byrne: Fort Bragg, Spring Lake,
         Carolina do Norte)

Idade: 6, 7
   Posto de serviço: Fort Leavenworth
      Localização: Leavenworth, Kansas
         (Localização dos Byrne: Fort Stewart, Hinesville,
         Geórgia)

Idade: 8, 9, 10
   Posto de serviço: Joint Base Lewis-McChord
   Localização: Lacey, Washington
      (Localização dos Byrne: Joint Base,
      Lewis-McChord, Lacey, Washington)

Idade: 11, 12, 13
   Posto de serviço: Fort Carson
   Localização: Colorado Springs, Colorado
      (Localização dos Byrne: Fort Jackson, Columbia,
      Carolina do Sul)

Idade: 14, 15, 16
   Posto de serviço: Pentágono
   Localização: Rosebell, Virgínia
      (Localização dos Byrne: Fort Belvoir, Rosebell,
      Virgínia)

Idade: 17
   Posto de serviço: Fort Campbell
   Localização: River Hollow, Tennessee
      (Localização dos Byrne: Fort Belvoir, Rosebell,
      Virgínia)

Agradecimentos

Do começo ao fim, nunca fui tão feliz trabalhando em um livro. Estou em dívida com cada pessoa que participou do processo de *Depois do fim*.

Tenho a sorte de ser uma autora da Sourcebooks. Annette Pollert-Morgan, agradeço por sua experiência, sua dedicação e seu entusiasmo. Obrigada por cuidar de Lia, Beck e Isaiah como eu mesma cuidaria, e por fazer todas as perguntas certas. Trabalhar com você tem sido um sonho! A todos aqueles que desempenharam um papel na aquisição deste livro, e aos que o ajudaram a brilhar, incluindo Kay Birkner, Jenny Lopez, Thea Voutiritsas, Sarah Brody, Stephanie Rocha, Neha Patel e Kerri Resnick, agradeço por seu tempo, seu talento e sua criatividade. Também agradeço a Karen Masnica, Rebecca Atkinson e Delaney Heisterkamp, do marketing e da divulgação. Por fim, Dominique Raccah, você é uma inspiração.

Sou imensamente grata à minha agente, Pam Gruber, cuja orientação pareceu coisa do destino. Seus comentários, sua paciência e sua confiança no meu trabalho me ajudaram a me tornar uma escritora melhor (e mais feliz). Meu sincero obrigada a toda a equipe da High Line Literary Collective. Também sou muito grata a Heather Baror-Shapiro, da Baror International, Inc., pela representação internacional primorosa.

Alison Miller e Elodie Nowodazkij, minhas primeiras leitoras e melhores amigas escritoras, obrigada pelas críticas, pela compaixão e pela torcida. Temre Beltz, Jessica Patrick e Christina June, obrigada pela amizade e pelo apoio contínuo. Agradeço também à comunidade de escritores da região de Monterey — e a Liz Parker, em particular —, que transformaram a escrita desta história em um processo muito menos solitário.

Depois do fim é um livro profundamente pessoal, tanto no retrato de famílias de militares quanto no de um adolescente que cresceu no sistema de acolhimento familiar americano. Sou esposa de militar desde antes de ser escritora, e minha gratidão aos membros das Forças Armadas e a suas famílias é infinita. Agradeço aos amigos que fizemos nos muitos postos de serviço por que passamos. Agradeço aos filhos de militares do Exército que fizeram amizade com minhas filhas do Exército — sua gentileza e resiliência são uma inspiração para mim. Liz, Donna e Virginia, nossos anjos no que se refere ao cuidado das crianças, por vocês sou grata para sempre.

Mãe e pai, obrigada por me proporcionarem uma infância que inspira a dinâmica familiar calorosa desta história. Bev e Phil, vocês são um casal de militares exemplar, e agradeço por seu amor efusivo. Sou muito grata a meus irmãos, Mike e Zach, a meus cunhados, Jena, Michele, Danielle, Andy, Sam e Kacie, a meus tios e primos, que sempre me apoiaram, e a cada um dos meus sobrinhos.

Claire, você foi a primeira adolescente a ler esta história. Seu amor pelos personagens foi o incentivo de que eu precisava. Obrigada pelos elogios e pelas críticas, e por ser minha primeira fã. Lizzie, seu encanto ao ver os livros da mamãe nas livrarias é minha maior motivação. Mal posso esperar para que, um dia, você leia este aqui. Amo vocês, meninas!

Matt, você é excepcional em como provê para nós e cuida da nossa família, e também como comediante e meu melhor amigo. Seus sacrifícios nunca passam despercebidos, são sempre valorizados. Obrigada por estrelar minha história de amor.

ESTA OBRA FOI COMPOSTA POR OSMANE GARCIA FILHO EM BEMBO
E IMPRESSA PELA GRÁFICA BARTIRA EM OFSETE SOBRE PAPEL PÓLEN NATURAL
DA SUZANO S.A. PARA A EDITORA SCHWARCZ EM ABRIL DE 2025

A marca FSC® é a garantia de que a madeira utilizada na fabricação do papel deste livro provém de florestas que foram gerenciadas de maneira ambientalmente correta, socialmente justa e economicamente viável, além de outras fontes de origem controlada.